Wallon & Munsonius

STADT DER VERLORENEN SEELEN

FANTASY-ROMAN

BLITZ-VERLAG
Postfach 11 68 · 51556 Windeck · Fax: 02292/6340
Internet: www.blitz-verlag.de

Sollte Ihre Bezugsquelle nicht alle Titel des BLITZ-Verlages verfügbar haben, können Sie fehlende Bände bei folgender Adresse nachbestellen.

ROMANTRUHE-BUCHVERSAND
Hermann-Seger-Straße 33-35 · 50226 Frechen
Fon: 02234/273528 · Fax: 02234/273627
Internet: www.Romantruhe.com · E-Mail: Info@Romantruhe.com

Unverlangte Manuskripteinsendungen bitte nur in Kopie (Rücksendung nicht möglich) an:
BLITZ-VERLAG · Andreas Kuschke · Billerbeck 25 · 29465 Schnega

Cover: Kelly, Ken

Gesamtherstellung: BLITZ-VERLAG

1. AUFLAGE 400
© 1999 BLITZ-VERLAG
Alle Rechte vorbehalten

ISBN 3-932171-56-X

Kapitel 1: Reiter im Morgenlicht

»Die Götter sind tot«, lachte der hagere Reiter heiser und schirmte seine Augen vor der grellen Morgensonne ab. »Wir sind vollkommen auf uns allein gestellt.« Er brachte dabei seine schwielige Hand in die Nähe der Scheide, in der ein gewaltiges Krummschwert steckte, dessen Knauf mit Jadesteinen geschmückt war und in dem sich das Licht der aufgehenden Sonne facettenreich widerspiegelte. Noch wehte ein kühler Wind über die zahlreichen Sanddünen – aber schon bald würde eine sengende Hitze die weite Ebene fest in ihren unbarmherzigen Klauen halten. Eine Hitze, die schon für manchen einsamen Wanderer zu einer Quelle unendlicher Qual geworden war.

»Dieses Schwert hier ist mein Gott, der einzige Gott, dem ich vertraue und den ich verehre«, fuhr der Mann nun im Brustton der Überzeugung fort und zog die Klinge ganz aus der Scheide. Was der kunstvolle Knauf schon angedeutet hatte, bewahrheitete sich auch bei der Klinge. Sie war aus einem harten Stahl gearbeitet. Der Schmied, der dieses Schwert geschaffen hatte, verstand zweifellos sein Handwerk. Ob sein Besitzer allerdings diese Klinge auch treffsicher zu handhaben wusste – das war eine andere Frage, denn außer einigen großspurigen Worten hatte der Mann bisher noch nicht beweisen müssen, ob er wirklich ein guter Kämpfer war.

Wahrscheinlich erwartete der Mann jetzt eine Antwort von dem großen Krieger, der schweigend neben ihm ritt. Mehr als einmal schaute er mit verkniffenem Gesichtsausdruck zu ihm hinüber – als wolle er ihn auffordern, endlich Stellung zu nehmen. Aber Thorin schwieg. Er war nicht unbedingt darauf versessen, an diesem Morgen tiefgreifende Gespräche zu führen. Ihm gingen in diesem Moment ganz andere Dinge durch den Kopf – und so wirkte er auf den hageren Reiter, dessen Körper von einem weiten braunen Umhang umhüllt wurde, wie einer, den man besser in Ruhe ließ.

Es waren insgesamt zehn Männer, die mit ihren Lasttieren und Waren an diesem frühen Morgen ihr Lager abbrachen und weiter nach Nordwesten reisten. Thorin war vor zwei Tagen zu ihnen gestoßen – und er hatte dasselbe Ziel wie die kleine Handelskarawane: die Stadt Mercutta, die am nördlichen Ende der Großen Salzwüste lag. In diesen Tagen war es sicherer, nicht ganz allein diesen öden und nur sehr spärlich besiedelten Landstrich zu durchqueren, denn mit Gefahren aus dem Hinterhalt musste man immer rechnen. Plünderer und Mörder würden es sich jedoch überlegen, eine Karawane mit gut bewaffneten, tapferen

Männern anzugreifen und sich in einen Kampf verwickeln zu lassen, dessen Ausgang ungewiss war!

»Hoffentlich erreichen wir noch vor dem Mittag die Oase von Baar Sh´en«, versuchte der hagere Mann erneut ein Gespräch mit Thorin anzufangen. Die beiden Männer ritten in der Mitte der Karawane, die nun langsam und gemächlich weiter dem schmalen Pfad nach Nordwesten folgte – vorbei an zerklüfteten Sandsteinfelsen und verkrüppelten Bäumen, die dieser Landschaft einen spröden Charakter gaben. »Die Tiere tragen schwere Lasten…«

»Es ist eure Schuld, wenn die Tiere zusammenbrechen«, meinte Thorin trocken und sah dabei zu einem Lastelefanten, der unter dem schweren Gewicht der Waren, die man ihm aufgebürdet hatte, laut zu schnauben begann. »Ihr denkt alle zu sehr an euren Profit, den ihr mit dieser Ladung machen wollt. Doch denkt lieber daran, wie ihr die Karawane heil und sicher nach Mercutta bringt…«

»Wer sollte uns daran hindern?«, antwortete der hagere Händler jetzt und blickte dabei auf sein Schwert, das er immer noch in den Händen hielt. »Hast du etwa Angst vor Plünderern, Thorin? Dabei siehst du doch gar nicht so aus, als ob dir gleich beim Anblick von Feinden das Herz in die Hose rutscht…« Er lachte bei den letzten Worten gehässig.

Das Lachen brach dann aber jäh ab, als er Thorins wütend funkelnde Augen sah und begriff, dass er mit seiner Bemerkung vielleicht einen winzigen Schritt zu weit gegangen war. Der fremde Krieger namens Thorin, der sich ihnen vor zwei Tagen angeschlossen hatte, schien keinen Spaß zu verstehen – vor allen Dingen dann nicht, wenn man ihn des fehlenden Mutes bezichtigte.

»Ich glaube, ich habe schon gegen mehr Mörder und Plünderer gekämpft als ihr alle zusammen«, sagte Thorin in einem Tonfall, der den Händler aufhorchen ließ. »Du solltest deine Zunge besser zügeln, Ramir. Andere an meiner Stelle hätten dich für solch eine Behauptung vielleicht schon getötet…« Wie durch Zufall glitt seine Hand nun etwas höher zu der Scheide, die er auf dem Rücken trug und in der ein prachtvolles Schwert steckte – eine Klinge, die es mit jeder Waffe aufnehmen konnte. Natürlich hatte Thorin schon längst die neugierigen Blicke des Händlers bemerkt, die nicht nur dem Neuankömmling, sondern vor allem seiner wertvoll aussehenden Klinge galten. Aber er hatte dies bisher immer ignoriert, denn er hatte keine Lust, unnötige Fragen nach seiner Herkunft oder der des Schwertes zu beantworten.

In der Tat hatte es mit dem Schwert eine besondere Bewandtnis – aber die Wahrheit kannten außer Thorin nur noch wenige. Und das war auch besser so, denn diese Waffe besaß gewaltige Kräfte. Die Klinge war einst von den Göttern des Lichtes für den Kampf gegen die finsteren Mächte geschmiedet worden. Sternfeuer hieß das Schwert, und Thorin hatte es nach langen und gefahrvollen

Abenteuern an sich genommen – schließlich bewies er den Göttern des Lichtes selbst, dass er würdig war, die Klinge tragen zu dürfen. Aber so viele Dinge waren seitdem geschehen – Dinge, die auch sein Leben und das der Menschen für immer verändert hatten...

Die Luft am fernen Horizont begann allmählich zu flimmern, während die gleißende Morgensonne weiter am Himmel emporkletterte. Gerade mal eine Stunde war vergangen, seit die Karawane ihr Nachtlager abgebrochen hatte – und bereits jetzt war eine stetig zunehmende Hitze zu spüren. Und dabei befanden sie sich erst am Rande der Großen Salzwüste! Thorin hatte diesen Landstrich schon einmal vor wenigen Jahren durchquert und wusste deshalb, welche große Hitze im Landesinneren herrschte. Es war eine einzige Qual für Mensch und Tier, und er hoffte, dass er diesen Weg kein weiteres Mal gehen musste. Mit zusammengekniffenden Augen blinzelte Thorin in den flammenden Sonnenball. Spätestens in Mercutta würde er erfahren, wie es weiterging. Denn dort wartete Jesca auf ihn. Jesca, die schöne und tapfere Amazonen-Kriegerin, war erst seit kurzem seine Wegbegleiterin, aber sie hatte sich schon mehr als einmal als eine gute Gefährtin und Kämpferin erwiesen.

Weiter westlich stieg plötzlich ein kleiner Vogelschwarm zwischen den Felsen in den stahlblauen Morgenhimmel empor, und Thorins Gedanken brachen von einem Augenblick zum anderen ab. Misstrauisch spähte er hinüber zu einer Gruppe zerklüfteter Felsen, aber so sehr er sich auch anstrengte – nichts wies darauf hin, dass von dort irgend eine Gefahr drohte.

Der Händler Ramir bemerkte natürlich Thorins argwöhnische Blicke, aber er konnte sich keinen Reim darauf machen, als er den Blicken des anderen Reiters folgte, aber nichts entdecken konnte, was seine Aufmerksamkeit erregte. Statt dessen zuckte er einfach nur mit den Achseln und trieb sein Pferd weiter an. Wenn Thorin keine Lust hatte, sich mit ihm zu unterhalten – nun, er würde ganz sicher einen anderen finden, der nicht ganz so wortkarg war wie der große blonde Krieger aus den Eisländern im fernen Norden.

Thorin ritt nun allein, und er war insgeheim froh darüber, dass ihn der hagere Händler nicht mehr länger in ein Gespräch zu verwickeln suchte. Ihm gingen in diesem Moment nämlich ganz andere Dinge durch den Kopf.

Er wusste zwar nicht, warum das so war – aber irgendwie spürte er die *Bedrohung*, die von den markanten Felsen ausging – ein untrügliches Gefühl, das ihn schon in vielen anderen gefährlichen Situationen gerettet hatte. Und er dachte immer wieder an den Vogelschwarm, der so plötzlich davongeflogen war. Als hätte irgend etwas die Vögel aufgeschreckt, etwas, das sich zwischen den Felsen – unsichtbar für die Blicke der Handelskarawane – verborgen hielt!

Thorin sah hinüber zu Ramir und seinen Gefährten. Keiner von ihnen schien etwas zu bemerken. Sie trieben ihre Lastelefanten weiter an und hatten ihre Blicke sehnsüchtig in die Ferne auf den Horizont gerichtet. In der Hoffnung, dass irgendwann in der flimmernden Hitze die ersten grünen, schattenspendenden Bäume und Sträucher der Oase von Baar Sh´en auftauchten. Von dort aus war es dann nur noch eine knappe Tagesreise bis nach Mercutta – und wenn nichts dazwischenkam, würden sie am Nachmittag des darauffolgenden Tages die Stadt am Rande der Großen Salzwüste erreichen…

Thorin allerdings sah zum wiederholten Male zu den Felsen und glaubte, für einen winzigen Moment dort eine huschende Bewegung gesehen zu haben. Er blinzelte mit den Augen – als würde das die Täuschung verschwinden lassen – sah erneut auf die betreffende Stelle, und dort rührte sich jetzt nichts mehr. Fast trotzig beobachtete er diese Region weiter. Keine Bewegung – keine Geräusche.

Das einzige, was die Stille dieses Morgens ausfüllte, war das Janken des Sattelleders und das Klirren der Ketten, mit denen die Händler ihre schweren Lasten auf den Rücken der Elefanten festgebunden hatten. Staub wurde unter den säulenartigen Beinen der großen Dickhäuter aufgewirbelt, als sie schnaubend ihren Weg fortsetzten, immer angetrieben von ihren Herren, die den Profit jetzt schon rochen – auch wenn sie noch mehr als eine Tagesreise von Mercutta entfernt waren.

Plötzlich erfüllte ein lautes Sirren die Luft, das Thorin eine Gänsehaut bescherte. Nur eine Sekunde später schrie einer der Händler gellend auf, als sich etwas mit einem dumpfen Klatschen in seinen Hals bohrte. Es war ein Pfeil, der in der Kehle des Mannes mit einer wippenden Bewegung steckenblieb, während der Mann beide Arme hochriss und mit einem gurgelnden Geräusch seitwärts aus dem Sattel seines Pferdes stürzte. Er war schon tot, als er auf dem Boden aufschlug und sich der braune Sand unter seinem Körper rot zu färben begann.

All dies war innerhalb weniger Augenblicke geschehen – und dennoch reichte es aus, um die übrigen Händler der Karawane vor Schreck zu lähmen. Fassungslos blickten sie auf ihren toten Gefährten – und dann hinüber zu den Felsen, wo plötzlich vermummte Reiter in schwarzen Gewändern aufgetaucht waren. Schrille Schreie erfüllten die Luft, Kriegsrufe, und das dumpfe Stampfen von Hufen, als die Männer ihre Pferde antrieben und dabei weitere Pfeile auf die Karawane abschossen. Schon fiel der zweite Kaufmann aus dem Sattel – er hatte sich zwar noch ducken wollen, als er das Unheil erblickte, aber der gefiederte Todesbote war schneller und riss ihn nach hinten vom Pferd.

Thorin hatte schneller reagiert als die meisten anderen Mitglieder der Karawane. Noch als der erste Mann von einem Pfeil aus dem Hinterhalt getötet wurde, hatte er mit einer fließenden Bewegung Sternfeuer aus der Scheide gerissen. Die scharfe Klinge blitzte im Morgenlicht, als Thorin seinem Pferd die

Hacken in die Weichen drückte und auf die Angreifer aus dem Hinterhalt losstürmte. Er schwang das mächtige Schwert hoch über seinem Kopf und stieß dabei einen lauten Schrei aus – denn er war kein Mann, der sich in die Defensive treiben ließ. Nicht, wenn er es mit allen Mitteln verhindern konnte – und deshalb war Angriff immer noch die beste Verteidigung. Erst recht in diesem Falle, wo die Feinde gut doppelt so stark waren wie die Mitglieder der kleinen Karawane, die sich von diesem überfallartigen Schrecken immer noch nicht erholt hatten.

Die Elefanten waren jetzt total verstört, wollten ausbrechen, während einige der Männer sie verzweifelt daran zu hindern versuchten. Sie hätten besser ihre Aufmerksamkeit den Angreifern aus dem Hinterhalt schenken sollen, als sich zu bemühen, ihre Waren zu retten. Das rächte sich jetzt nämlich auf furchtbare Weise. Gleich zwei weitere Männer der Karawane starben im Pfeilhagel der vermummten Reiter – und zu den Opfern zählte diesmal auch der geschwätzige Ramir!

Thorin duckte sich tief über den Rücken seines Pferdes, als er sah, dass einer der Gegner nun einen Pfeil auf ihn abschoss. Aber er traf sein Ziel nicht, und zu einem zweiten Schuss sollte der Vermummte nicht mehr kommen. Thorin war mit seinem Pferd so nahe an ihn herangekommen, dass er mit Sternfeuer zu einem gewaltigen Hieb ausholen konnte. Er ignorierte die Gefahr angesichts der Nähe seiner zahlreichen Feinde und schlug dem Pfeilschützen mit einem voller Wut geführten Streich das Haupt ab. Eine Blutfontäne spritzte hoch empor, als die scharfe Klinge den Mann tötete.

Während der kopflose Torso noch zeitlupenhaft langsam vom Pferd kippte, wandte sich Thorin bereits den anderen Gegnern zu. Er hatte es gleich mit fünf Feinden zu tun, die mit wütenden Schreien nun von mehreren Seiten auf ihn eindringen wollten, während ihre Kumpane unter den unglücklichen und völlig verängstigten Kaufleuten wie dämonische Racheengel zu wüten begannen. Sie waren natürlich keine Gegner für die Mörder aus dem Hinterhalt. Einige der Händler stürzten sich den Angreifern mit wahrem Todesmut entgegen – aber sie konnten ihnen nur wenige Streiche lang standhalten. In diesen Tagen genügte es nicht, eine scharfe Klinge zu besitzen – man musste damit auch kämpfen können!

Todesschreie erklangen irgendwo hinter ihnen, untermalt vom dem schrecklichen Brüllen eines der Elefanten, dem einer der Angreifer eine Lanze in den Rücken stieß, um ihn am Ausbrechen zu hindern. Das Tier knickte mit den Vorderläufen ein und fiel zur Seite. Dabei begrub es einen seiner Herren unter sich, der es gerade geschafft hatte, einen der Feinde niederzustrecken. Seine Knochen zerbrachen unter dem Aufprall des gewaltigen Tieres, und sein letzter

Atemhauch verklang ungehört in dem tobenden und unerbittlich geführten Kampf.

Eine Schwertklinge streifte Thorin schmerzhaft am linken Oberarm, als es einer der Vermummten schaffte, ihm so nahe zu kommen. Aber er zahlte dafür mit dem Preis seines Lebens. Thorin stieß mit der Klinge vor, und Sternfeuer bohrte sich tief in den Magen des Mannes. Ein furchtbares Stöhnen kam über die Lippen des Angreifers, dessen Gesicht so verhüllt war, dass Thorin nur die Augen sehen konnte.

Thorin riss die bluttriefende Klinge aus dem Körper des Mannes heraus, schwang sie über den Kopf und parierte so einen weiteren Hieb eines zweiten Angreifers, der sich schon als Sieger gesehen hatte. Aber es war nicht der erste Kampf auf Leben und Tod, den Thorin hatte meistern müssen – er hatte in seiner Jugend einen guten Lehrmeister besessen, der ihn schon von Kindesbeinen an das Handwerk eines guten und erfahrenen Schwertkämpfers gelehrt hatte. Das war jetzt ein Vorteil für ihn, denn die mittlerweile drei verbleibenden Angreifer hatten nicht mit solch heftiger Gegenwehr gerechnet. Zwei ihrer Gefährten lagen bereits tot im Sand, und sie selbst hatten den blonden Krieger bis auf eine unbedeutende Streifwunde kaum verletzen können. Unsicherheit erfasste die vermummten Mörder, und diesen Augenblick des Zögerns nutzte Thorin, um einen weiteren Angreifer auszuschalten. Wagemutig trieb er sein Pferd an, bis es mit dem Reiter zusammenstieß, der sich ganz links von Thorin befand und gerade einen Pfeil auf die Bogensehne legen wollte.

Das gegnerische Pferd wieherte gequält auf, als sein Reiter es nicht mehr rechtzeitig zur Seite reißen konnte. Es geriet ins Taumeln, und der Mann konnte sich nicht länger im Sattel halten. Pfeil und Bogen entglitten seinen Händen – und der Feind stürzte genau in die ausgestreckte Klinge Thorins hinein!

Mit einem wilden Lachen riss der Nordlandwolf Sternfeuer wieder zurück. Ein penetranter Geruch von Blut und Kot hing in der Luft, als er sein Pferd herumreißen wollte, um einem weiteren Angriff der Gegner standhalten zu können. Aber auch er konnte auf Dauer nicht gegen so viele Gegner bestehen. Thorins Pferd stieß einen beinahe menschlich anmutenden Todesschrei aus, als einer der Vermummten eine Lanze schleuderte und diese sich in die weiche Brust des Tieres bohrte.

Das Pferd brach jetzt so schnell nach vorne ein, dass Thorin das Gleichgewicht verlor und kopfüber in den Staub stürzte. Geistesgegenwärtig rollte er sich noch zur Seite und sah aus den Augenwinkeln, wie sich ein Pfeil mit wippendem Schaft genau an die Stelle in den Boden bohrte, wo er noch Sekunden zuvor aufgeprallt war. Seine Schulter schmerzte, aber er ignorierte es. Statt dessen jagte ein Gedanke den anderen, wie er sich auf diese neue (und fast aussichtslose) Situation am besten einstellen konnte. Denn er hatte jetzt kein Pferd mehr, und die drei Angreifer hatten somit weitaus bessere Chancen als zuvor. So schnell wendete sich manchmal das Schicksal – und diesmal stand es nicht mehr auf seiner Seite!

Er parierte einen Schwerthieb des ersten Angreifers, landete einen zweiten Hieb gegen einen weiteren Gegner.

Aber die Klinge traf nicht richtig, sondern glitt am harten Holz des Sattels ab. Etwas sirrte durch die Luft, und dann stieß etwas mit heftiger Wucht gegen seinen linken Oberschenkel.

Thorins Bein knickte unter ihm ein, und er konnte sich nicht mehr länger halten.

Erst als er stürzte, legte sich der Schock des heftigen Aufpralls, und er spürte auf einmal den heißen Schmerz, erkannte den Pfeil, der sich in seinen Oberschenkel gebohrt und ihn glatt durchstoßen hatte.

Eine unbeschreibliche Wut ergriff Thorin, als er sah, dass die übrigen Angreifer drüben bei den Kaufleuten der Karawane ganze Arbeit geleistet hatten. Der kurz aufflackernde Widerstand der Händler war fast vollständig im Keim erstickt worden.

Bereits jetzt schritten die Vermummten durch die deutlich gelichteten Reihen der Verteidiger und streckten die noch Lebenden oder Schwerverwundeten mit sicheren Hieben nieder.

Er war allein – und es war nur noch eine Frage der Zeit, bis sie ihn töteten. Aber Thorin wollte diesen Hunden so lange wie möglich das Leben schwer machen. Enttäuscht und von seinen Verwundungen erschöpft, versuchte Thorin dennoch, seine verbliebenen Kräfte zu sammeln und gönnte sich den Luxus eines Augenblicks, wo er die Augen schloss und ein Stoßgebet zu den Göttern des Lichts sandte (falls sie ihn überhaupt noch hören konnten…). Er konnte und durfte jetzt einfach nicht sterben – nicht hier, und erst recht nicht auf diese Weise. Sonst würde Jesca in Mercutta vergeblich auf ihn warten… Er raffte sich unter Schmerzen auf.

Erneut teilte er Schwerthiebe nach allen Seiten aus, aber sein starker Arm war müde geworden, und der Blutverlust begann ihn zusehends zu schwächen. Er sah zwar den Schatten eines weiteren Angreifers hinter sich, wollte sich noch herumwerfen und den Schwerthieb verhindern – aber das gelang ihm nicht mehr. Ein heftiger Schlag traf seinen Schädel, und Thorin stürzte wie vom Blitz getroffen zu Boden. Von einem Atemzug zum anderen fiel er in einen tiefen, dunklen Schacht – und das in einem geradezu irrsinnigen Tempo, das selbst in diesem kurzen Stadium zwischen Wachsein und Bewusstlosigkeit seine Sinne schmerzen ließ.

Aber dann erloschen auch diese Empfindungen schlagartig, und Thorins Geist tauchte ein in ein gewaltiges Meer aus endloser Dunkelheit, welches ihn mit entsetzlichster Furcht überschwemmte…

Die grauen Augen des vermummten Anführers hefteten sich auf die ausgestreckte und blutige Gestalt des bewusstlosen Kriegers, während die anderen Männer die verstörten Lasttiere zu beruhigen versuchten und dann die Waren der Händler in aller Ruhe inspizierten. Lautes Freudengeheul brandete in der Stille nach dem kurzen, aber umso heftigeren Kampf auf, als die Männer die Packen und Ballen aufrissen und darin kostbares Geschmeide aus den Ländern des Südens fanden. Aber auch seltene Gewürze aus Tirkistan und metallene Werkzeuge aus den Tundren des Ostens – die Händler hätten damit in Mercutta einen gewaltigen Profit machen können. Jetzt aber würden die Männer um Ryes Dhor den Gewinn einstreichen – denn weiter östlich von Mercutta gab es noch andere, etwas mehr abgelegene Städte, die nicht so regelmäßig von Karawanenzügen aufgesucht wurden. Hier würde man die Waren noch zu einem höheren Preis verkaufen können.

Es interessierte Ryes Dhor überhaupt nicht, dass auch einige seiner Männer bei diesem Angriff den Tod gefunden hatten, denn seit dem schmerzhaften Abschied von seinem Bruder vor drei Sommern unterdrückte er jedwelche Gefühlsregung – was zählte, war einzig und allein die Tatsache, dass er und seine Leute doch noch den Kampf für sich entschieden und als Sieger kostbarste Beute unter sich aufteilen konnten. Obwohl dieser fremde blonde Krieger ihnen gewaltig zugesetzt hatte.

Der mutige Krieger, dessen Kopf an der Seite eine große, blutige Wunde aufwies, atmete nicht mehr – er hatte bis zuletzt gekämpft wie ein Löwe, musste sich Ryes Dhor eingestehen. Aber gegen eine solche Übermacht hatte auch er nicht widerstehen können. (Ryes Dhor lächelte unter seinem Tuch grimmig – die Götter waren heute mit ihm!) Jetzt war der Mann tot – genauso wie die anderen Mitglieder der Karawane aus dem Süden, und Ryes Dhor fragte sich, warum sich dieser Krieger ihnen überhaupt angeschlossen hatte. Vielleicht hatte er auch nach Mercutta reisen wollen – die neu errichtete Stadt auf den Trümmern von Ruinen aus dem *Dunklen Zeitalter* war das Tor in die entferntesten westlichen Länder, die sich jenseits der Großen Salzwüste anschlossen. Ryes Dhor traute diesem Krieger zu, dass er wahrscheinlich allein die weite Wüste durchquert hätte. Nun aber war er tot, und sein Vorhaben hatte sich zerschlagen. Schon bald würden seine Knochen in der Sonne zu bleichen beginnen, nachdem sich die geflügelten Todesboten dieser weiten Ebene an seinem Fleisch gütlich getan hatten...

Einer von Ryes Dhors Männern trat nun an den toten Krieger heran, während sich seine Augen gierig auf das prächtige Schwert hefteten, das nur wenige Handbreit entfernt von den Fingern im Sand lag.

»Laß es liegen!«, befahl der Anführer mit einer Stimme, die keinen Widerspruch duldete. »Nimm dir ein anderes Schwert, wenn du unbedingt ein neues brauchst!«

Der Mann blickte im ersten Moment Ryes Dhor erstaunt an, aber ein kurzer Blick in die kalten Augen des Anführers der Plünderer sagte ihm, dass es besser war, sich mit ihm jetzt nicht zu streiten. Seltsamerweise schien Ryes Dhor so etwas wie Anerkennung und Respekt für den Toten zu empfinden, und er wollte die Götter mit dieser kleinen Opfergabe milde stimmen – weshalb er sich impulsiv dazu entschloss, den blonden Krieger nicht seines Schwertes zu berauben. Achselzuckend erhob sich der Mann wieder und wandte sich seinen übrigen Gefährten zu. Er entdeckte rasch andere wertvolle Beute und hatte das Schwert des blonden Kriegers schnell wieder vergessen.

Ryes Dhor selbst beteiligte sich nicht an den Plünderungen. Er hielt sich abseits und sah zu, wie die Männer die übrigen Leichen der Händler nach weiteren Wertsachen durchsuchten und auch hier fündig wurden. Gar mancher unscheinbare Lederbeutel mit Münzen wechselte den Besitzer – ganz zu schweigen von Schuhen und Stiefeln oder sonstiger, noch brauchbarer Kleidung.

Eine knappe Stunde später trieben die Plünderer dann die Elefanten mit der Beute in den Engpass zwischen den Felsen und verschwanden genauso rasch, wie sie aufgetaucht waren.

Die Sonne brannte unbarmherzig.

Jeder Windhauch erstarb. Zurück blieben die entkleideten blutigen Körper der Händler, die von den Plünderern selbst im Tode noch rituell entstellt worden waren – bis auf einen einzigen Mann.

Den blonden Krieger hatten sie unbehelligt gelassen und auf Geheiß ihres Anführers auch nicht verstümmelt.

Aber auch ein Mann wie Ryes Dhor beging in der Stunde seines Triumphes einen folgenschweren Fehler. Weder er noch seine Krieger schenkten dem blutigen Körper des blonden Kriegers noch einen Funken Aufmerksamkeit, als sie die Stätte des Todes verließen. Hätten sie es jedoch getan, wäre ihnen ganz sicher aufgefallen, dass sich die Brust des vermeintlich Toten doch ganz schwach zu heben und zu senken begann – zaghaft und ein wenig unregelmäßig...

Kapitel 2: Allein in der Wildnis

Er war gefangen in einer bunten Flut von sich rasch abwechselnden Bildern, die von allen Seiten auf ihn einströmten. Er hatte die Augen weit geöffnet – auch wenn seine Seele noch tief eingetaucht war in den Strudel aus Erinnerungen, die während des Prozesses des schrecklich langsamen Erwachens förmlich auf ihn einströmten und ihn leise stöhnen ließen.

Seine Gedanken glitten zurück bis zu dem Tag, wo er zum ersten Mal Sternfeuer in seinen Händen gehalten hatte. Viele Jahre war das jetzt her – damals in Noh´nym, der Dschungelstadt, hatte es begonnen. Das Gesicht des Gottes Einar, des Allwissenden, tauchte vor seinem geistigen Auge auf – und die Züge des Gottes waren voller Schmerz, weil er und seine Brüder die letzte Schlacht zwischen Licht und Finsternis nicht für sich hatten entscheiden können. Und auch Thorin hatte nicht mehr eingreifen können, denn die Mächte der Finsternis hatten eine dritte Kraft zu Hilfe gerufen – es waren die Skirr, spinnenhafte, unfassbare Wesen, die schließlich die Schlacht entschieden. Thorin sah sich wieder als Gefangener in der seltsamen Blase aus Licht und Zeit, bis der geheimnisvolle FÄHRMANN ihn aus diesem Gefängnis befreit hatte.

Der FÄHRMANN – einer der Wächter des Universums – war es auch gewesen, der Thorin deutlich gemacht hatte, in welcher Gefahr seine Welt schwebte. Nicht nur diese Welt, sondern das ganze Universum. Sein Geist folgte den Spuren der Zeit, sah sich erneut in der Stahlburg der Skirr einer gewaltigen Maschine gegenüber, die er mit Hilfe des Götterschwertes Sternfeuer schließlich hatte vernichten können. Und dann hatte der FÄHRMANN den Spalt zwischen beiden Universen wieder geschlossen – aber nicht ohne Thorin noch einmal ausdrücklich zu warnen, dass immer noch zahlreiche Gefahren existierten – durch die auf der Erde verstreuten Relikte der Skirr. Und so lange diese noch existierten, war die Welt nicht ganz von den dunklen Kräften befreit...*

Der Sturz in den tiefen, dunklen Schlund der Erinnerungen verlangsamte sich allmählich, und die Flut der Bilder vor seinem geistigen Auge nahm ab. Er sah die Gesichter einiger Frauen, die seinen Weg gekreuzt hatten: Lorys, die ehemalige Fürstin von Samara, Ushira – die Dämonengöttin, und zuletzt die Amazone Jesca, die ihm im entscheidenden Kampf gegen die Skirr beigestanden hatte. Er sah das Gesicht der hübschen Amazone dicht vor sich, wollte beide

* Die hier geschilderten Ereignisse sind nachzulesen in der Heftroman-Serie THORIN – DER NORDLANDWOLF, erschienen 1994 – 1998 im VAW Verlag Alfred Wallon. Dieser in sich geschlossene Zyklus von zwölf Bänden ist nach wie vor komplett erhältlich und kann über die Romantruhe Joachim Otto bezogen werden.

Hände nach ihr ausstrecken – aber dann entzog sich Jesca seinem Zugriff, verschwand als undeutliches Schemen in dem dunklen Schacht aus den Erinnerungen der Vergangenheit.

Thorin stöhnte und versuchte die Augen zu öffnen, aber das gelang ihm nicht gleich beim ersten Mal. Er sah ein gleißendes Licht am Ende des dunklen Tunnels, das rasch größer wurde – und er glaubte, inmitten des Lichts eine Gestalt auszumachen, die ihn ganz entfernt an seine Mutter erinnerte. Er stammelte einige unzusammenhängende Worte, sehnte sich nach der Frau, die schon viele Jahre tot war – und dann öffnete er auf einmal die Augen.

Statt in das ebenmäßige Gesicht seiner Mutter sah er nun in die glotzenden Augen eines nackthalsigen Wüstenvogels, der mit weit ausgebreiteten und schlagenden Schwingen vor ihm auf- und abtanzte und dann mit seinem scharfen Schnabel nach ihm stieß. Thorin schrie auf, als sein linker Unterschenkel getroffen wurde. Der Vogel hielt ihn wohl für eine sichere Beute und war gekommen, um sein Recht zu fordern. Soweit durfte es aber nicht kommen!

Hinterher wusste Thorin selbst nicht mehr, woher er eigentlich die Kraft genommen hatte, um den hässlichen Vogel aus seiner unmittelbaren Nähe zu verjagen. Aber das laute Krächzen, das tief aus seiner Kehle kam, zeigte dem gefiederten Totengräber, dass er wohl zu früh gekommen war. Erschrocken kreischte der Vogel auf und sprang sofort zurück. Aber er erhob sich nicht in die Lüfte, sondern starrte nach wie vor mit gierigen Augen auf den geschwächten Krieger. Kein Zweifel, er würde sofort näherkommen, wenn Thorin jetzt wieder bewusstlos wurde. Und dann zielte der scharfe Schnabel womöglich nicht mehr nach dem Bein, sondern nach Thorins Augen...

Thorin hob mühsam den Kopf und entdeckte dann erst sein Schwert, das ganz in der Nähe lag. Es kostete ihn unsägliche Kraft, sich soweit zu erheben, dass er seine Finger nach Sternfeuer ausstrecken konnte. Für ihn verstrich fast eine halbe Ewigkeit, bis er den mit Juwelen geschmückten Knauf der Klinge zu fassen bekam – und er fühlte förmlich, wie ihn eine neue Kraft überkam, die ihn die permanenten Schmerzen in seinem Schädel zumindest in diesem Augenblick vergessen ließ.

»Verschwinde!«, krächzte er mit einer Stimme, die ihm selbst nicht zu gehören schien und schwang dabei das Schwert (wie entsetzlich schwer war es doch!). Der Vogel erschrak angesichts eines solch unerwarteten Widerstandes. Er erhob sich mit einem protestierenden Pfeifen in die Lüfte. Nach wie vor kreiste er aber über der Stätte des Todes, deren sich der verletzte Nordlandwolf erst jetzt so richtig bewusst wurde.

Seine Miene verbitterte sich, als er die reglosen Körper der Händler entdeckte, die unweit von der Stelle lagen, wo er im Kampf mit den Vermummten niedergestreckt worden waren. Die Kaufleute hatten von Anfang an keine Chance gehabt. Die Plünderer hatten genau den richtigen Zeitpunkt und den besten Ort für ihr Vorhaben gewählt. Keiner der Männer aus der Karawane lebte mehr – und die Leichen waren entsetzlich zugerichtet. Ein Gestank von Blut und dampfendem Gedärm hing in der Luft und würgte in Thorins Kehle. Beinahe hätte er sich übergeben, doch selbst dafür fühlte er sich zu schwach.

Ein kurzer Blick zum sonnenüberfluteten Himmel zeigte Thorin, dass viel Zeit verstrichen sein mußte, seit ihn der Hieb eines der Wüstenräuber niedergestreckt hatte. Es war noch früh am Morgen gewesen, als die Karawane in den Hinterhalt geraten war – jetzt aber hatte die grelle Sonne ihren höchsten Punkt bereits überschritten. Die Luft flimmerte vor Hitze, und noch nicht einmal der geringste Windhauch sorgte für wenigstens etwas frische Luft. Sofort bildete sich Schweiß auf Thorins Stirn, und die brütende Hitze verstärkte den Gestank nach Blut und Tod noch!

Seine Blicke glitten kurz über die Leichen der Männer, von denen er die meisten noch nicht einmal mit Namen gekannt hatte. Die Händler hatten ihn spüren lassen, dass er für sie immer ein Fremder bleiben würde. Nur Ramir hatte einige Worte mit ihm gewechselt, Ramir, der geschwätzige Kaufmann, der jetzt mit blutbefleckten Kleidern und weit aufgerissenen Augen drüben bei den toten Gefährten lag.

Thorin erkannte, dass die Plünderer die Händler fast aller ihrer Waffen beraubt hatten. Seltsamerweise hatten sie ihm sein Schwert gelassen – und das, obwohl jeder sofort erkennen konnte, dass Sternfeuer eine ganz besondere Klinge war. *Umso besser*, dachte Thorin. *Wenn ich diesen Hunden ein zweites Mal begegnen sollte, dann werden sie dafür büßen...*

Er sah sich kurz um und konnte nichts mehr finden, was seine augenblickliche Lage verbesserte. Sämtliche Waren, Vorräte und Wasserschläuche hatten die Mörder aus dem Hinterhalt mitgenommen – zusammen mit den Lasttieren waren sie so schnell verschwunden, wie sie aufgetaucht waren. Thorin erkannte die Spuren der Hufe und wollte sich im ersten zornigen Impuls auf die Fährte der Männer setzen. Dann aber erinnerte er sich wieder daran, dass er in Mercutta erwartet wurde.

Bei dieser Hitze und ohne ein Reittier war das fast eine unlösbare Aufgabe! Aus den Erzählungen der Händler wusste er zwar, welche Richtung er einzuschlagen hatte, wenn er die Oase von Baar Sh´en erreichen wollte – aber jetzt war er zu Fuß, und er wusste nicht, wie lange es dauern würde, bis er die Oase erreichte (falls er dies überhaupt schaffte!). Zuerst verband er seine Wunden mit Tuch, das die Plünderer aus einem aufgeschlitzten Ballen liegengelassen hatten. Es kostete ihn Mühe und äußerste Anstrengung, die Knoten zu machen und das

Tuch gut zu befestigen. Was konnte er nur tun, um zu überleben? Mit zusammengepressten Lippen beobachtete er im Schatten eines Felsens sitzend den wolkenlosen Himmel und mittendrin eine unbarmherzig heiß strahlende Sonne. Kurzentschlossen steckte er das Schwert in seine Scheide auf dem Rücken und verließ den Ort des Todes. Schwer waren seine Schritte, als er dem Lauf der Sonne folgte, während hinter ihm die Wüstenvögel wieder hinabstießen und sich zwischen den Leichen niederhockten. Jetzt war ihnen ihre Beute ganz sicher – denn der einzige, der sie daran hätte hindern können, verließ diese Stätte des Grauens…

Er wusste nicht, wieviel Zeit verstrichen war – er bemerkte es nur am Stand der Sonne, die sich weiter gen Westen neigte. Aber bis sie unterging und sich die Schatten der Abenddämmerung ausbreiteten, würden noch etliche Stunden vergehen. Stunden voller Hitze, Schweiß und…Durst. Thorins Kehle fühlte sich vollkommen trocken an, und die Zunge lag in seinem Mund wie ein dicker, pelziger Klumpen, der ihn fast am Atmen hinderte.

Er roch seinen eigenen Schweiss und hörte sich leise stöhnen. Thorin hatte die Augen zu schmalen Schlitzen zusammengekniffen, um nicht direkt in das grelle Licht der Nachmittagssonne schauen zu müssen. Die flimmernde Hitze, die verschorfenden Wunden und der fast schon unerträgliche Durst – sie schwächten Thorin mit jeder verstreichenden Minute immer mehr.

Jeder weitere Schritt wurde zur unerträglichen Qual – und noch immer blieb der weite Horizont völlig eben. Nichts wies darauf hin, dass sich die Landschaft änderte, dass grüne Hügel und Bäume das gelblich-braune Gelände ablösten und somit auf die nahe Oase hinwiesen. Immer wieder musste er innehalten und tief Atem holen, bevor er dann wieder einen Fuß vor den anderen setzte. Das Gewicht der Klinge auf seinem Rücken belastete ihn zusätzlich – aber um nichts auf der Welt hätte sich Thorin selbst jetzt von Sternfeuer trennen können.

Seltsamerweise musste er jetzt wieder daran denken, dass er in ganz ausweglosen Situationen immer Hilfe von den drei Göttern des Lichts erhalten hatte. Aber in den Worten des toten Ramir steckte wohl ein Funken Wahrheit. Der Händler hatte behauptet, dass es keine Götter mehr gebe – und je länger Thorin daran dachte, umso mehr kam er zu der Überzeugung, dass einiges dafür sprach. Er hatte seit langem keinen Kontakt mehr zu seinen einstigen Beschützern gehabt – weder zu Einar, noch zu Odan und Thunor. Das konnte nur bedeuten, dass sie nicht mehr lebten. Die Welt der Menschen – war sie zukünftig ohne ordnende Mächte und deshalb der Anarchie preisgegeben? Kriege würden die Länder überziehen, und alles würde sich verschieben – zugunsten welcher Seite, das würde man abwarten müssen...

Er dachte an Jesca, als er weiter unter der sengenden Sonne schritt. Wie lange hatte er sie schon nicht mehr gesehen? Mehr als ein Monat war vergangen, seit sich ihre Wege trennten – aber Thorin hatte immer gewusst, dass sie sich wiedersehen würden. Er würde so schnell nicht aufgeben. Er ahnte nur nicht, dass es schon so schnell geschehen würde.

Unter seinem Lederwams steckte noch das Pergament – es war ein Brief Jescas, der ihn in der Nomadenstadt Cutysdran erreicht hatte. Es waren nur wenige Zeilen gewesen, die ihm Jesca geschrieben hatte – aber der Inhalt hatte ausgereicht, dass Thorin seinen derzeitigen Aufenthaltsort verließ und sich auf den Weg nach Mercutta machte. Und unterwegs war er dann auf die Karawane gestoßen und hatte für einen Schlafplatz und etwas zu essen seine Fähigkeiten als Söldner angeboten.

Abrupt blieb er stehen, als er in der flimmernden Hitze am fernen Horizont plötzlich das Spiegeln einer Wasseroberfläche bemerkte. Er sah Bäume und Büsche, und einige grüne Hügel ringsherum. Sein Atem ging unwillkürlich schneller, als er begriff, dass dies die Oase von Baar Sh´en sein musste. Er sah sie – also konnte es nicht mehr weit sein!

Jetzt ging er schneller – auch wenn seine Schritte fast einem Stolpern gleichkamen, zeugten sie doch von einem erbarmungslosen Ringen und dem Triumph, gegen die Ohnmacht völliger Erschöpfung anzukämpfen. Und er hatte es noch eiliger, trieb mit dem bloßen Willen das schwache Fleisch an, als er zwischen den Bäumen die Umrisse einiger Gestalten ausmachen konnte. Er sah Pferde und ein gutes Dutzend Männer, die sich zwischen den Palmen bewegten – und im nächsten Augenblick war das ganze Bild vor seinen Augen wieder verschwunden.

Thorin stöhnte, als er sich bewusst wurde, dass es nur eine Luftspiegelung gewesen war – zwar täuschend echt, aber dennoch nicht real. Die flimmernde Hitze hatte ihm nur etwas vorgegaukelt, was zwar existierte, aber dennoch viel weiter entfernt war, als es jetzt den Anschein hatte. Die Oase lag noch weit jenseits des Horizontes, und es würden noch einige Stunden vergehen – ganz sicher noch länger als bis zum Sonnenuntergang.

Stur ging er weiter – obwohl seine Beine ihm immer mehr den Dienst versagten. Der Körper gierte nach Wasser, und allein der Gedanke an die klare Quelle inmitten von Palmen- und Dattelhainen brachte Thorin fast um den Verstand. Schließlich knickte sein linkes Bein unter ihm weg, und er stürzte hart zu Boden.

Mit dem Gesicht schlug er auf erodiertes Gestein inmitten des Meeres endloser Quarzkristalle und schürfte sich die linke Wange dabei schmerzhaft auf. Thorin fluchte und versuchte, sich rasch wieder zu erheben. Erst jetzt bemerkte er in schockierender Weise, wie schwach er sich eigentlich fühlte. Da war nichts mehr von den geschmeidigen Bewegungen eines Wolfes übrig. Nein, er fühlte sich wie ein Verdurstender, der *wusste*, dass er keine Chance mehr hatte. Und doch sträubte sich alles in ihm gegen dieses Wissen und gegen das Schicksal, das sich dahinter wie ein meilenhoher Berg auftürmte.

Mit einem Stöhnen rappelte er sich hoch und taumelte einige Schritte weiter. Er wankte noch ein wenig, konnte aber ansonsten das Gleichgewicht halten. Nur hundert Meter weiter stürzte er ein zweites Mal zu Boden, und diesmal dauerte es noch länger, bis er wieder aufstehen konnte. Am fernen Horizont sah er immer noch keine grünen Hügel oder Bäume. Seine Gedanken kreisten förmlich um die klare Quelle der Oase, und der Wunsch, dieses Ziel im Notfall sogar kriechend zu erreichen, wurde zur Besessenheit.

Ein wütender Schrei entrang sich seiner wunden Kehle, als Thorin seine letzten Kraftreserven mobilisierte. In diesen so entscheidenden Sekunden wuchs er über sich selbst hinaus. Viele andere wären liegengeblieben und hätten endgültig auf den Tod gewartet – nicht so Thorin. Er musste die Oase erreichen – denn nur dort gab es das lebensrettende Wasser. Und da Baar Sh´en der einzige grüne Ort weit und breit war, würde er dort auch ganz sicher auf Hilfe hoffen können (denn die Gestalten zwischen den Palmen, die er in der Luftspiegelung gesehen hatten, waren doch ein Beweis dafür, dass die Oase nicht verlassen war). Irgendwo jenseits des Horizontes hielten sich Menschen auf – und sie ahnten nicht, dass hier draußen ein einsamer Krieger buchstäblich um sein Leben kämpfte!

Kapitel 3: In der Oase von Baar Sh`en

Die Sonne neigte sich allmählich gen Westen, und zum ersten Mal war ein Hauch von Abkühlung zu spüren. Als der glühende Feuerball allmählich vom Horizont verschluckt wurde und das Licht an Intensität verlor, ergriff Hortak Talsamon eine eigenartige Unruhe, die er sich nicht erklären konnte. Einige der Männer aus Mercutta waren noch damit zugange, die erschöpften Pferde an der Quelle zu tränken und sie dann weiter zu versorgen – und der dunkelhäutige Schmied war dankbar dafür, dass sich die anderen auch um sein Tier kümmerten. Wieder und wieder spähte er hinaus in die weite Ebene – aber der Horizont blieb leer und verlassen. Von der längst überfälligen

Handelskarawane war weit und breit nichts zu sehen. Natürlich wusste man in Mercutta von der Ankunft der Karawane, denn die Händler aus dem Norden waren in der Stadt immer willkommen. Sie brachten nicht nur Waren und Lebensmittel, sondern auch Neuigkeiten aus anderen Teilen der Welt, die so sehr gelitten hatte. Aber nach dem *Dunklen Zeitalter* erwachte die Welt erst allmählich wieder zu neuem Leben – auch wenn es noch viele Jahre dauern würde, bis alles wieder seinen vertrauten Gang ging...

Hortak Talsamon hatte zusammen mit einem Trupp entschlossener Männer Mercutta am frühen Morgen verlassen, um der längst fälligen Handelskarawane entgegenzureiten. Irgend etwas stimmte nicht – und das mussten sie herausfinden.

Drüben bei der von zahlreichen Büschen und Bäumen umsäumten Quelle hatten die Männer ein Lager errichtet, weil es ohnehin nicht mehr lange bis zum Einbruch der Dämmerung war. Jetzt noch nach Spuren in der Wüste zu suchen, würde zwecklos sein – aber dennoch beschloss Hortak Talsamon, *jetzt* loszureiten. Seine innere Unruhe wuchs mit jeder verstreichenden Minute, und er wusste, dass er nicht hierbleiben und darauf warten konnte, dass die Karawane vielleicht noch während der Nacht in der Oase eintraf.

Er sah das Kopfschütteln und die Blicke der anderen Männer, als er zu seinem Pferd ging und in den Sattel stieg. Aber das war ihm gleichgültig. Er wusste selbst nicht, warum er hinaus in die Wüste ritt, denn er war nur ein Schmied, der sich vom pünktlichen Eintreffen der Karawane keinerlei Vorteile erhoffte. Er brauchte weder seltene Gewürze, noch kostbare Tücher und Schmuck. Aber wenn Menschen in Not waren (und dieser Verdacht verdichtete sich immer mehr), konnte man auf ihn zählen!

Er drückte dem Pferd die Hacken in die Flanken und verließ die Oase von Baar Sh´en in Richtung Norden. Jemand rief ihm etwas nach – aber darauf achtete Hortak Talsamon nicht, denn seine Gedanken kreisten um ganz andere Dinge. Nämlich um die *Träume*, die ihn schon seit einigen Tagen heimsuchten und für die er im Grunde genommen keine rationale Erklärung hatte. Es waren zum Teil äußerst verwirrende Bilder, die er gesehen hatte – und deren Botschaft er nicht zu deuten wusste. Seltsamerweise war in diesen Träumen immer wieder ein fremder Krieger mit einem prächtigen Schwert erschienen, dessen Konturen seltsam unscharf gewesen waren (als ob er ihn durch einen milchigen Spiegel hindurch gesehen hätte).

Hortak Talsamon besaß die *Gabe*, bestimmte Dinge vorauszusehen, aber dieses Wissen behielt er für sich, weil die Menschen in Mercutta keine gute Meinung von Magie und Zauber hatten. Im *Dunklen Zeitalter* war zuviel geschehen, was die Menschen in Angst und Schrecken versetzt hatte, und deshalb nutzte der dunkelhäutige Schmied die Gabe seiner Träume nur äußerst selten. Menschen, die Rat suchten, kamen zu ihm – und er versuchte ihnen dann zu helfen. Mit seinem gesunden Menschenverstand, wie er das immer ausdrückte. Aber eigentlich war es viel mehr – jedoch verriet er das niemandem. Hortak Talsamon lebte ansonsten allein und zurückgezogen, verrichtete seine Arbeit als Schmied mit einem Helfer gut und hatte genug Aufträge, um ein karges, aber dennoch ausgefülltes Leben zu haben.

Längst war die Oase am fernen Horizont verschwunden – ebenso wie die helle Sonne, die als glühender Feuerball in der Weite der Großen Salzwüste untergegangen war. Die ersten Schatten der Nacht breiteten sich aus, und der Schmied wusste, dass ihm nicht mehr viel Zeit blieb, wenn er mit seiner Suche Erfolg haben wollte. Es wurde rasch kälter.

Er zügelte sein Pferd, richtete sich im Sattel hoch empor und ließ seine Blicke über die zahlreichen Dünen und Hügel der Wüste schweifen. Der abkühlende Wind wurde jetzt stärker und zerrte an seinem Gewand, trug Sand von den Dünen ab und erschuf neue nur wenige Meter daneben. Er zog den Mantel unwillkürlich etwas enger um sich.

Hortak Talsamon wollte seine Blicke schon wieder abwenden und weiterreiten, als er plötzlich einen dunklen Fleck im hellen Sand ausmachte. Er kniff die Augen zu schmalen Schlitzen zusammen und spähte erneut auf die betreffende Stelle. Dann wusste er, dass er sich nicht getäuscht hatte. Hastig trieb er sein Pferd an, lenkte es am Rande einer großen Düne hinunter in eine Mulde und sah dann den Menschen, der nur wenige Schritte entfernt reglos im Sand lag – schon halb zugeweht!

Der dunkelhäutige Schmied stieg aus dem Sattel und eilte mit schnellen Schritten auf den Mann zu. Im ersten Moment zuckte er zusammen, als er sich über ihn beugte und ihn vorsichtig zur Seite drehte – denn er sah das Schwert, das der Fremde bei sich hatte. Dieser Mann mit den hellen Haaren – er erinnerte Hortak Talsamon irgendwie an den Krieger aus seinen Träumen. Auch diese Gestalt hatte helle Haare gehabt, war von großer Statur gewesen und hatte ein Schwert besessen, das seinesgleichen suchte!

Erschüttert von seinen eigenen Gedanken, war Hortak Talsamon zuerst gar nicht in der Lage, zu erkennen, dass der fremde Krieger noch am Leben war.

Seine Brust hob und senkte sich – wenn auch ganz schwach. Sofort erhob sich der schwarze Schmied wieder und eilte zurück zu seinem Pferd, wo der Wasserbeutel aus Ziegenleder am Sattelhorn hing. Er nahm ihn an sich, lief zurück zu dem Fremden und versuchte, ihm etwas von dem lebensrettenden Nass einzuträufeln. Die Lippen des Fremden öffneten sich jetzt, nahmen das Wasser auf, aber er kam dennoch nicht völlig zu sich. Als Hortak Talsamon den Beutel wieder absetzte, kam ein leises Stöhnen über die Lippen des Mannes – aus einer rauhen und fast völlig ausgetrockneten Kehle. Die heiße Sonne hatte sein Gesicht gezeichnet. Einen weiteren Tag in dieser Gluthölle hätte er ohne Wasser nicht mehr überlebt!

Hortak Talsamon verstaute den Wasserbeutel wieder am Sattel und ging zurück zu dem Fremden. Selbst für einen kräftigen Mann wie den Schmied war es nicht leicht, den Bewusstlosen hochzuheben und in den Sattel seines Pferdes zu wuchten. Der Krieger war groß und stark, und seine Muskeln kündeten von der Kraft, die er besaß – jetzt aber war er schwach und hilflos. Talsamon registrierte auch die verbundenen Wunden und machte sich so seine Gedanken. Dabei kratzte er leicht durch das Tuch seines Umhangs hindurch die Narbe an seiner rechten Schulter.

Ehe der dunkelhäutige Schmied sich ebenfalls in den Sattel zog, holte er noch einmal tief Luft. Unwillkürlich richteten sich seine Augen für einen winzigen Moment lang auf den mit Juwelen geschmückten Knauf des großen Schwertes, das der Fremde in einer Scheide auf seinem Rücken trug. Zuerst wollte er nach der Waffe greifen und den Stahl prüfen – denn Hortak Talsamon verstand etwas von Waffen. Er selbst hatte Dutzende von Schwertern und Lanzen im Feuer geschmiedet und gehärtet – aber diese Waffe hier schien etwas ganz Besonderes zu sein (obwohl er die Beschaffenheit der Klinge jetzt nur erahnen konnte).

Irgend eine warnende Stimme tief in seinem Inneren riet ihm davon ab, seine neugierigen Hände nach der Waffe auszustrecken. Sie war nicht für einen Menschen wie ihn bestimmt – sondern sie gehörte ausschließlich dem Fremden!

Er zwang sich, seine Blicke vom Knauf des Schwertes abzuwenden und konzentrierte sich statt dessen darauf, so rasch wie möglich wieder zur Oase zurückzukehren. Der Fremde brauchte Hilfe, Heilkräuter und noch mehr Wasser – und wenn er aus seiner Bewusstlosigkeit erwachte, konnte er Hortak Talsamon und den anderen Männern aus Mercutta vielleicht mehr darüber sagen, wie er in diese schier ausweglose Lage gekommen war...

Zuerst hörte er nur ganz undeutliche Geräusche aus weiter Ferne – und als er die Augen kurz öffnete, sah er eine schattenhafte Gestalt vor sich, die sich ganz schwach vor dem dunkel werdenden Himmel abzeichnete. Sekunden später spürte er etwas Nasses auf seinen Lippen, und er fühlte ein unstillbares Verlangen nach Wasser. Er trank, wartete einen Moment, bis das unangenehme Völlegefühl nachließ, trank hastig weiter, dann aber versiegte der winzige Quell auch schon wieder, und Thorin stürzte erneut in den tiefen Schlund der Bewusstlosigkeit.

Als er das nächste Mal die Augen aufschlug, zuckte er im ersten Moment zusammen, weil seine unmittelbare Umgebung ziemlich finster war. Erst als er mühsam den Kopf wandte, sah er die flackernden Flammen eines Lagerfeuers, das die Nacht erhellte und Thorin die Männer erkennen ließ, die sich dort niedergelassen hatten.

»Du hast Glück gehabt, Fremder«, sagte eine dunkle Stimme neben Thorin. »Einen weiteren Tag in dieser Hitze hättest du ohne Wasser nicht überlebt. Du musst entweder sehr mutig sein oder vollkommen verrückt, dass du die Große Salzwüste zu Fuß durchquerst...«

»Ich hatte ein Pferd!« erwiderte Thorin und bemerkte aus den Augenwinkeln, dass die anderen Männer drüben am Feuer jetzt auch mitbekommen hatten, dass er aus seiner Bewusstlosigkeit erwacht war. »Aber diese elenden Hunde haben es getötet – genau wie die Händler der Karawane...«

Thorin bemerkte, wie der dunkelhäutige Mann sichtlich zusammenzuckte.

»Ich wusste es«, murmelte er dann. Seine Hände ballten sich in stiller Ohnmacht zu Fäusten. »Die Karawane war schon überfällig – jetzt wissen wir auch warum. Erzähl uns, wie es geschehen ist, und sag uns auch deinen Namen. Du bist nicht von hier, und wie ein Händler siehst du auch nicht gerade aus...«

Thorin nannte seinen Namen und erzählte dann in kurzen Sätzen, wie die Karawane völlig ahnungslos in den Hinterhalt der Mörder und Plünderer geraten war. »Es geschah so schnell, dass uns keine Zeit mehr zur Verteidigung blieb«, fuhr er fort und bemerkte die entsetzten Blicke der anderen Männer. »Mich hielten sie wohl für tot – sonst hätte ich diesen Überfall nicht überlebt...«

»Seltsam, dass sie dich *nicht* ausgeplündert haben«, meldete sich jetzt einer der Umstehenden zu Wort, der Thorins Schwert misstrauisch begutachtete. Man konnte ihm ansehen, dass er dem blonden Krieger nicht glaubte. Aus zusammengekniffenen Augen beobachtete er den Überlebenden aus der Wüste. »Ryes Dhor und seine Wüstenhunde sind eigentlich bekannt dafür, dass sie nichts zurücklassen – erst recht nicht, wenn es sich um so eine wertvolle Klinge handelt. Oder liegt es vielleicht daran, dass du einer von diesen Mördern bist, den man schwer verletzt zurückgelassen hat?« Seine Stimme klang etwas spöttisch, und Thorin merkte, wie diese Worte bei einigen anderen Männern auf fruchtbaren Boden stießen.

Ihm lag schon eine heftige Erwiderung auf der Zunge, aber der dunkelhäutige Mann, der ihn draußen in der Wüste gefunden und bis in diese Oase gebracht hatte, kam ihm zuvor.

»Du redest unüberlegt, Tarandoc!«, wies Hortak Talsamon den anderen Mann zurecht. »Kennst du nicht die Gerüchte und Legenden, die sich um Ryes Dhor und seine Wüstenhunde ranken? War da jemals die Rede von einem blonden Schwertkämpfer?« Er hielt einen kurzen Moment inne, um zu sehen, welche Wirkung seine Worte bei den anderen auslösten. »Nein, ich glaube, was er uns da berichtet hat. Er hat einfach Glück gehabt – vielleicht hält auch das Schicksal seine schützende Hand über ihn, wer weiß?«

»Du und Deine Prophezeiungen!«, erwiderte Tarandoc abwinkend, aber etwas freundlicher. »Nun gut, du magst ja recht haben. Wie weit ist es bis zu der Stelle, wo die Karawane überfallen wurde, Fremder?«, wagte er noch einen letzten Vorstoß.

»Ich bin mir nicht sicher«, anwortete Thorin wahrheitsgemäß. »Von der Stelle aus, wo ich zusammenbrach, sind es vielleicht zwei Stunden – es können auch drei sein. Ich kann es nicht genau sagen. Wenn ihr meinen Fußspuren folgt, werdet ihr auf eine Gruppe von markanten Felsen stoßen. Dort ist es geschehen. Ihr braucht nur auf die Vögel zu achten, die am Himmel kreisen…«

»Ich weiß, wo das ist«, rief nun ein dritter Mann, der sich bisher schweigend zurückgehalten hatte. »Es ist wirklich nicht weit von hier. Wenn wir gleich nach Sonnenaufgang reiten, werden wir schnell dort sein. Vielleicht gibt es ja doch noch Überlebende…« Seine Stimme zitterte bei dem Gedanken, dass sie dort nur noch verstümmelte Leichen finden würden. Erst später sollte Thorin erfahren, dass der geschwätzige Ramir ein guter Freund dieses Mannes gewesen war. Das Eis schien gebrochen. Morgen früh würde man die Aussagen des Kriegers selbst überprüfen, die Toten begraben und retten, was von den Räubern der Wüste zurückgelassen worden war.

Die Männer wandten sich ab und gingen wieder ihren ursprünglichen Beschäftigungen nach. Auch der dunkelhäutige Mann wollte sich jetzt schon von Thorin abwenden, hielt aber inne, als er die Stimme des blonden Kriegers hörte.

»Warte – ich habe noch so viele Fragen, und ich muss dir danken, dass du mich gerettet hast!«

Hortak Talsamon drehte sich um und sah Thorin lange an, bevor er darauf etwas erwiderte.

»Es ist meine Pflicht, zu helfen, wenn es nötig ist«, erwiderte er knapp, und Thorin sah, wie er immer wieder zum Knauf des Schwertes schaute. *Er ahnt, dass es eine besondere Waffe ist,* schoss es Thorin durch den Kopf. *Es ist, als wüsste er mehr, als er sagen will…*

»Und wer bist du, Thorin?«, wollte er nun von ihm wissen. »Jeder kann dir ansehen, dass du nicht aus diesen Ländern stammst. Dein Haar und dein Dialekt – sie erinnern an die Völker im Hohen Norden, am Rande des Eises – als es die

Eisländer noch gab...«, fügte er rasch hinzu, und in seiner Stimme klang ein Hauch von Resignation an.

»Das stimmt«, sagte Thorin. »Und wer bist du? Ich kenne noch nicht einmal deinen Namen und die deiner Gefährten. Seid ihr aus Mercutta?«

»Wir alle«, erwiderte der dunkelhäutige Schmied und nannte Thorin seinen Namen. »Wir erwarteten die Karawane schon seit einigen Tagen – sie kam bisher noch nie so spät. Deshalb wollten wir ihnen entgegenreiten. Schließlich wissen wir, dass es in diesen unruhigen Zeiten ziemlich gefährlich ist, die Große Salzwüste zu durchqueren – nicht nur wegen der Hitze. Du musst einen guten Grund haben, diese Strapazen auf dich zu nehmen, Thorin. Was willst du in Mercutta?« Er wich dabei dem prüfenden Blick des immer noch erschöpften Kriegers nicht aus.

»Neugierig bist du gar nicht, wie?« Thorin lachte kurz auf und spürte, wie rauh seine Stimme noch klang. »Aber gut, was ist schon dabei, es dir zu sagen! Ich werde mich dort mit jemandem treffen – mit einer Frau...«

Ein Lächeln huschte über die dunkelhäutigen Züge Hortak Talsamons.

»Du erweckst nicht gerade den Eindruck, als wolltest du eine Bindung eingehen, Thorin«, sagte er dann und wartete auf eine Antwort.

»Sie ist nur eine Freundin – eine gute Gefährtin sozusagen«, fügte Thorin rasch hinzu. »Vielleicht bist du ihr ja schon begegnet. Ihr Name ist Jesca – sie ist eine Nadii-Amazone aus Styrgien...« Er hielt inne, als ein plötzlicher Schatten das Gesicht seines Gegenübers überzog. Trotz seiner Schwäche war Thorin wachsam genug, um dieses Zeichen sofort zu registrieren. »Kennst du sie?«, fuhr er deshalb rasch fort.

»Ich bin mir nicht sicher«, zögerte Hortak Talsamon mit einer Antwort. »Ich weiß nicht genau, ob es die Frau ist, von der du sprichst. Wir sollten noch einmal darüber reden, wenn wir wieder zurück in Mercutta sind. Alles was du jetzt brauchst, ist Ruhe. Ich habe deine Wunden gereinigt und verbunden. Morgen Früh, wenn du erwachst, wirst du dich schon viel besser fühlen – glaub mir das. Du bist nicht der erste Verletzte, um den ich mich gekümmert habe.«

»Jetzt warte doch mal!...«, wollte ihm Thorin nachrufen, musste dann aber einsehen, dass er zumindest jetzt und hier von Hortak Talsamon keine Antwort bekommen würde.

Auch wenn er sofort bemerkt hatte, wie Hortak Talsamon bei der Erwähnung von Jescas Namen zusammengezuckt war, so würde er im Moment nichts aus ihm herausbringen. Der dunkelhäutige Schmied schien mehr zu wissen, als er vorgab – und das beunruhigte Thorin sehr. Deshalb dauerte es lange, bis er schließlich einschlief. Und in seine unruhigen Träume schlich sich ganz plötzlich eine unbestimmbare Furcht...

Sie sahen die kreisenden Vögel als dunkle Flecken am Himmel – schon lange bevor sie die Stelle zwischen den Felsen erreichten, wo die Mörder die Karawane aus dem Hinterhalt überfallen hatten. Die Sonne hatte zwar noch nicht ihren höchsten Stand erreicht, aber über der kargen Landschaft waberte jetzt schon die Hitze wie ein alles verschlingender Hochofen – und der Geruch des Todes wurde immer stärker, je mehr sie sich den Felsen näherten. Die Vögel flüchteten mit einem protestierenden Krächzen, als die Männer aus Mercutta und Thorin die ersten Toten erreichten.

Die Mienen der Männer wurden bleich und verschlossen, als sie die blutigen Leichen der Händler entdeckten, ihrer Kleidung und Waffen beraubt – und die von der Hitze bereits aufgedunsenen Körper erschienen schrecklich bleich und vergänglich. Die Vögel hatten ihr grausiges Werk bereits begonnen, und dieser Anblick war für zwei der Männer zuviel. Sie neigten sich zur Seite und übergaben sich würgend, bis nur noch bittere Galle aus ihrem Magen emporkam.

In Hortak Talsamons Miene arbeitete es, als auch er aus dem Sattel stieg und seine Blicke über die Leichen schweifen ließ. Er hatte seine linke Hand mit einem Tuch vor den Mund gelegt. Hier gab es nichts mehr, das lebte – hier regierte nur noch der Tod. Er sah nur kurz zu Thorin hinüber, war ansonsten ganz in seine eigenen Gedanken versunken. Dennoch hätte Thorin eine Menge dafür gegeben, wenn er in diesem Moment gewusst hätte, was Hortak Talsamon durch den Kopf ging. Der dunkelhäutige Schmied gab sich schweigend, aber irgendwie erschien das nur wie eine schlecht aufgesetzte Maske, unter der man mit etwas Mühe das wahre Gesicht erkennen konnte.

»Begraben wir sie«, sagte er schließlich so laut, dass es alle anderen hören konnten. »Sonst gibt es für uns hier nichts mehr zu tun...«

Auch Thorin half den Männern, ihre traurige Arbeit zu verrichten. Es war eine schweißtreibende Arbeit, in dieser Hitze Gräber auszuheben und dann die schrecklich zugerichteten Körper der Händler hineinzulegen. Der Leichengeruch war so übermächtig, dass Thorin beinahe am Atmen gehindert wurde. Dieses Bild würde er ganz sicher so schnell nicht mehr vergessen.

Er wusste nicht, wieviel Zeit verstrichen war, bis die Toten schließlich alle beerdigt waren. Die grelle Sonne war schon in Richtung Westen weitergezogen – aber noch immer waberte die Luft vor Hitze. Thorins Blicke glitten unwillkürlich zu dem Beutel aus Ziegenleder. Er sehnte sich nach einem Schluck Wasser, und den anderen Männern erging es genauso. Dennoch mussten sie mit ihren Wasservorräten sehr sparsam umgehen – zumindest bis sie wieder die Oase von Baar Sh´en erreicht hatten.

»In Mercutta wird man die Nachricht von dem Überfall auf die Karawane mit Bestürzung aufnehmen«, sagte der dunkelhäutige Schmied, nachdem er einen

Schluck Wasser getrunken und den Beutel dann an Thorin weitergereicht hatte.
»Es werden viele Wochen vergehen, bis erneut Händler zu uns kommen können. Viele werden spüren, was es heißt, am Rande der Wüste zu leben...«

Thorin erwiderte nichts darauf – es hätte ohnehin nichts geändert. Die Länder am Rande der Großen Salzwüste waren schon vor dem *Dunklen Zeitalter* dünn besiedelt gewesen. Größere Ansiedlungen oder prunkvolle Städte hatte es hier nicht gegeben – selbst Mercutta schien nur eine primitive Stadt zu sein (zumindest hatte Jesca das in ihrem Brief kurz erwähnt, ohne näher darauf einzugehen).

»Reiten wir«, sagte Hortak Talsamon und blickte noch einmal kurz zurück zu den Felsen, wo noch Teile der Spuren zu erkennen waren, die die Wüstenmörder zurückgelassen hatten. Aber sie zu verfolgen, war viel zu riskant. Dazu waren sie viel zu wenige, und die Männer besaßen nicht genug Kampferfahrung, um eine solche Auseinandersetzung meistern zu können. Erneut sah Thorin zu dem dunkelhäutigen Mann, und es erschien ihm, als ob sich in Hortak Talsamons Augen eine unsägliche Bitterkeit widerspiegelte – ein Gefühl, das man nicht in Worten ausdrücken konnte.

Thorin saß hinter dem Schmied aus Mercutta auf und verließ mit den anderen Reitern die Stätte des Todes. Sie machten sich auf den Rückweg zur Oase, würden dort einen kurzen Aufenthalt haben, um den Pferden etwas Ruhe zu gönnen. Gegen Abend hofften sie dann in der Stadt zu sein – und Thorin wollte diese Zeit nutzen, um soviel wie möglich über Mercutta und seine Bewohner zu erfahren. Denn eine düstere Ahnung sagte ihm, dass es besser war, sich rechtzeitig auf *unangenehme Dinge* einzustellen...

Kapitel 4: Larko, der Dieb

Er hörte die Schreie des Unglücklichen, noch bevor er sein Ziel erreichte. Larko wusste, dass er nicht verhindern konnte, was jetzt dort geschah, und es war vielleicht besser, wenn er sich wieder aus dem Staub machte. Aber da war diese verfluchte Neugier, die ihn förmlich zwang, nicht nur an diesem (für ihn ziemlich gefährlichen) Ort auszuharren, sondern sogar noch näher heranzuschleichen und mit eigenen Augen zu beobachten, was er bereits vermutete.

Das *Haus der Vernunft* – so nannten Larko und seine Freunde diesen Ort – und jeder wusste, dass sein Leben auf des Messers Schneide stand, wenn ihn die Gefolgsmänner des reichen Tys Athal erwischten. Diebe und Bettler waren für Tys Athal und seine Männer der sprichwörtliche Abschaum der Welt. Jedesmal wenn sich eine Karawane ankündigte, ließ dieser einflussreiche Kaufmann

Vorkehrungen treffen, damit die Händler in der Stadt auch sicher waren. Natürlich zogen die neuen und manchmal recht wertvollen Waren auch die *Bewohner* der Stadt an, die für einen Mann wie Tys Athal gleich nach schmutzigen Ratten und widerlichem Gewürm kamen. Deshalb arbeiteten Männer für ihn, die nicht viele Fragen stellten, sondern ohne Zögern jeden seiner Befehle ausführten.

Die übrigen Bewohner der Stadt duldeten das Vorgehen des einflussreichen Kaufmanns, sie kümmerten sich nicht um das Schicksal der Diebe, die irgendwo in (und manchmal auch unter) den Mauern der Stadt lebten. Manche der Menschen, die hier schon seit einigen Jahren lebten und auf den Ruinen einer untergegangenen, namenlosen Stadt ihre neue Heimat errichtet hatten, wussten immer noch nichts von den Gängen und halb zugeschütteten Schächten, die sich wie ein feines Netz unterhalb von Mercutta erstreckten. Larko und die anderen Diebe jedoch kannten sich hier umso besser aus. Diese Schächte und Gänge waren ihre Heimat, ihre Zuflucht...

Er riskierte viel, als er sich unbemerkt in Tys Athals Palast eingeschlichen hatte – das wusste Larko. Aber er musste herausfinden, was mit Mosh geschehen war. Mosh, der hagere, kranke Dieb, der leichtsinnig wurde, als er nachts in das Haus eines alten Mannes eingedrungen war. Denn der alte Mann war ein Heilkundiger, der schon so manche Krankheit mit seinen Salben und Pastillen geheilt hatte – und diese Hoffnung war es wert gewesen, dass Mosh riskierte, dort einzudringen. Aber sein Plan war fehlgeschlagen. Der alte Mann hatte ihn bemerkt und laut um Hilfe geschrien – und dann waren auch schon die Nachtwachen herbeigeeilt und hatten sich Mosh geschnappt, bevor dieser das Weite hatte suchen können. Bald war er hinter den Mauern des *Hauses der Vernunft* verschwunden – und niemand von den Dieben hatte ihn wiedergesehen.

Bis jetzt, dachte Larko, als er sich geduckt über das flache Dach des weiträumigen Hauses schlich. Ein bitteres Lächeln schlich sich in seine Züge, als er an die Weinranken dachte, die die vordere Front des Hauses überzogen. Es war für einen geschickten Kletterer wie ihn ganz leicht gewesen, auf das Dach zu kommen – und von hier aus war es nicht mehr weit bis zum Innenhof.

Wieder ertönten laute, langgezogene Schreie, gefolgt von einem hässlichen Klatschen und dem Gelächter aus rauhen Kehlen. Larko zuckte jedesmal zusammen, wenn er Mosh schreien hörte, und schließlich wandelten sich diese Schreie in ein hilfloses, schwächer werdenes Gewimmer, brachen ganz ab, bevor er das andere Ende des flachen Daches erreichte.

Vorsichtig riskierte er einen Blick hinunter in den Hof und wurde bleich, als er sah, wie gerade zwei Männer die Fesseln des unglücklichen Mosh lösten. Sie hatten ihn an einem mit schweren Eisenringen versehenen Mauervorsprung angebunden und mit Peitschenhieben entsetzlich zugerichtet. Die nackte Brust des kranken Diebes war eine einzige offene, blutige Wunde, und der feine Sand des Innenhofes hatte sich an dieser Stelle rot gefärbt.

Mosh regte sich nicht mehr, als ihn die beiden Männer an den Armen packten. Die Füße schleiften durch den Sand, und der Kopf des Diebes war gesenkt.

»Verscharrt ihn draußen vor der Stadt!«, erklang nun eine Stimme, die Larko nur allzu gut kannte. Sie gehörte dem dicken Tys Athal, dem heimlichen Herrscher von Mercutta. Als Larko kurz nach links schaute und sich etwas weiter vorwagte, konnte er die massige Gestalt des Kaufmanns deutlich erkennen. Er stand unweit eines Säulenganges, der den gesamten Innenhof umgab, hielt einige Weintrauben in seiner Hand und spuckte die Kerne aus, während seine Männer den schrecklich zugerichteten Mosh wegbrachten.

Sie haben ihn umgebracht, schoss es Larko durch den Kopf. *Totgeschlagen haben sie ihn – ohne eine Spur von Mitleid. Dieser fette Hund Athal – ich könnte ihn…* Wütend ballte Larko seine Fäuste und zwang sich, nicht einen Zornesschrei angesichts dieses gewaltsamen Todes von Mosh auszustoßen. Aber das hätte auch nichts mehr geändert. Mosh hatte viel riskiert und dafür einen hohen Preis zahlen müssen – nämlich den seines eigenen Lebens!

Ganz langsam und ohne einen Laut zu verursachen, zog sich Larko wieder zurück, schlich sich zur anderen Seite des Daches. Er kam gerade noch rechtzeitig, um zu sehen, wie die beiden Männer den blutigen Leichnam auf einen alten Karren warfen und einem dritten Mann auftrugen, den Toten aus der Stadt zu bringen. Der nickte nur und steckte die Münzen ein, die man ihm in die Hand gedrückt hatte. Dann griff der Mann nach der Deichsel des Karrens und zog ihn die Straße hinunter in Richtung des westlichen Stadttores.

Obwohl die Sonnenhitze die Lehmziegel des Daches schon ziemlich erwärmt hatte, zwang sich Larko doch noch dazu, hier oben einige Zeit auszuharren. Zumindest so lange, bis er sicher sein konnte, in einem passenden Moment ungesehen das Dach verlassen und in einer der engen Gassen, die sich rings um das Anwesen von Tys Athal erstreckten, rasch untertauchen zu können.

Der Zufall (oder vielleicht auch das Schicksal) kam Larko in diesem Augenblick zu Hilfe. Von den Zinnen des Wachturms am südlichen Tor erklang auf einmal ein lautes Fanfarensignal. *Die Karawane*, schoss es Larko durch den Kopf. *Das ist das Zeichen, dass die Karawane eintrifft.* Ein Gedanke jagte jetzt den anderen, während unterhalb des Hausdaches Unruhe entstand. Hastige Schritte erklangen, und der dicke Tys Athal verließ sein Haus, gefolgt von einigen Leibwachen und Bewaffneten. Natürlich wollte er das Eintreffen der Händler mit eigenen Augen sehen und seinen Anspruch auf einen Teil der Waren erheben.

Keiner bemerkte Larko, als er sich hastig an den Weinranken hinuntergleiten ließ. Mit einem geschmeidigen Satz überwand er die letzte Distanz, kam auf dem Boden auf und suchte sofort mit schnellen Schritten das Weite. Der erfahrene Dieb tauchte ungesehen in einer anderen Seitenstraße unter, durchquerte rasch einen anderen Innenhof und verschwand dort hinter einer unverschlossenen Tür – nur um wenige Minuten später auf einer anderen Straße wieder aufzutauchen. Auf einer Straße, wo andere Stadtbewohner bereits ihre Häuser verlassen hatten und dem großen Marktplatz zustrebten.

Larko verlangsamte seine Schritte und mischte sich unter die Menge. Nur sein Herz klopfte noch wie wild, und sein zorniger Gesichtsausdruck wollte nicht weichen. Er wusste, dass er jetzt halbwegs sicher war, und solange er sich unauffällig benahm, würde er keinen Ärger bekommen. Seine Blicke huschten aufmerksam umher, suchten nach vertrauten Gesichtern, aber es verstrichen doch einige Minuten, bis er am anderen Ende der Straße den untersetzten Bartok entdeckte. Er bemerkte die Frage nach Moshs Verbleib in den Augen seines Gefährten und schüttelte in stummer Trauer den Kopf – das war eindeutig. Ein Schatten überzog die Miene des anderen Diebes, weil Bartok wusste, was das bedeutete.

Die engen und auch die etwas breiteren Straßen führten sternförmig alle zum Zentrum der Stadt – und das war der Marktplatz. Nichts im Vergleich zu den prunkvollen Städten vor dem *Dunklen Zeitalter* – aber die Menschen hatten mittlerweile gelernt, auch unter ganz einfachen Bedingungen ihr Leben zu fristen. Larko wusste nicht, ob er es noch erleben würde, dass die Schatten von dieser Welt wichen und alle vergessen würden, was einmal geschehen war. Bis dahin herrschte auch in diesem Teil des Landes das Recht des Stärkeren – und das bedeutete in diesem Falle die Vormachtstellung von Tys Athal und seinen Schergen!

Laute Stimmen erklangen von den Zinnen oberhalb des Stadttores. Larko war noch zu weit davon entfernt, um es zu verstehen. Aber er registrierte das erstaunte Murmeln, das nun die Menschenmenge erfasste, und Unglauben zeichnete sich in den Blicken vieler Bewohner ab. Diese eigenartige Unruhe erfasste auch Larko – und wenige Augenblicke später erkannte er, was die Ursache war. Nämlich in dem Moment, als sich die breiten Flügel des Stadttores öffneten und der Blick frei war auf den Reitertrupp, der durch das Tor ritt.

Aber das... das waren doch die Männer, die gestern aufgebrochen waren, um der Karawane entgegenzureiten, stellte Larko fest. Und jetzt kamen sie allein zurück – ohne die Händler und ihre schwerbeladenen Lastelefanten. Nein, korrigierte sich Larko, als er einen großen, blonden Mann unter den Reitern sah. Sie kommen nicht ganz allein...

Er musterte den großen Krieger, dessen lange blonde Haare ihm ungezügelt in die Stirn fielen. Sein Gesicht war bleich und angespannt – er machte einen erschöpften Eindruck. Was Larko aber sofort in die Augen stach, war das mächtige Schwert, das der Fremde bei sich hatte. Im Licht der sinkenden Sonne spiegelte sich der Knauf. *Eine wertvolle und ungewöhnliche Waffe ist das*, dachte Larko und bemerkte, dass der in einiger Entfernung stehende Bartok das Schwert ebenfalls mit leuchtenden Augen registrierte...

Thorin richtete sich im Sattel auf, als am fernen Horizont die Türme und Stadtmauern von Mercutta auftauchten. Die Sonne stand unmittelbar über dem Horizont, und der Nordlandwolf war erleichtert, als der kleine Reitertrupp noch vor Einbruch der Dunkelheit sein Ziel erreichte. Er fühlte sich müde und ausgepumpt, denn der kurze, dafür aber umso härtere Kampf mit den Wüstenräubern, die Wunden des Kampfes und der beschwerliche Marsch unter der sengenden Hitze hatten ihn ziemlich geschwächt. Jetzt sehnte er sich nach einer Unterkunft und einem bequemen Lager, wo er sich ausruhen und neue Kräfte sammeln konnte.

Während des Rittes nach Mercutta hatte Thorin einiges von Hortak Talsamon erfahren, so dass er sich jetzt ein ungefähres Bild von den Verhältnissen in der Stadt machen konnte. Es war eine junge, noch aufstrebende Ansiedlung, die auf den ausgebrannten Ruinen einer untergegangenen Stadt errichtet worden war, deren Namen in den Jahren des *Dunklen Zeitalters* in Vergessenheit geriet. Die Menschen wollten einen neuen Anfang wagen, aber hier am Rande der Großen Salzwüste war das Leben hart und unerbittlich und formte seine eigene Spezies Mensch.

Thorin hatte mehrfach versucht, den dunkelhäutigen Schmied auf Jesca anzusprechen, aber der wich ihm jedesmal geschickt aus, lenkte das Gespräch immer wieder in eine andere Richtung. Das gefiel Thorin nicht, machte ihn noch misstrauischer, je näher sie der Stadt kamen. *Etwas ist falsch*, dachte Thorin, als er seine Blicke auf die hohen Mauern richtete und bemerkte, dass man die Ankunft der Reiter mit schallenden Fanfaren meldete.

»Merke dir den Namen Tys Athal genau«, riss ihn nun die Stimme Talsamons aus seinen vielschichtigen Gedanken. »Du wirst ihm sehr bald gegenüberstehen...« Seinen Gesichtsausdruck deutete Thorin als affektierte Gleichgültigkeit.

»Ist das der Herrscher von Mercutta?«, wollte Thorin wissen, während sich das große Stadttor wie von Geisterhand ganz langsam zu öffnen begann. Thorin und die übrigen Reiter waren jedoch noch zu weit entfernt, um einen Blick auf die andere Seite des Tores werfen zu können. »Was ist er – ein Fürst oder gar ein König?«

»Keines von beiden«, klärte ihn der dunkelhäutige Schmied auf. Er lächelte dabei hintergründig, als wisse er mehr über die Reichen und Mächtigen des Ortes, als es seinem einfachen Rang zustand. »Mercutta ist nur eine abgelegene Handelsstadt. Dennoch ist Tys Athal der Herrscher hier – ein einflussreicher Kaufmann, der sich eine eigene Söldnertruppe hält, die gegen jeden hart durchgreift, der die Gesetze der Stadt nicht beachtet.« Er hielt inne, denn er glaubte, nun genug Hinweise gegeben zu haben.

»Athals Gesetze?«, wollte Thorin nach einigen Sekunden des Schweigens wissen und bemerkte, wie sich Talsamons Miene eine Spur verdüsterte. Der Schmied antwortete nicht direkt darauf, aber das musste er auch nicht mehr. Thorin konnte sich gut vorstellen, was er von diesem Tys Athal zu halten hatte. Ein Mann, der herrschen wollte – um jeden Preis, und mit Hilfe seines Geldes konnte er alles verwirklichen, wonach er strebte. Thorin war solchen Männern in der Vergangenheit mehrmals begegnet – sie waren immer unberechenbar gewesen. Für Geld würde der Kaufmann alles tun, in einer Welt, wo nur Reichtum etwas zu zählen schien.

»Du bist ein Fremder in der Stadt – und du tust gut daran, wenn du jetzt auf mich hörst«, sagte Talsamon so leise zu ihm, dass selbst die anderen Reiter seine Worte nicht hören konnten. Er beugte sich dabei weit über sein Pferd in Richtung zu Thorins Seite. »Wenn dich Tys Athal fragt, warum du nach Mercutta gekommen bist, dann erzähl ihm nichts von der Frau, die du suchst – hast du das verstanden? Du *darfst* ihm nichts sagen!«

Thorin lag eine heftige Erwiderung auf der Zunge, er verkniff sie sich jedoch, als die Reiter jetzt durch das Stadttor ritten. Unglauben spiegelte sich in seinem Gesicht. Er hatte den Schmied mehrmals auf Jesca angesprochen, aber bisher hatte dieser mit keiner Silbe zu verstehen gegeben, dass er wusste, von wem Thorin sprach. *Die Fragen häufen sich*, dachte Thorin. Er schwor sich, dass er nicht eher von hier weggehen würde, bevor er alles wusste – und diese Antworten würde ihm der dunkelhäutige Schmied geben müssen. Notfalls würde er ihn dazu zwingen – auch wenn er Thorin das Leben gerettet hatte.

Seine Blicke wandten sich von dem Mann auf dem Pferd neben ihm ab und konzentrierten sich auf das vor ihnen liegende Mercutta. Die Mauern der Stadt waren aus hellem Sandstein errichtet worden, wie er in den Steinbrüchen der Umgebung zu Hauf leicht abgetragen werden konnte, genau wie die meisten umstehenden Häuser der Seitengassen. Nur einige der Gebäude wirkten dunkler und die Steine weitaus älter. Das mussten noch Reste der alten Anlagen sein, die

die neuen Bewohner kurzerhand als Fundamente genutzt hatten. Die Hufe der Pferde hallten laut auf dem unebenen Pflaster, während die Männer sie hinüber zu einem großen Platz lenkten, wo sich schon viele Menschen versammelt hatten. Währenddessen schloss sich das große Tor rasch wieder mit einem lauten Schlag, und mehrere Männer legten einen schweren Balken vor. *Seltsam*, dachte Thorin. *Irgendwie fühle ich mich wie in einem riesigen Gefängnis, das man erst erkennt, wenn man schon drin ist...*

Dann aber schenkte er seine Aufmerksamkeit einem dicken Mann, der von einigen Bewaffneten umringt war und mit steinerner Miene den näherkommenden Reitern entgegenblickte. Hortak Talsamon war im Stillen dankbar dafür, dass nun Tarandoc das Wort ergriff.

Schweigen lastete plötzlich über der Menge, als Tarandoc in kurzen Sätzen von dem Schicksal der Karawane erzählte, und Entsetzen breitete sich auf den Gesichtern der Menschen auf dem Marktplatz aus. Einige bedauerten das Schicksal der unglücklichen Händler, andere wiederum dachten dabei mehr an die Waren, die ihnen auf diese Weise entgangen waren – und diese Menschen waren gewiß nicht in der Minderzahl. In einer solch abgelegenen Gegend lernte man sehr schnell, nur an seinen eigenen Vorteil zu denken.

»Dieser Fremde hier ist der einzige Überlebende!«, beendete Tarandoc seinen Bericht und wies auf Thorin, der jetzt mühsam vom Pferd stieg. »Wir fanden ihn draußen in der Wüste – er war schon halb verdurstet. Das ist alles, was wir Euch berichten können, ehrenwerter Tys Athal...«

Der dicke Kaufmann nickte nur und richtete seine Blicke jetzt auf den hünenhaften Krieger. Er musterte ihn von Kopf bis Fuß, schien ihn einschätzen zu wollen. Deshalb hielt Thorin seinen Blicken stand und erkannte sehr rasch, dass dieser Mann mit Vorsicht zu genießen war. Sein Wort war hier das Gesetz, und wer sich dem widersetzte, hatte von vornherein keine Chance.

»Was will ein Nordmann so weit im Süden, Fremder?«, richtete Tys Athal nun das Wort an Thorin. »Deine Heimat ist Ewigkeiten von hier entfernt – gibt es sie überhaupt noch?«

»Nein«, erwiderte Thorin. »Ich bin auf dem Weg in die südlichen Küstenländer – und der Weg entlang der Großen Salzwüste ist kürzer. Deshalb schloss ich mich der Karawane an, als ich erfuhr, dass sie nach Mercutta reiste. Woher hätte ich wissen sollen, welche Gefahren unterwegs lauerten? Ich will nur ein oder zwei Tage hierbleiben, bis ich mich wieder erholt habe. Dann reite ich weiter nach Süden.«

»So wie das aussieht, brauchst du dazu aber ein Pferd«, meinte Tys Athal mit spöttischer Stimme. »Hast du Geld, Fremder? Sonst wirst du nämlich länger hierbleiben müssen, als es dir vielleicht lieb ist.« Seine Stimme hatte plötzlich einen lauernden Unterton. »Ich habe bisher immer alles bezahlen können«, antwortete Thorin mit leicht unterdrückter Wut angesichts dieser Arroganz. »Und ich bin mir fast sicher, dass ich das richtige Pferd bei Euch kaufen kann...«

»Ich sehe, du hast schon erfahren, wer ich bin – das ist gut so«, meinte Tys Athal mit einem Grinsen, das aber seine kalten Augen nicht erreichte. »Komm morgen in mein Handelshaus, wenn du willst – und sieh dir meine Pferde an. Jeder wird dir sagen können, wie du dorthin findest. Willkommen in Mercutta, Nordmann...« Mit diesen Worten wandte er sich ab und nickte seinen bewaffneten Begleitern zu, ihm zu folgen. Die Menschen auf dem Marktplatz machten ihm bereitwillig (vielleicht auch etwas eingeschüchtert) Platz, bildeten eine Gasse.

»Jetzt weißt du, was ich meine«, sagte Hortak Talsamon mit tonloser Stimme zu Thorin. »Du bist besser beraten, wenn du tust, was er will – zumindest solange du in Mercutta bist.«

»Er ist mir gleichgültig«, meinte Thorin und hob abwinkend die Hand. »Alles was ich will, ist ein Platz zum Schlafen und etwas zu essen. Gibt es hier ein Wirtshaus, wo man unterkommen kann?«

»Wenn du akzeptierst, dass wir uns am Rande der Zivilisation befinden, dann geh diese Straße dort entlang«, sagte Hortak Talsamon. »Am Ende befindet sich das Wirtshaus ›Goldener Kämpfer‹ – aber mach dir keine falschen Vorstellungen wegen des hochtrabenden Namens. Das Essen ist gut, und die Strohlager sind ohne Läuse und Flöhe – das müsste reichen, oder?«

»Sicher«, erwiderte Thorin. »Ich danke dir nochmals für alles, was du für mich getan hast, Hortak Talsamon. Und jetzt sag mir, wo du lebst – denn ich werde morgen auch zu dir kommen. Du bist mir noch einige Antworten schuldig, und diesmal werde ich sie von dir bekommen – ich denke, das weißt du...«

Er wartete nicht ab, ob der dunkelhäutige Schmied noch etwas zu erwidern hatte. Thorin achtete nicht mehr darauf, weder auf die neugierigen Blicke der Menschen auf dem Marktplatz, noch auf die erregten Stimmen einiger weniger, die nun mit weiteren Fragen auf Tarandoc und die anderen Reiter einstürmten.

Seine Schritte waren schwer, als er die Straße hinaufging, die ihm Hortak Talsamon gezeigt hatte. Erneut fühlte er die Schwäche des Blutverlustes und verfluchte diese elenden Wüstenräuber, die ihm so sehr zugesetzt hatten.

Hätte er sich in diesem Moment umgedreht, so wären ihm womöglich zwei Männer aufgefallen, die ihm etwas zu lange nachblickten. Ihr eigentliches Interesse galt aber nicht dem muskulösen Nordlandwolf, sondern vielmehr der prächtigen Waffe, die dieser in einer mächtigen Scheide auf seinem Rücken trug. Eine Waffe, die sehr eindeutige Absichten bei den Dieben auslöste.

Sie sahen, wie der fremde Krieger schließlich das Wirtshaus ›Goldener

Kämpfer‹ erreichte und Augenblicke später im Eingang verschwand. Larko und Bartok nickten sich nur kurz zu – sie verstanden sich in diesem Moment ohne Worte. Vergessen war der unglückliche Mosh und sein grausamer Tod – jetzt meldete sich wieder der natürliche Instinkt von Männern, die nur noch mit Diebstählen überleben konnten. Dieses Schwert – sie mussten es einfach haben, und wenn der fremde Krieger es ihnen nicht freiwillig überließ, dann gab es noch ganz andere Wege und Mittel, ihn zu überzeugen...

Zwischenspiel 1: Jescas Ankunft in Mercutta

Hortak Talsamon schaute seinem Gehilfen Jarvis in der Schmiede noch ein wenig auf die Finger. Der dürre Jarvis war zwar ganz geschickt, brauchte aber immer noch hier und da eine helfende Hand. In der Schmiede herrschte Hochbetrieb – wahrscheinlich deswegen, weil die Leute nach wie vor neugierig waren, was da draußen in der Wüste überhaupt geschehen war. Und Hortak Talsamon war ja mit dabei gewesen!

Irgendwann aber kam auch für ihn der Augenblick, da er keine Lust mehr hatte, zum wiederholten Male zu erzählen, was er gesehen hatte. Deshalb zog er sich schließlich zurück und überließ Jarvis den Rest der Arbeit. Er trug ihm noch auf, die Schmiede heute nicht allzu spät zu schließen und lieber etwas früher nach Hause zu gehen. Worüber Jarvis natürlich sehr erfreut war.

Hortak Talsamon durchquerte die Werkstatt, die an einen kargen Innenhof grenzte. Weiter dahinter befand sich eine spartanisch eingerichtete Wohnung mit einer Kochnische, einer Schlafstelle und einem alten Kamin, der noch aus der Zeit vor dem *Dunklen Zeitalter* stammte. Der Schmied zog die fleckige Schürze aus und wusch sich an einer alten Quelle, die an der Hausmauer rechts neben der Tür entsprang. Es war ein langer und harter Tag für ihn gewesen, und er spürte den Wüstenritt noch in seinen Knochen. Seine Schenkel waren aufgescheuert worden, denn der feine Sand war mühelos durch die Kleider gedrungen und hatte wie Schmirgelpapier an seinen Innenschenkeln gerieben.

Sorgfältig reinigte Hortak Talsamon seinen ganzen Körper. Später saß er mit Brot, Speck und einem Humpen Bier an dem einzigen Holztisch in dem Raum vor knisternden Flammen aus dem alten Kamin. Der dunkelhäutige Schmied starrte in das flackernde Feuer und dachte über die vergangenen Wochen nach. Irgendwie verfestigte sich der Gedanke nun in ihm, dass es einen Zusammenhang gab zwischen dem blonden Krieger und den Ereignissen um die tapfere

Amazone Jesca... und den Meuchelmördern der Wüste. Er war so müde, dass er es nicht mehr schaffte, sein Lager aufzusuchen. Der Kopf wurde schwer, sank langsam zur Seite, und Hortak Talsamon tauchte tief ein in die Welt eines besonders intensiven Traumes – und das Knacken der verkohlenden Scheite verwandelte sich in seinem Traum in das langsame Traben eines Pferdes...

Mercutta, auf den Ruinen einer älteren Stadt gebaut, pulsierte förmlich vor Leben. Jesca fühlte sich von dem regen Treiben in den Straßen angezogen und zugleich auch abgestoßen. Ihr Pferd lahmte, und jetzt brauchte sie unbedingt einen Schmied, der sich die linke Hinterhand einmal ansah. Wegen des bunten Treibens schenkte man selbst einer Frau wie ihr nur wenig Beachtung – denn sie war nur eine von vielen, die aus allen Himmelsrichtungen nach Mercutta kamen. Händler, Tagediebe, Verlorene – und eben Jesca, die hier in der Stadt auf weitere Informationen hoffte, die ihr und Thorin bei ihrer gefährlichen Suche weiterhelfen würden. Bestimmt würde Thorin spätestens in einem Monat hier sein – vorausgesetzt, dass ihn der Brief in Cutysdran noch rechtzeitig erreichte. Denn zur Zeit verfolgte ihr Kampfgefährte eine andere Spur. Aber hier in Mercutta würden sie entscheiden, wie sie weiter vorgingen.

Sie warf einem Jungen in schmutziger und abgetragener Kleidung eine Münze zu, nachdem er ihr erklärt hatte, wo sie den Schmied von Mercutta finden konnte. Jesca hoffte nur, dass der Junge ihr kein Lügenmärchen aufgetischt hatte, denn der hagere Bursche war ziemlich hastig wieder in der Menschenmenge auf dem Marktplatz untergetaucht. Achselzuckend ritt sie weiter.

Schließlich wurden die Gassen so schmal, dass sie vom Pferd stieg und es am Zügel zu Fuß weiter führte. Hier in dieser trüben Enge fühlte sie sich etwas unbehaglich – aber eine Stadt wie Mercutta stellte für eine Nadii-Amazone aus Styrgien eben eine Herausforderung dar, der sie sich stellen musste. Jesca fühlte sich schmutzig, und obwohl sie die lebensfeindliche Wüste bereits hinter sich gelassen hatte, schauderte sie ein wenig bei dem Gedanken an die endlose Weite des Sandes und das erbarmungslose gelbe Auge am Himmel, das alles Leben gnadenlos auszudörren schien.

Das Pferd brauchte dringend Wasser, und Jesca spürte ebenfalls einen stärker werdenden Hunger. Vielleicht konnte ihr der Schmied ja eine preiswerte Unterkunft empfehlen. Sie hoffte auch darauf, dass sie ihr Pferd dort zumindest für eine Nacht unterstellen konnte.

Jetzt hörte sie ein stetiges Hämmern vom Ende der Gasse – ein Hämmern, das typisch für eine Schmiede war! Augenblicke später erreichte die Nadii-Amazone einen kleinen Innenhof und erblickte einen breitgebauten dunkelhäutigen Mann, der am Amboss stand und mit dem Hammer ein glühendes Stück Eisen bearbeitete. Der Mann hatte die Amazone bereits kommen sehen und musterte sie erstaunt von Kopf bis Fuß. Natürlich sah er das scharfe Schwert an ihrer Seite sowie den Brustpanzer und die kurze Tunika, die ihren wohlgeformten Körper umhüllten.

»Kann ich etwas für dich tun?«, fragte er arglos und trat aus dem Schatten. Nun konnte ihn Jesca ganz deutlich sehen. Der Schmied war ein Hüne von Gestalt, und seine gewaltigen Armmuskeln zeugten von der Kraft, die er in diesem Beruf jeden Tag aufs Neue beweisen musste. Sein nackter Oberkörper glänzte vor Schweiß, auch sein kahler Schädel. »Willkommen in Mercutta. Mein Name ist Hortak Talsamon, und wie ich sehen kann, lahmt dein Pferd an der linken Hinterhand...«

Jesca trat einen Schritt zurück, als sie sah, dass der Schmied nicht viele Worte verlor, sondern sofort nach dem Pferd sah. Sie konnte rasch erkennen, dass der dunkelhäutige Hüne sein Handwerk verstand.

»Das Eisen hat sich gelockert – es ist nicht mehr zu gebrauchen«, sagte er dann zu ihr. »Ich muss erst ein neues schmieden, aber das wird einige Zeit dauern. Wie lange bleibst du in der Stadt...?« Talsamon ließ den Satz absichtlich offen, und Jesca, die dem dunkelhäutigen Mann bisher mit etwas Misstrauen begegnet war, weil er sie so intensiv gemustert hatte, taute nun doch ein wenig auf.

»Ich heiße Jesca«, sagte sie. »Ich gehöre zum Volk der Nadii-Amazonen aus dem südlichen Styrgien. Jetzt hat mich der Weg eben nach Mercutta geführt...« Sie hielt diese wenigen Worte für ausreichend, um sich vorzustellen, und musterte statt dessen die breite Narbe auf der rechten Schulter des Schmieds. Um ihre Worte zu unterstreichen, trat sie einen weiteren Schritt zurück, so dass Hortak Talsamon das blinkende Schwert noch besser sehen konnte. Talsamon schaute beeindruckt auf die gefährlich aussehende Klinge – er hatte sofort erkannt, dass es eine gute Waffe war, von einem Meister seiner Zunft geschmiedet.

»Ein schönes Stück ist das...«, murmelte er anerkennend, brach aber wieder ab, als er sah, wie Jescas Hand sofort zum Schwertknauf zuckte.

»...und ich kann damit vorzüglich umgehen, Hortak Talsamon«, vollendete die Amazone die Gedankengänge des dunkelhäutigen Schmieds. »Du spielst doch nicht mit dem Gedanken, es mir abnehmen zu wollen? Ich bin ganz sicher keine wehrlose Frau – falls du das hoffen solltest!«

Der Schmied hob abwehrend beide Hände. »Nein, nein«, sagte er hastig. »Ich war nur neugierig – das ist alles. Ich kümmere mich darum, dass dein Pferd ein neues Hufeisen bekommt – und mein Gehilfe Jarvis weist dir den Weg zu einer etwas abgelegenen Schenke. Dort gibt es aber halbwegs saubere Nachtlager – du wirst damit zufrieden sein.«

Jesca hörte leises Klirren von Metall hinter sich und drehte sich rasch um. Sie sah den hageren, krummbeinigen Gehilfen des Schmieds, der ihr einfach zunickte und ihr dann mit einem knappen Wink andeutete, mitzukommen. Jesca zögerte noch, sah wieder zurück zu Hortak Talsamon, konnte aber in dessen Augen nicht die geringste Spur von Arglist erkennen. So zuckte sie schließlich mit den Schultern und folgte Talsamons Gehilfen.

Es blieb ihr auch gar nichts anderes übrig, als auf den Ratschlag des Schmieds zu hören, wollte sie nicht den hereinbrechenden Abend in Mercutta damit zubringen, nach einem anderen Schmied *und* einem bequemen Nachtlager zu suchen. Sie nahm sich dennoch vor, auf der Hut zu sein. Hortak Talsamon machte zwar einen ehrlichen Eindruck, aber irgendwie spürte sie, dass der Schmied etwas vor ihr verbarg. Ganz deutlich erinnerte sie sich wieder daran, wie Talsamon aus dem Schatten der Schmiede getreten war und einen winzigen Moment lang sich so etwas wie das Licht der Erkenntnis in seinen Augen widergespiegelt hatte.

Erneut fühlte sich Jesca verunsichert. Die Informationen, wo sich die *Sternensteine* befanden, welchem genauen Zweck sie eigentlich dienten und wer unter Umständen mit Hilfe dieser alten Artefakte der Skirr die Macht auf dieser Welt an sich reißen konnte, lagen hinter zahlreichen dichten Nebelschleiern aus Halbwahrheiten und Vermutungen und schlichten Übertreibungen verborgen. Alles, was sie an Informationen besaß, war, dass sie hier in Mercutta mit einem Mann names Tys Athal Kontakt aufnehmen sollte. Genaueres wusste sie aber nicht – und auch nichts darüber, in welchem Zusammenhang Athal mit den *Sternensteinen* stand.

Von einem schmächtig aussehenden Eichentor aus, das nur angelehnt war, erreichten sie einen Seitenhof, der wiederum zu einer Schenke führte, die von außen nur durch eine schwach flackernde Laterne erhellt wurde. Jesca rückte noch einmal misstrauisch ihr Schwert zurecht, aber Jarvis hob abwehrend beide Hände und bat freundlichst um Vergebung dafür, dass dies keine vertrauenerweckende Umgebung war.

Zwei angetrunkene Männer kamen durch die Wirtshaustür. Sie schwankten zwar ein wenig, aber sie benahmen sich und machten Jesca und dem Gehilfen Platz. Und bevor Jarvis Anstalten machen konnte, zurück zur Schmiede zu gehen, packte ihn die Nadii-Amazone sanft, aber bestimmt am Arm und drängte ihn an einen freien Tisch.

»Leiste mir noch einen Moment Gesellschaft«, bat sie den hageren Gehilfen mit Nachdruck in der Stimme, die keinen Widerspruch duldete, und dieser ließ sich schließlich darauf ein. Er setzte sich an einen der Tische und überließ es der Amazone, zwei Krüge mit dem selbstgebrauten Gerstensaft zu bestellen. Allerdings hatte Jesca die ganze Zeit über das Gefühl, als warte Jarvis auf etwas – aber sie konnte nicht im Geringsten deuten, was es war.

»Ich brauche noch einige Informationen«, sagte sie dann mit gesenkter Stimme zu dem Gehilfen, während sie ihm den Bierkrug zuschob.»Ich bezahle auch gut dafür«, sprach sie weiter und ließ Jarvis in dieser Sekunde ein blinkendes Geldstück sehen, das sie dann wieder in ihrer geballten Faust verschwinden ließ. Womit sie genau das bezweckte, was sie wollte – Jarvis nickte jetzt eifrig und hatte seine anfängliche Zurückhaltung von einem Atemzug zum anderen abgelegt.

»Was weißt du über die Zustände in Mercutta?«, wollte Jesca jetzt wissen und drückte Jarvis das Geldstück unauffällig in die Hand. »Und wer ist Tys Athal? Welche Rolle spielt er in dieser Stadt?«

Der bleiche, hagere Gehilfe nahm die Münze dankbar an und ließ sie rasch in seiner schmutzigen Kleidung verschwinden.

»Über meinen Herrn Hortak Talsamon werde ich nichts sagen«, sagte er. »Aber alles andere will ich dir gerne ehrlich und umfassend beantworten, sofern das in meiner bescheidenen Macht steht…« Der Gehilfe leckte sich während dieser Worte über die Lippen. Er hatte überraschenderweise eine angenehm sonore Stimme, die Jesca fesselte, während Jarvis über die wichtigsten Dinge in Mercutta erzählte.

Es war fast, als hätte die Übergabe der Münze das Lossprudeln einer Quelle bewirkt – und deshalb erwies sich der Gehilfe des Schmieds für Jesca als buchstäblicher Glücksgriff. Jarvis hatte nämlich schon immer in der Stadt gelebt – und davor waren die Ruinen, aus denen Mercutta entstanden war, sein Zuhause gewesen. Dennoch hatte Jarvis Angst – das konnte ihm Jesca ansehen. Sie bemerkte, wie er sich immer wieder umschaute, den Wirt beobachtete und auch den spärlichen Gästen misstrauische Blicke zuwarf.

Schließlich gewann die Gier in ihm die Oberhand, als Jesca ihm eine zweite Münze gab, um seine Zunge weiter zu lockern. Und Jarvis zeigte sich dankbar – er beschwerte sich auch nicht über das harte Los eines Gehilfen in der Schmiede, aber ein paar Münzen, die er sich auf diese Weise dazuverdienen konnte, würden sein Dasein erleichtern.

Die Zeit verstrich wie im Fluge, und allmählich leerte sich die Schenke, als es auf Mitternacht zuging. Der Wirt hatte Jesca schon nach dem zweiten Krug angedeutet, dass das Zimmer bezugsfertig sei und gleichzeitig auffordernd seine rechte Hand ausgestreckt (was wohl bedeutete, dass er das Geld im Voraus haben wollte). Jarvis hatte währenddessen geschwiegen und wartete ab, bis der Wirt im hinteren Teil der Schenke verschwunden war.

»Hüte dich auf jeden Fall vor Tys Athal«, flüsterte er dann. »Er ist der Herr von Mercutta – das glaubt er jedenfalls. Doch es gibt noch irgend etwas, das hinter ihm steht – manche behaupten sogar, dass der große Tys Athal auch nur ein Diener sei. Ein Diener von *Beth-Sog*...« Er bemerkte den verständnislosen Blick in den Augen der Amazone und fuhr deshalb rasch fort. »Es ist ein Kult – eine Art Geheimbund...was weiß ich? Angeblich werden Dämonen aus der Unterwelt von Mercutta angebetet. Überbleibsel, als die finsteren Götter die Welt beherrschten. Merk dir den Namen gut – *Beth-Sog*...«

Jarvis schloss die Augen, als könne er selbst nicht glauben, was er der Amazone eben gesagt hatte.

Plötzlich ergriff ihn eine eigenartige Unruhe, und deshalb schob er den Bierkrug hastig beseite.

Schweißperlen glänzten mit einem Mal auf seiner Stirn.

»Ich glaube, ich muss jetzt gehen«, murmelte er eine Spur zu hastig. »Es ist schon spät...und ich bin ziemlich müde. Hortak Talsamon wird wütend sein, wenn ich morgen zu spät zur Arbeit komme. Er ist sehr... eigen in diesen Dingen...«

Jesca war während des Gespräches immer schweigsamer geworden und hatte Jarvis zum Schluss gar keine Zwischenfragen mehr gestellt. Statt dessen hatte sie nur interessiert gelauscht, wenn der Gehilfe auf Tys Athal und *Beth-Sog* zu sprechen kam. Das war mehr, was sie mit diesem einen Gespräch herausgefunden hatte, als sie in den wenigen Stunden seit ihrer Ankunft eigentlich erhoffen konnte.

Die Nadii-Amazone machte des Zeichen des Schweigens, um Jarvis zu zeigen, dass er sich auf sie verlassen konnte – aber der Gehilfe Talsamons sah sie trotzdem misstrauisch an. Er erhob sich schwankend und zog den Umhang fest um sich, der seinen hageren Körper vor der empfindlichen Kühle des nächtlichen Mercutta schützen solle.

»Ich will gar nicht wissen, was dich hierhergetrieben hat«, murmelte Jarvis. »Aber sei vorsichtig, sonst holen dich die Dämonen, die *Beth-Sog* dienen, und reißen dich mit in die Tiefe von Mercutta. Es heißt – es gäbe keine Rückkehr für diejenigen, die einmal in ihre Fänge geraten sind...« Ohne Jescas Antwort abzuwarten, drehte er sich einfach um und verschwand schattengleich aus der Taverne. Jesca meinte zu erkennen, wie er mit jedem weiteren seiner letzten Worte bleicher geworden war.

In der Nacht träumte Jesca unruhig von Monstern und Zauberern – und von einer Wesenheit namens *Beth-Sog*...

Am frühen Vormittag des darauffolgenden Tages fühlte sich Jesca ausgeruht und voller Tatendrang. Sie beschloss, einen Brief an Thorin zu schreiben, der noch in der Nomadenstadt Cutysdran weilte, erwähnte aber mit keinem Wort etwas von dem dunklen Dämonenkult von *Beth-Sog*. Dieser Brief würde mit der nächsten Karawane die Stadt verlassen (zumindest hatte ihr das der Wirt versprochen, als sie ihm den Brief aushändigte und ihn bat, sich darum zu kümmern, dass er rasch weitergeschickt wurde) – aber es konnte gut möglich sein, dass es Menschen gab, die in diesem Brief neugierig herumschnüffelten. Deshalb musste sie vorsichtig sein und nicht alles aufschreiben, was sie bis jetzt schon in Erfahrung bringen konnte. Sie beschloss, auf eigene Faust weiter zu ermitteln und erst bei Thorins Ankunft den Kult zu erwähnen. Vielleicht konnte sie bis dahin noch mehr herausfinden.

Nach Lage der Dinge würde ihr wohl nichts anderes übrig bleiben, als Tys Athal aufzusuchen – den einflussreichsten Kaufmann in ganz Mercutta. Bei einem reichhaltigen Mahl in der Schenke grübelte sie darüber nach, wie sie das am besten anstellen könne, ohne weiter aufzufallen. Am Besten war es wohl, wenn sie ihm ihre Dienste als Kriegerin anbot. Ein Mann wie Tys Athal hatte ganz sicher eine Menge Feinde in Mercutta. Als Kaufmann musste er immer bestrebt sein, sein Einflussgebiet zu vergrößern – und das ging meist nur auf Kosten anderer. Da wurde man schnell zur Zielscheibe eines Anschlages!

Was sie über Tys Athal erfahren hatte, berechtigte sie zu der Annahme, dass er sich geschmeichelt fühlen würde, eine Kriegerin in seiner von Männern dominierten Wächterschar ›besitzen‹ zu können. Jesca entschied schließlich, zuerst den Schmied Hortak Talsamon aufzusuchen, und gleich anschließend mit ihrem Pferd geradewegs zur Residenz Tys Athals zu reiten. Sie würde dem Kaufmann eine eindrucksvolle Probe ihres Könnens abliefern und ihn dann um Arbeit bitten.

Sie ließ einige ihrer Habseligkeiten in der kleinen Kammer zurück, denn der Wirt machte einen zuverlässigen Eindruck. Er kümmerte sich um seine Taverne – und auch um seine Gäste. Schließlich sollten sie zufrieden sein, und das war mehr, als Jesca als Fremde in der Stadt erwarten konnte.

Hortak Talsamon sah aus, als habe er die letzte Nacht kein Auge zugetan. Der dunkelhäutige Schmied machte einen geistesabwesenden Eindruck. Trotzdem hatte er sein Versprechen gehalten und das Pferd frisch beschlagen. Jarvis brachte das Tier auf den Hof. Dabei hielt er den Kopf gesenkt – und das fiel schließlich auch Talsamon auf. Dennoch verlor er über dieses seltsame Gebaren kein

Wort (ganz sicher dachte er sich aber seinen Teil...). Während Jarvis Jesca die Zügel des Pferdes reichte und diese ihrem Pferd sanft über die Mähne strich, richtete Talsamon das Wort an sie.

»Was suchst du eigentlich hier in der Stadt?«, wollte er wissen.

»Siehst du mein Schwert?«, antwortete Jesca statt dessen mit einer Gegenfrage. »Es sucht Arbeit. Vielleicht kannst du mir ja weiterhelfen. Ich kann mit meiner Klinge sehr gut umgehen und nehme es mit jedem Mann auf...« Während sie das sagte, überzog eine Mischung aus Agression und versteckter Heiterkeit ihre ebenmäßigen Gesichtszüge.

»Ich bin mir nicht sicher«, murmelte Talsamon ausweichend. »Mercutta ist eine Stadt, die noch im Wachstum begriffen ist. Du wirst schon finden, wonach du suchst – halte einfach die Augen offen ...«

Mehr war dem dunkelhäutigen Schmied nicht zu entlocken. Deshalb verstärkte sich der Verdacht Jescas, dass ihr dieser Mann etwas verschwieg. Genau wie sein Gehilfe schien er mehr über die Zustände zu wissen, die in Mercutta herrschten. Dennoch hinderte ihn etwas daran, sich genauer auszudrücken.

Talsamon nahm die Münzen schweigsam entgegen, die ihm Jesca als Lohn für seine Arbeit zahlte. Während sie mit einer geschmeidigen Bewegung in den Sattel stieg, glaubte sie, einige Wortfetzen zu hören, die der Schmied leise vor sich hermurmelte.

»...nur ein Traum... nichts weiter als ein schlimmer Traum... hoffentlich...«

Jesca konnte sich keinen Reim darauf machen. Deshalb verließ sie den Hof der Schmiede und beschloss, diesen seltsamen Mann später noch einmal aufzusuchen. Jetzt galt ihr Interesse erst einmal Tys Athal. Sie brauchte nicht lange, um herauszufinden, wo der Kaufmann residierte. Jeder in Mercutta schien das zu wissen. Sie dirigierte ihr Pferd eine breite Gasse entlang, bis sie sich so weit verengte, dass sie den Rest des Weges zu Fuß zurücklegen musste.

Entlang an zahlreichen kleinen Basaren und Märkten kam Jesca schließlich der Residenz des reichen Kaufmanns immer näher. Jesca schnappte auch noch andere Formulierungen auf, wenn sie nochmals nach dem Weg fragte. *Haus der Vernunft* nannten es die einen, andere wiederum bezeichneten es als *Reichheim*. Tys Athal schien nicht gerade sonderlich beliebt zu sein, aber die Bewohner von Mercutta hüteten sich davor, das zu deutlich auszusprechen. Zudem Jesca ja gehört hatte, dass der Kaufmann auch dafür sorgte, dass die ›anständigen‹ Stadtbewohner von Dieben und Bettlern verschont wurden. Denn die selbsternannten Wächter des reichen Athal kannten keine Gnade, wenn ihnen ein Dieb in die Hände fiel. Es ging sogar soweit, dass Athal auf dem Marktplatz Diebe, die man auf frischer Tat ertappt hatte, öffentlich auspeitschen ließ – zur Belustigung der Menge. Er war das ungeschriebene Gesetz in Mercutta – diesen

Eindruck hatte Jesca jedenfalls gewonnen, wenn sie den Worten der Menschen lauschte. Und es waren Worte, die einen *sehr* nachhaltigen Eindruck bei ihr hinterlassen hatten. Solchen selbstherrlichen Herrschern wie Tys Athal musste man Respekt zollen, sonst bekam man Ärger...

Jesca kam zum Rande des großen Marktplatzes. Hier war das bunte Treiben am intensivsten – viele Händler schienen direkte Handlanger Tys Athals zu sein und verkauften Waren auch in seinem Namen. Und wo es nicht der Fall war, zahlten sie dafür eine nicht unbeträchtliche Abgabe. Tys Athals Palast erstreckte sich auf der anderen Seite des Platzes – eine Ansammlung flacher Gebäude, die in einen sanft ansteigenden Hang gebaut worden waren. Eine festungsartige Mauer, wieder aufgebaut aus den Ruinen, die früher einen großen Palast umschlossen hatten, schützte das Anwesen des reichen Kaufmanns. Das Haupthaus am oberen Ende des Hanges ragte mehrere Stockwerke über die übrigen Gebäude der Stallwachen und sonstigen Unterkünfte hinaus. Ja, Tys Athal beschäftigte auch die Männer, die für die Sicherheit Mercuttas verantwortlich waren- die Stadtwachen. Und selbst der gewählte Hauptmann dieser Garde wohnte zu Füßen der Residenz und stand heimlich im Sold des reichen Kaufmanns.

Jesca verlangsamte ihre Schritte und zog das Pferd dichter an sich heran. Auf solch unübersichtlichen Plätzen konnte man in keiner Stadt der Welt sicher sein. Diebe gab es überall, und gerissene Diebe ganz gewiss auch hier! Jesca hatte schon überlegt, wie sie die Wachen vor dem Eingang zum Palast ansprechen sollte, als sie plötzlich zwei Kerle bemerkte, die sich einer alten Frau näherten. Die Frau bot billige, handgetöpferte Waren auf einem wackeligen Holztisch an, und sie schien gar nicht zu bemerken, dass die beiden Männer nichts Gutes im Schilde führten.

Erst jetzt erkannte Jesca, dass die Frau blind war. Sie tastete mit gichtigen Fingern nach ihren Waren und hielt den Kopf hoch erhoben. Sie blinzelte nicht – auch nicht, wenn die Sonne hinter den einzelnen Wolkenfeldern kurz hervorkam.

Die beiden Männer stellten sich nun direkt vor den Tisch, schirmten sich dabei gegenseitig ab. Jesca sah aber trotzdem, wie sich die Kerle an der Börse der alten Frau zu schaffen machten, die am Rande des Tisches lag. Niemand schien eingreifen zu wollen, und Jesca zögerte deshalb einige Sekunden lang. Doch dann entschied sie sich, zu handeln. Sie konnte und wollte diese schreiende Ungerechtigkeit nicht einfach hinnehmen!

Mit zwei Sätzen erreichte sie den Ort des Geschehens. All dies geschah so schnell, dass die beiden Halunken gar nicht begriffen, wie ihnen geschah. Dem ersten versetzte Jesca mit ihrem Schwertknauf einen heftigen Schlag ins

Gesicht. Sofort platzte die Augenbraue auf und fing an zu bluten. Der Mann schrie auf und taumelte hilflos zurück.

Der zweite Dieb besaß die Unverfrorenheit, Jesca mit einem Messer anzugreifen, anstatt lieber sein Heil in der Flucht zu suchen. Jesca war überrascht, wie geschickt der Bastard mit der Klinge umging. Der erste Streich streifte sie am linken Oberarm, aber es war nur ein kurzes, heißes Brennen – mehr nicht. Geistesgegenwärtig ließ sich Jesca nach hinten fallen, um dem heftigen Stoß die Kraft zu nehmen – und dann rammte sie ihren rechten Fuß in die Magengrube des Messerstechers!

Der bekam erst einen ungläubigen Gesichtsausdruck, ehe die Luft wie aus einem Dampfkessel pfeifend entwich. Er ließ den Messerarm sinken, und Jesca griff sofort danach. Sie packte seine Hand, drehte sie herum und zog dabei den Dieb mit nach unten aufs Straßenpflaster. Dabei brach die Hand des Halunken – von seinem eigenen Gewicht erdrückt. Er schrie wie am Spieß und war am Rande einer Ohnmacht, während sein Kumpan jetzt die Situation zu retten versuchte – indem er Jesca ansprang und mit beiden Armen umschlang.

Die Nadii-Amazone hatte es schon mit schwierigeren Gegnern zu tun gehabt als mit den beiden Dieben aus Mercutta. Weichlinge waren es in ihren Augen, die nur für ihr Überleben sorgten, indem sie noch Schwächere und Wehrlose entehrend bestahlen.

Um die Stände hatte sich eine Gasse von Zuschauern gebildet – Gaffer, die wegen des Spaßes, der sich ihnen jetzt umsonst bot, die beiden Diebe anstachelten, es dem fremden Weib so richtig zu zeigen. Mercutta zeigte sich nun als gnadenlose Stadt, angepasst an die Irrungen und Wirren der Jahre nach dem *Dunklen Zeitalter*. Nur der Stärkere konnte hier überleben. Das galt auch für Jesca!

Der Dieb hatte sie jetzt umschlungen und presste seine sehnigen Hände um ihren schlanken Hals.

»Du kommst mir nicht mehr in die Quere«, murmelte er zornig und verstärkte den Druck um Jescas Kehle noch. Die Amazone spürte, wie ihr die Sinne zu schwinden begannen, und die Menge johlte blutgierig. Die Gesichter und die Kleidung der versammelten Menschenmenge wirbelten in einem bunten Reigen vor ihren Augen herum. Verzweifelt tasteten Jescas Hände auf dem Straßenpflaster umher. Mit der linken Hand bekam sie das Messer des ersten Diebes zu fassen. Bevor sie in den Schlund der Bewusstlosigkeit stürzte, gelang es ihr noch, in einem Akt der Verzweiflung die Messerklinge dem Dieb mitten ins Gesicht zu rammen.

Sie spürte, wie die Klinge am Jochbein abglitt, weiter durch Haut und Knorpel vorstieß und dann das linke Auge erreichte. Der Dieb vergaß auf einmal seine

Mordabsichten. Kreischend erhob er sich, taumelte auf die Menge zu, die ihm jetzt bereitwillig eine Gasse machte – aber es wurde nur ein kurzer Weg für ihn, und an dessen Ende starb er einen qualvollen Tod.

Die Schergen Tys Athals, die inzwischen dazugekommen waren, blieben unbeeindruckt. Auf ein paar Diebe mehr oder weniger kam es hier in Mercutta nicht an. Während Tys Athals Männer sich einen Weg durch die Menge bahnten und sich so Jesca näherten, tauchte der zweite (überlebende) Dieb in der Menge unter. Das letzte, was Jesca von ihm noch sah, war, dass er seine verletzte Hand mit schmerzverzerrtem Gesicht an sich presste. Jesca atmete tief durch und spürte, wie die Anspannung der letzten Minuten allmählich wieder von ihr wich. Sie spürte die warme Hand der alten Frau auf ihrer Schulter, fühlte die Dankbarkeit und einen festen Griff, der eigentlich gar nicht zu der blinden Frau passte. Jesca wollte sich erheben, aber die Schwäche in ihren Gliedern hatte noch nicht nachgelassen. Die Menge teilte sich wieder, und die alte Marktfrau zog Jesca näher zu sich heran. Ihre Finger tasteten wie flinke kleine Spinnen über ihr Gesicht und ihre Kleidung.

»Du bist nicht von hier...«, murmelte die alte Frau mit wissender Stimme. »Eine Nadii-Amazone in Mercutta...« Ihre blinden Augen, milchig-trüb, schienen die Schergen des reichen Kaufmanns zuerst zu registrieren, noch bevor Jesca die ganze Situation vollständig überblicken konnte. Deshalb zog die alte Frau Jesca noch näher zu sich heran, bis die Nadii-Amazone ihren Atem auf ihrer Wange verspürte.

»Sei vorsichtig bei Tys Athal – und hüte dich vor *Beth-Sog*. Was da seine Kreise wirft, ist groß, alt und sehr gefährlich...«

Mehr konnte sie nicht sagen, denn in diesem Moment war der Hauptmann von Athals Torwache schon zur Stelle. Er beugte sich hinunter zu Jesca und riss sie mit einem kräftigen Ruck auf die Füße.

»Weib – du hast die Aufmerksamkeit unseres Herrn Tys Athal erregt. Er wünscht dich zu sehen – sofort!« Er duldete keinen Widerspruch und zerrte Jesca einfach mit sich. Die Amazone war noch etwas geschwächt von dem Kampf mit den beiden Dieben, und ließ es deshalb widerstandslos mit sich geschehen. So lernte sie endlich den heimlichen Herrscher von Mercutta kennen – zwar anders als sie es eigentlich beabsichtigt hatte. Aber sie hatte jetzt den gewünschten Kontakt!

———◆———

Tys Athal erwachte an diesem Morgen, der in Wirklichkeit schon ein längst fortgeschrittener Mittag war, mit einem schweren Schädelbrummen. Er war noch ganz benommen von dem heftigen Gelage der letzten Nacht und schlug deshalb die Augen auf, als die Strahlen der gnadenlosen Mittagssonne durch einen Spalt des Vorhanges am Fenster fielen. Ruckartig kam er hoch -- erstaunlich schnell für einen Mann, der eine ziemliche Menge Lebendgewicht besaß. Er schüttelte sich, und seine Fettmassen bebten bedrohlich.

Schwerfällig erhob er sich von seinem Lager und stolperte auf den Holztisch zu, auf dem ein Krug Wasser und eine irdene Schüssel standen. Rasch bückte er sich und goß sich das frisch bereitgestellte Wasser über den massigen Schädel. Erschrocken riss er die Augen weit auf – und jetzt war er wirklich wach. Er wusch sich flüchtig und schob dann die schweren Vorhänge ein wenig zur Seite. Vom Haupthaus aus hatte er einen guten Überblick über die Innenstadt von Mercutta mit ihrem großzügigen Marktplatz, der am Rande seiner Residenz im Schatten einer alten Mauer begann.

Beth-Sog ruft, dachte er, und ein leiser Schauer kroch ihm dabei über den Rücken. *Beth-Sog, wie wir aneinandergekettet sind – jeder kann ohne den anderen nicht sein, obwohl wir eigentlich einander fürchten und hassen.* Aber noch war er selbst nicht stark genug, um hinter das Geheimnis des Kultes kommen zu können. Eines Tages würde er der geheimnisvollen Priesterin die Maske vom Gesicht reißen und dann selbst die Macht übernehmen. Die Macht nicht nur über Mercutta, sondern auch über die Ländereien der Großen Salzwüste – und schließlich über den gesamten Kontinent!

Doch Tys Athal war nicht größenwahnsinnig – lieber schmiedete er seine heimlichen Pläne mit der kalten Präzision von Stahl aus den Grotten der Cardona. Deshalb wusste er, dass er dafür Zeit brauchte. Zeit genug, um seine weltliche Macht zu festigen, ehe er sich dem Dämonenkult entgegenstellte, mit dem er jetzt noch paktierte. Die abergläubische Furcht der meisten Bewohner von Mercutta kam seinen Plänen sehr entgegen – und die wenigen, die sich ihm vielleicht noch entgegenstellen konnten, waren einzeln viel zu schwach, um es sich mit dem reichen Kaufmann zu verscherzen.

Tys Athal grinste in sich hinein. Seine Augen wanderten über den großen Basar zu seinen Füßen. Die Menschen wuselten geschäftig wie Ameisen zwischen den aufgebauten Ständen umher. Er beschattete seine Augen, und während er über das kommende Problem mit *Beth-Sog* nachdachte, erspähte er eine merkwürdige Szene unter sich.

Wenn er sich nicht täuschte, dann war das da unten eine Nadii-Amazone, die sich gerade mit zwei Halunken herumschlug. Das interessierte ihn so sehr, dass er sich weit aus dem geöffneten Fenster hinausbeugte, um es genauer erkennen zu können.

Tys Athal mochte zwar nach außen hin eher behäbig und langsam wirken –

dafür war aber sein Verstand umso schärfer. Sofort reifte in seinem ehrgeizigen Hirn ein kleiner Plan heran, und dabei würde die Nadii-Amazone eine Hauptrolle zugedacht bekommen – das wusste sie allerdings noch nicht. Während er noch überlegte, wie er es am besten bewerkstelligen konnte, sie in seine Residenz zu locken, beobachtete er auf einmal, wie einer der beiden Halunken blitzartig zusammenbrach, als ihn etwas im Gesicht erwischte.

»Hauptmann!«, rief Tys Atahl jetzt nach dem Befehlshaber der Wachen. »Sofort zu mir!«

Jemand der Leibgarde befand sich immer in Tys Athals Nähe, und deshalb dauerte es auch nicht lange, bis der Hauptmann schließlich vor dem Kaufmann stand und mit ergebener Haltung dessen Befehle erwartete. »Die Nadii-Amazone da unten auf dem Marktplatz ist unverzüglich festzusetzen... ich möchte sie persönlich sprechen!«, trug er dem Hauptmann auf, während er sich gedankenverloren über seine fettes Kinn strich. »Das Volk soll denken, dass ich diesen Vorfall da unten gründlich untersuchen möchte. Nun geh schon!«

Der Hauptmann nickte nur, salutierte kurz und verschwand dann wieder aus Tys Athals Schlafgemach. Und der Kaufmann selbst dachte schon mit stiller Vorfreude an das, was er alles mit dieser Amazone anstellen würde. *Manchmal kommt einem eben der Zufall zu Hilfe*, dachte er, und begann lautlos in sich hinein zu lachen.

Kapitel 5: Nächtliche Schatten

Thorin spürte die Blicke einiger Wirtshausbesucher auf sich gerichtet – jedes mal dann, wenn sie glaubten, dass er es nicht bemerkte. Natürlich war er vom Äußeren her schon eine auffällige Erscheinung mit seinen blonden, ungezügelten Haaren, die nur von einem Stirnband zurückgehalten wurden, das jetzt auch noch eine nur oberflächliche Kopfwunde verdeckte. Seine Waffe war jetzt zur Seite gelegt, er hatte sie aber weiter in Griffweite – und für die meisten der anderen Menschen in diesem Wirtshaus erweckte er den Eindruck, als wisse er dieses prächtige Schwert auch zu handhaben.

Zunächst war der Wirt etwas misstrauisch gewesen, als er Thorins abgetragene Kleidung gemustert hatte – aber als der Nordlandwolf unaufgefordert zwei blinkende Goldmünzen hervorgeholt und auf den Tisch gelegt hatte, da hatte der dicke Wirt seine Meinung von einer Sekunde zur anderen geändert. Statt dessen war er urplötzlich die Freundlichkeit in Person, verbeugte sich sogar vor ihm und versprach, sofort ein reichhaltiges Mahl herrichten zu lassen. Thorin mochte den Wirt nicht – er machte einen verschlagenen und schmierigen Eindruck. Wie übrigens die meisten seiner Gäste, die sich zu dieser Stunde hier versammelt hatten. Überhaupt kam es ihm so vor, als seien die Bewohner von Mercutta etwas zurückhaltend, schweigsam und misstrauisch. Die normalen Geräusche eines Wirtshauses, wie zum Beispiel das Murmeln zahlreicher Gäste, Lachen und laute Rufe – all dies gab es hier nicht. Statt dessen fielen nur wenige Sätze, einige der Gäste steckten rasch die Köpfe zusammen, um einige Worte miteinander zu wechseln. Andere wiederum verständigten sich wortlos, nur mit kurzen Blicken.

Als hätten sie Angst, ein Wort zuviel zu sagen. Fühlten sie sich unter Umständen beobachtet? Fürchteten sie womöglich, Dinge von sich zu geben, die ihnen später zum Verhängnis werden konnten? *Seltsam,* dachte Thorin. *Aber irgendwie kommt es mir vor, als habe jeder dieser Menschen Angst vor einer unsichtbaren Gefahr. Aber vor was...?*

Er vergaß seine trüben Gedanken und widmete sich statt dessen dem Essen, das ihm der Wirt brachte. Einige Scheiben kaltes Fleisch, dazu Gemüse und frisches Brot, dessen Geruch Thorin das Wasser im Munde zusammenlaufen ließ. Er achtete nicht mehr auf die Menschen an den Nebentischen, sondern genoss seine Mahlzeit, denn er hatte großen Hunger. Dazu trank er einige Schlucke würzigen Rotwein aus einem schweren irdenen Krug und erinnerte sich dabei noch einmal an die schrecklichen Stunden in der einsamen Wüste.

Er war so in Gedanken versunken, dass er die junge Frau erst bemerkte, als sie direkt vor ihm stand. Überrascht hob Thorin den Kopf, blickte in ein ebenmäßiges, aber dennoch stark geschminktes Gesicht, das von einer wilden Flut schwarzer Haare umrahmt wurde. Zwei große Ringe schmückten ihre Ohren, und das Kleid war so geschnitten, dass es ihre Figur mehr preisgab als verhüllte. Sie lächelte, aber ihre Augen blieben dabei ausdruckslos.

»Suchst du Gesellschaft, Fremder?«, fragte sie mit leiser, aber dennoch verheißungsvoller Stimme. »Das kann ich dir bieten – und vielleicht noch mehr, wenn du Geld hast? Willst du?«

Eine Hure, dachte Thorin und zögerte einen kurzen Moment. Ihm standen nicht die Sinne nach käuflicher Liebe, dennoch nickte er der Frau zu, sich zu ihm zu setzen.

»Ich habe eine kleine Kammer oben unter dem Dach«, murmelte sie mit einem gewinnbringenden Lächeln, das Thorin jedoch kalt ließ. »Wenn du willst, dann komm mit mir – das Bett ist breit genug für zwei. Die ganze Nacht kostet dich nur fünf Artaks...« Sie hielt mitten im Satz inne, schaute ihn direkt an, um zu sehen, welche Wirkung ihre Worte auf ihn hatten, musste dann aber erkennen, dass Thorin sich immer noch sehr zurückhaltend gab. »Ich bin müde von der langen Reise«, sagte er und erkannte die Enttäuschung in ihren Augen, holte aber ein weiteres Geldstück hervor, legte es auf den Tisch. »Vielleicht kannst du mir dennoch von Nutzen sein...«

Die Hand der Hure mit den bemalten Fingernägeln wollte im ersten Impuls rasch nach dem Geld greifen, dann aber bemerkte die Frau die Blicke des Wirtes drüben an der Theke, und deshalb unterließ sie es. Thorin sah das und fügte rasch einige Worte hinzu: »Kennst du eine Frau namens Jesca? Sie ist eine Nadii -Amazone und muss hier irgendwo in Mercutta sein. Ich will wissen, wo sie sich aufhält...«

Er brach ab, als er sah, wie die Hure sichtlich zusammenzuckte. Ihr hübsches Gesicht zeigte nun Spuren von deutlicher Zurückhaltung, gemischt mit Furcht und Unsicherheit. Sofort zog sie sich wieder von Thorin zurück, als habe sie auf einmal erkannt, dass er eine ansteckende Krankheit besaß. Sie murmelte einen leisen Fluch, erhob sich so rasch, dass es sogar den anderen Gästen auffiel, und verschwand in einem der hinteren Zimmer des Hauses. Der Wirt blickte ihr eine Spur zu lange nach, und Thorin war verwirrt. Was in aller Welt hatte das jetzt zu bedeuten? Er hatte doch nur eine einzige Frage gestellt! Aber wie Hortak Talsamon benahm sich die Frau auch ziemlich seltsam, wenn er auf Jesca zu sprechen kam.

Hier stimmt etwas nicht, warnte ihn eine innere Stimme. *Und zwar eine ganze Menge...*

Thorin war ein Fremder in Mercutta, und er wusste nicht, was das alles zu bedeuten hatte. Je länger er sich in diesem Raum aufhielt, umso mehr fühlte er sich von etlichen Augenpaaren beobachtet – und diese Augen schienen mehr zu wissen als er. Deshalb musste er vorsichtig sein und nichts Unüberlegtes tun – und Fragen nach Jesca zu stellen, erregte hier offensichtlich den Unwillen der Menschen. Aber irgend jemand würde ihm Antwort auf seine Fragen geben müssen. Mercutta war nur eine kleine Stadt am Rande der Großen Salzwüste, und das Eintreffen des Suchtrupps war kaum jemand von den Bewohnern entgangen. Auch Jesca hätte hier sein müssen – aber Thorin hatte sie nirgendwo entdeckt. Bedeutete das unter Umständen, dass die Nadii-Amazone die Stadt schon wieder verlassen hatte?

Das kann nicht sein, schoss es ihm durch den Kopf. Sie würde niemals aufbrechen ohne ihn. Hier wollten sie sich treffen und dann gemeinsam weiter überlegen, was zu tun war. Denn die wenigen Worte, die Jesca auf dem Pergament geschrieben hatte, ließen Thorin ahnen, wie wichtig es war, hierherzukommen. Und die Tatsache, dass er Jesca nirgendwo entdecken konnte, musste etwas zu bedeuten haben. Steckte sie womöglich in Schwierigkeiten? Thorin wusste es nicht, aber er hätte viel dafür gegeben, wenn er die Wahrheit gekannt hätte.

Die Schatten der Finsternis drohten am Horizont – er hatte keine Zeit mehr, Dutzende von Rätseln zu lösen. Er musste herausfinden, was mit Jesca geschehen war – selbst wenn zu viele Fragen unter Umständen gefährlich waren. Er dachte wieder an den Schmied. Hortak Talsamon würde ihm eine Antwort geben müssen – gleich morgen Früh!

Er hielt es nicht mehr länger im Gastraum aus, sondern erhob sich jetzt vom Tisch. Er spürte immer noch die Blicke der Gäste in seinem Rücken, als er wortlos die ausgetretenen Treppenstufen nach oben ging, wo der Wirt ein Zimmer für ihn bereit gemacht hatte. Es war nicht sonderlich groß, dafür aber sauber – und der Preis dafür war akzeptabel. Das Fenster an der anderen Seite der Wand gab den Blick frei auf einen unübersichtlichen und ziemlich schmutzigen Hinterhof – aber das kümmerte Thorin nicht. Er war müde und wollte schlafen – heute würde er ohnehin keine Antwort mehr auf seine Fragen erhalten.

Thorin legte das Schwert mitsamt der Scheide auf den Boden neben dem Strohlager und ließ sich dort nieder. Wenigstens in einer Hinsicht hatte Hortak Talsamon von Anfang an die Wahrheit gesagt – das Strohlager war weich und warm, und die Decke, die darüber ausgebreitet war, sauber. Thorin streckte sich aus, versuchte die Anspannung der letzten Stunden zu vergessen. Dennoch verstrich einige Zeit, bis sich schließlich die Müdigkeit so sehr bemerkbar machte, dass er die Augen schloss...

Er dämmerte mehr dahin, als er schlief – dennoch vergingen einige Sekunden, bis ihm bewusst wurde, dass draußen vor der Tür leise Schritte zu vernehmen waren – und dann klopfte es. Ganz zaghaft, eher wie jemand, der vermeiden wollte, dass es jemand hörte.

Von einem Augenblick zum anderen war Thorins Müdigkeit verflogen. Sein linker Oberarm juckte zwar noch ein wenig, aber die Wunde aus dem Kampf in der Wüste war verkrustet und begann bereits abzuheilen.

»Wer ist da?«, rief er mit unterdrückter Stimme und griff gleichzeitig mit der Rechten nach dem Knauf seines Schwertes.

»Ich bin es«, hörte er dann eine Frauenstimme, die Thorin sofort wieder erkannte. Sie gehörte der Frau, die ihm für einige Münzen eine heiße Nacht versprochen hatte. War sie jetzt so hartnäckig geworden, dass sie es ein zweites Mal bei ihm versuchen wollte? »Laß mich ein – rasch, beeil dich...«

Zuerst lag ihm eine heftige Erwiderung auf der Zunge, aber dann entschied sich Thorin doch anders. Er zog Sternfeuer aus der Scheide, hielt es bereit in seiner Rechten und ging dann hinüber zur Holztür, um die Verriegelung zu öffnen. Er kannte Wirtshäuser, in denen Gäste zur späten Stunde auf solch plumpe Art aus ihren Betten gelockt und dann von einigen vermummten Gestalten niedergeschlagen, ausgeplündert und manchmal sogar ermordet wurden. Vielleicht glaubte die Hure ja, dass er noch mehr Geld besitze als die Münzen, die er ihr gezeigt hatte, und hatte das jemandem verraten, der jetzt ebenfalls auf der anderen Seite der Tür lauerte.

»Was willst du, Frau?«, rief Thorin jetzt mürrisch, während er den Riegel schon in der Linken hielt. »Rede, oder du kannst gleich wieder gehen!«

»Bei allen…«, hörte er das wütende Keuchen auf der anderen Seite der Tür. »Ich denke, du willst etwas über diese Amazone erfahren – dann mach endlich auf!«

Diese Worte gaben für Thorin den Ausschlag, die Tür zu öffnen. Mit der Klinge in der Hand trat er einen raschen Schritt nach vorn – so plötzlich, dass die Frau beinahe aufgeschrien hätte, als sie das mächtige Schwert sah. Im letzten Moment unterdrückte sie das aber, während Thorin nach links und rechts spähte und erleichtert feststellte, dass die Frau wirklich allein gekommen war. Er packte sie, zog sie hinein ins Zimmer und verriegelte sofort wieder die Tür.

Das bleiche Licht des Mondes warf für Sekunden einen hellen Lichtstrahl ins Zimmer, bevor sich wieder dichte Wolken davorschoben. Diese winzige Zeitspanne reichte aus, um Thorin erkennen zu lassen, dass sich große Furcht in den Augen der Hure widerspiegelte. Sie schien geradezu panische Angst davor zu haben, dass jemand aufgefallen war, wie sie an seine Tür geklopft hatte.

»Leise«, sagte die Frau mit zitternder Stimme. »Es darf niemand hören, dass ich hier bin. Jarc, der Wirt – er lässt es mich sonst büßen…«

»Ich denke, du bist dafür da, seinen Gästen das Geld aus der Tasche zu ziehen?«, stellte Thorin die Gegenfrage und ließ erst allmählich sein Schwert sinken. »Du kannst das Geld bekommen, das ich dir geboten habe – du musst noch nicht einmal viel dafür tun. Ich will nur Antworten auf meine Fragen. Was ist mit der Frau namens Jesca, einer nicht zu übersehenden Nadii-Amazone? Ich suche sie, kann sie aber nirgendwo finden. Was weißt du darüber?«

Er sah, wie die Hure weiter zögerte und immer wieder furchtsam zur verschlossenen Tür blickte.

Es schien, als würde sie verschiedene Möglichkeiten abwägen.

Thorin fluchte leise, suchte nach einigen Münzen und warf sie auf den Tisch neben dem Lager.

»Das dürfte reichen, um dich gesprächig zu machen – und jetzt rede endlich!«, forderte er voller Ungeduld. »Mercutta ist wirklich eine seltsame Stadt. Ich bin zwar erst wenige Stunden hier- aber es reicht aus, um zu sehen, dass keiner unangenehme Dinge erzählen will. Warum eigentlich?«

»Du bist ein Fremder und kannst wieder gehen, wenn du willst«, erwiderte die Hure, deren Namen Thorin nicht kannte (und im Grunde genommen interessierte er ihn auch nicht). »Wir aber müssen hierbleiben und mit dem zurechtkommen, was wir hier vorfinden. Es ist nicht leicht, dass wir...«

»Genug!«, fiel ihr Thorin ins Wort. »Mich interessiert deine Lebensgeschichte nicht. Erzähl mir von Jesca – du kennst sie, nicht wahr?«

»Ich war nicht immer eine Hure, Fremder«, erhielt Thorin nun zur Antwort. »Behandle mich wenigstens mit etwas Respekt. Ja, ich kenne die Nadii-Amazone. Sie kam vor gut vier Wochen in diese Stadt. Natürlich fiel sie den meisten von uns auf, denn Kriegerinnen wie sie kommen äußerst selten hierher. Sie stellte viele Fragen – und das hätte sie vielleicht besser nicht getan, weil...« Die Hure schluckte.

»Weiter!«, stieß Thorin nun aufgeregt hervor, weil er seine Ungeduld kaum noch zügeln konnte. »Was für Fragen waren das?«

»Bei manchen gilt es schon als Todesurteil, wenn man überhaupt darüber spricht, Fremder«, fuhr die Hure fort und senkte ihre Stimme noch mehr. Thorin musste deshalb einen Schritt auf sie zugehen, um sie besser verstehen zu können. »Ich sehe dir an, dass du das gleiche Ziel hast wie die Amazone – auch du suchst die *Stadt der verlorenen Seelen*, nicht wahr?«

»Ja«, erwiderte Thorin ohne Zögern, auch wenn das nicht ganz der Wahrheit entsprach. Denn Jesca hatte in ihrem Brief nur vage Andeutungen gemacht – und diese Vermutungen verdichteten sich jetzt immer mehr. Die Hure sprach von einer *Stadt der verlorenen Seelen* – was hatte das zu bedeuten? Dieser Name weckte unangenehme Erinnerungen an das *Dunkle Zeitalter* in Thorin – und er hatte eigentlich gehofft, dass dieser Abschnitt seines Lebens durch das vehemente Eingreifen höherer Mächte ein Ende gefunden habe. Aber das stimmte nicht – die endgültig hinter die Flammenbarriere verbannten Skirr schienen dennoch Relikte ihrer Macht auf dieser Welt zurückgelassen zu haben – und diese *Stadt der verlorenen Seelen* konnte womöglich ein Teil davon sein.

»Es ist gefährlich, darüber zu sprechen – ganz zu schweigen von der Stadt selbst«, fuhr die schwarzhaarige Hure flüsternd fort. »Deine Gefährtin war nicht vorsichtig genug, und deshalb wurde sie auch...«

Eigentlich hatte sie noch mehr sagen wollen – aber genau in diesem Augenblick vernahm Thorin ein leises Geräusch draußen in der Nähe des Fensters. Ein feines Schaben und Kratzen, das jetzt wieder verstummte. Thorin deutete der Frau an, zu schweigen und schob sie in eine Ecke des Raums, wo man sie vom Fenster aus nicht erkennen konnte. Er gebot ihr, sich zu ducken. Dann riss er sofort wieder sein Schwert empor und entdeckte in diesem Moment eine schattenhafte Gestalt in der Fensteröffnung – eine schlanke und schmächtige Gestalt, die für einen winzigen Moment vom Licht des Mondes erfasst wurde, als die Wolken sich wieder kurz verzogen.

Thorin wusste nicht, was das zu bedeuten hatte – aber er gab dem unbekannten Eindringling nicht den Hauch einer Chance. Mit einem großen Satz hechtete er nach vorn aus dem Halbdunkel des Zimmers und überraschte den Mann damit völlig, dessen Augen sich erst an die Dämmerung in der kleinen Kammer gewöhnen mussten. Es war zwar nur eine winzige Zeitspanne, aber sie reichte dennoch aus, um Thorin schneller handeln zu lassen.

Seine Linke stieß nach vorn, bekam den Mann zu fassen und riss ihn mit einem heftigen Ruck ins Zimmer hinein. Der Eindringling wusste im ersten Moment gar nicht, wie ihm geschah. Ein überraschter Ruf kam über seine Lippen, der jedoch rasch im Keim erstickt wurde, als er unsanft auf den rauhen Bretterboden der Kammer stürzte und dann den scharfen Stahl Sternfeuers an seiner Kehle spürte. Thorin hätte den Burschen jetzt töten können, aber er zögerte noch. Er wusste nicht, was das alles zu bedeuten hatte und ahnte, dass sich noch mehr Fragen auftürmen würden, je länger er sich in Mercutta aufhielt.

»Gnade....«, stammelte der schlanke Eindringling und streckte beide Arme weit von sich – als Zeichen der völligen Unterwerfung. »Nicht...ich wollte doch nur...« Dabei sah er mühsam hinüber zum Fenster, ein unverzeihlicher Fehler, denn dieser Blick warnte Thorin schließlich. Im selben Moment war eine zweite Gestalt an der Fensterbrüstung zu erkennen – und mit einem sirrenden Geräusch flog etwas blitzend Helles direkt auf Thorin zu.

Allerdings verschonte das Schicksal Thorin nun vor einem plötzlichen Tod durch ein geschickt geschleudertes Wurfmesser. Jemand anderes zahlte den Blutzoll – und das geschah völlig unabsichtlich. Die schwarzhaarige Hure, die gesehen hatte, wie der Mann in Thorins Kammer hatte eindringen wollen, fürchtete sich jetzt vor einem Strudel von weiteren Ereignissen, in den sie nicht hineingezogen werden mochte. Deshalb wollte sie so schnell wie möglich weg von hier – erhob sich und rannte aus der Ecke des Zimmers, die man vom Fenster aus nicht einsehen konnte. Unglücklicherweise geriet sie für den entscheidenden Sekundenbruchteil ins Ziel des zweiten Unbekannten, der sein Messer bereits geschleudert hatte.

Anstatt Thorin zu treffen, erwischte es die Hure im Rücken; das Messer bohrte sich bis zum Heft hinein. Die Frau stöhnte laut auf, während sich ihre Augen vor Schreck und Erstaunen weiteten. Dann brach sie zusammen und fiel mit einem dumpfen Geräusch auf die Bretter des Fußbodens.

Thorin fluchte, verpasste dem ersten Eindringling einen Hieb mit dem Knauf der Götterklinge, um ihn ruhig zu stellen. Dann eilte er mit zwei Sätzen hinüber zum Fenster, um sich den zweiten Mann zu greifen.

Dieser ließ die Fensterbrüstung los, suchte mit den Füßen Halt auf einem Vorsprung direkt darunter und sprang dann mit einem Satz der Verzweiflung hinunter auf den Hof. Unsanft kam er auf dem harten Boden auf, schrie vor Schmerz, als er sich beide Knie aufschürfte, rappelte sich dann aber wieder rasch hoch, als er zu seinem großen Entsetzen feststellen musste, dass der hünenhafte Krieger mit dem Schwert in der Hand Anstalten machte, ihm zu folgen!

Während er sich rasch erhob und sein Heil in der Flucht suchte, stieß sich Thorin ebenfalls von der Fensterbrüstung ab und kam besser auf als der Halunke. Thorins Körper war gestählt von zahlreichen Kämpfen, und er besaß die Geschmeidigkeit einer großen Raubkatze.

Springen, aufkommen, federnd das Gleichgewicht halten und dem Flüchtenden ohne Zögern sofort nachsetzen – all dies geschah innerhalb von wenigen Sekunden.

Irgendwo über ihm in der Nähe seiner Kammer waren laute Stimmen zu hören, gefolgt von schweren Schritten. Das registrierte Thorin aber nur am Rande, denn seine ganze Aufmerksamkeit galt dem Bastard, der ihn hatte ermorden wollen und stattdessen die Hure getötet hatte. Ihn durfte und konnte er nicht entkommen lassen!

Thorin setzte dem Kerl mit schnellen Schritten nach, rannte über den Hinterhof, der in eine enge Gasse mündete, die der untersetzte Dieb jetzt erreichte. Ängstlich drehte er sich um und sah seinen Verfolger mit dem Schwert in der Hand, der jetzt schon deutlich aufgeholt hatte. In seiner Angst griff der Kerl jetzt nach einer Mistgabel, die irgend jemand an der Hauswand stehengelassen hatte. Er packte sie mit beiden Händen und schleuderte sie nach Thorin. Aber der hatte die Absicht des Gegners bereits geahnt und warf sich im letzten Moment zur Seite. Die scharfen Zinken der schmutzigen Mistgabel streiften ihn noch nicht einmal – dafür hatte der Schurke zu hastig reagiert.

Nun aber war Thorin am Zug. Er setzte seine Verfolgung fort und holte den Dieb schließlich wenige Schritte vor der Einmündung in eine breitere Straße ein. Er holte mit der Klinge aus, erwischte den Flüchtenden am Bein, der jetzt schrie wie am Spieß. Das scharfe Schwert bohrte sich in die Wade, brachte den Mann ins Taumeln. Er ruderte wild mit den Armen, um das Gleichgewicht zu halten, aber das gelang ihm nicht mehr. Unsanft prallte er gegen eine rissige Hausmauer und knickte mit dem rechten Bein ein, stürzte zu Boden – und dann war Thorin auch schon über ihm.

Sein Atem ging heftig, als er die Spitze Sternfeuers auf die Brust des Mannes richtete und ihn mit mitleidslosen Augen ansah. Der Mond hatte mittlerweile den stummen Kampf mit den Wolken der Nacht gewonnen und überzog die breite Gasse mit seinem hellen Licht, so dass Thorin den Angstschweiß des Diebes sehen konnte.

»Warum?«, wollte Thorin wissen und blickte dem wimmernden Mann direkt in die wieselhaft wirkenden Augen. »Wer bist du? Rede endlich, verdammt!«

Schritte erklangen von weiter unterhalb der Straße. Eine laute, befehlsgewohnte Stimme ertönte, und dann tauchten die Konturen von vier schwerbewaffneten Männern auf – angeführt von einem bulligen Mann, dessen Brustpanzer im Mondlicht schimmerte. Als dies der Dieb sah, zuckte er noch mehr zusammen, und über seine Lippen kam ein undeutliches Stammeln.

Was er dann tat, erschien Thorin im Nachhinein als ein Akt purer Verzweiflung, den er gerne verhindert hätte. Aber woher hätte er wissen sollen, dass der Dieb sich vor den bewaffneten Männern *so sehr* fürchtete? Plötzlich umschloss er mit beiden Händen die scharfe Klinge und achtete nicht darauf, dass er sich dabei ins Fleisch schnitt.

Dann riss er die Klinge so heftig nach vorn, dass selbst Thorin von dieser Wucht überrascht wurde. Der Dieb stieß sich die Klinge tief in die Brust, während die Schritte der bewaffneten Männer sich diesem Ort näherten – und zu Thorins großer Verwunderung zeichnete sich in den Augen des Sterbenden so etwas wie *Erleichterung* ab. Dann fiel sein Kopf nach hinten, und gebrochene Augen blickten in den mondhellen Nachthimmel empor...

Larko fühlte einen hämmernden Schmerz in seinem Schädel, der einfach nicht weichen wollte. Wie aus weiter Ferne hörte er Geräusche, die er nicht identifizieren konnte. Als er die Augen öffnete, tanzten davor feurige Sterne, die ihm noch keinen klaren Blick ermöglichten. Er keuchte heftig, japste nach Luft und wälzte sich herum – und auch das gelang ihm nur mit großer Mühe. Dann lichteten sich endlich die Schleier vor seinen Augen und machten einer dämmrigen Umgebung Platz.

Unwillkürlich tastete seine rechte Hand hinauf zur Schläfe. Die Finger waren feucht, und erneut spürte er den bohrenden Schmerz in seinem Kopf. *Ich blute*, überkam ihn ein kurzes Gefühl der Panik – und es verstärkte sich noch, als er nur wenige Schritte entfernt den reglosen Körper der Frau sah, die Bartok mit seinem Messer unbeabsichtigt getötet hatte.

Aber er konnte jetzt weder Bartok noch den fremden Krieger sehen – er hörte nur jenseits des Fensters hastige Schritte, gefolgt von einem wütenden Schrei.

Und auch unten im Wirtshaus schien man mittlerweile bemerkt zu haben, dass hier irgend etwas nicht stimmte. Polternde Schritte erklangen auf der Treppe, die sich nun dem oberen Flur näherten.

Ich darf nicht hier bleiben, dachte Larko und versuchte, sich so rasch wie möglich zu erheben. *Wenn man mich hier findet ...* Zwar stand er noch etwas auf zitternden Beinen, und einen winzigen Moment lang konnte er nicht klar und deutlich sehen. Schließlich lichteten sich aber die Schleier vor seinen Augen endgültig, und der Dieb eilte hinüber zum Fenster, schwang sich über die Brüstung und suchte fieberhaft nach einem Halt. Sein Schädel brummte immer noch, und er wusste, dass es noch eine Zeitlang dauern würde, bis er die Folgen des heftigen Schlages mit dem Schwertknauf überstanden hatte.

Als Larko vorsichtig die rissige Mauer hinunterkletterte und dabei versuchte, keinen Lärm zu verursachen, hörte er, wie oben die Tür der Kammer aufgerissen wurde. Schwere Schritte erklangen im Raum, gefolgt von Rufen des Entsetzens. *Sie haben die tote Frau gefunden*, dachte Larko, als er in diesem Moment endlich festen Boden unter den Füßen hatte. *Ich muss weg von hier, bevor sie mich erwischen, sonst ...*

Larko war zwar schon des öfteren in gefährlichen Situationen gewesen, aber noch nie war es so knapp wie heute. Er duckte sich, presste sich ganz eng an die Hausmauer und schlich sich so rasch wie möglich davon.

»Da ist einer!«, hörte er einen wütenden Schrei, aber Larko drehte sich nicht mehr um. Er rannte förmlich um sein Leben, und er verschwendete keinen einzigen Gedanken mehr daran, was jetzt aus seinem Gefährten Bartok wurde. In dieser fast auswegslosen Situation war er sich selbst der nächste. Er spurtete mit langen Sätzen über den abgelegenen Hinterhof und war froh, als er die schmale Gasse erreichte, die zum Glück fast völlig im Dunkel lag.

»Haltet den Mörder!«, rief nun eine andere Stimme aus den oberen Räumen des Wirtshauses, und sie klang so *schrecklich laut* in dieser ansonsten stillen Nacht. »Dort drüben – da läuft er!«

Larkos Herz raste wie wild, als er geduckt weiterrannte. Er musste diese enge Gasse so rasch wie möglich hinter sich bringen. Erst wenn er die Einmündung dort vorn erreicht hatte, würde er eine Chance haben. Der Dieb zuckte zusammen, als wenige Schritte hinter ihm eine Tür aufgerissen wurde und eine alte Frau herausschaute, die wohl von dem Lärm drüben im Wirtshaus aufgewacht war und nach dem Rechten sehen wollte. Und sie blieb nicht die einzige. Hinter einigen Fenstern schimmerte es plötzlich hell, und Larko wusste, dass seine Chancen sich mit jedem weiteren Atemzug erbarmungslos verringerten.

Die Straßenwächter, schoss es ihm durch den Kopf. *Sicher haben sie die Rufe längst gehört und sind jetzt auf dem Weg hierher. Wenn sie mich erwischen, dann...* Er achtete für einen winzigen Moment nicht auf die holprige Straße zu seinen Füßen und stolperte deshalb über einen Holzkübel, den irgend jemand achtlos dort stehengelassen hatte. Larko taumelte, ruderte mit den Armen, konnte sich zum Glück aber noch einmal fangen. Und dann hatte er endlich die Einmündung zur Straße erreicht, die unmittelbar zum Marktplatz führte. Von hier aus zweigten viele andere kleine Gassen in alle möglichen Richtungen ab – die Straßenwächter konnten nicht alle im Blickfeld haben. Wenn es ihm gelang, den alten Brunnen zu erreichen, würde er noch einmal davonkommen. Denn in diesem Viertel gab es mehrere leerstehende Häuser, und in einem dieser vom Einsturz bedrohten Gebäude gab es einen Zugang zu den Schächten unterhalb der Stadt – aber das wussten nur Larko und die übrigen Diebe. Und dieses Geheimnis hätten sie selbst unter der Folter niemandem verraten (zumindest hoffte er das, denn er konnte nicht mit Gewissheit sagen, ob der unglückliche Mosh unter den Peitschenhieben etwas ausgeplaudert hatte...).

Als er die Einmündung erreichte, sah er kurz nach rechts und links, hastete dann auch schon wieder weiter und atmete auf, als er eine Gasse erreichte, die geradewegs zu seinem Ziel führte.

Irgendwo hinter sich hörte er das dumpfe Poltern von Schritten – gefolgt von lauten, befehlsgewohnten Stimmen. *Tys Athals Straßenwächter*, schoss es ihm durch den Kopf. *Bei allen Göttern – das war denkbar knapp. Vielleicht nur etwas später, ein Zögern zuviel, und dann...*

Der Dieb erreichte jetzt den Brunnen und duckte sich sofort, als er wieder Stimmen hörte. Aber das waren keine Soldaten. Es war die Stimme einer keifenden Frau, die sich wohl mit ihrem Mann heftig stritt. Ein dumpfer Schlag erklang aus einem der oberen Fenster, dann ertönte ein leises Wimmern – damit war der Ehestreit wohl ganz abrupt beendet worden.

Larko dachte nicht weiter darüber nach, sondern passierte den Brunnen mit hastigen Schritten, erreichte schließlich ein altes und leerstehendes Haus, dessen Eingangstür schief in den Angeln hing.

Das Dach hatte bereits verschiedene größere Löcher und war bis jetzt nicht wiederhergestellt worden, denn die ehemaligen Besitzer waren plötzlich gestorben und hatten keine Nachkommen hinterlassen. Im Lauf der Jahre war das Haus dann so heruntergekommen, dass bis jetzt niemand die Zeit gefunden hatte, es wieder herzurichten.

Die übrigen Bewohner dieser verfallenden Gegend hatten zuviel mit sich und ihren eigenen Problemen zu tun – und deshalb war dieses alte Gebäude ein idealer Unterschlupf für einige der Diebe von Mercutta. Larko verschwand Sekunden später im Inneren des Hauses. Seine Spur verlor sich – und selbst den Straßenwächtern würde es jetzt nicht mehr gelingen, ihn zu finden...

Fassungslos blickte Thorin auf den Mann, der sich selbst das Schwert mit solcher Wucht in die Brust gerammt hatte, dass Thorin die Klinge beinahe aus den Händen gerissen worden wäre. Täuschte er sich, oder war auf den Zügen des Toten einige Sekunden lang eine gewisse Erleichterung zu erkennen gewesen?

»Rühr dich nicht von der Stelle, Fremder!«, erklang auf einmal eine drohende Stimme hinter Thorin. »Eine falsche Bewegung, und du bist genauso tot wie der da!«

Ganz langsam wandte Thorin den Kopf und blickte in das bärtige Gesicht eines bulligen Mannes, der in seiner rechten Hand ein Schwert hielt und mit der Spitze auf Thorin zielte. Auch die anderen Bewaffneten in seiner Begleitung hatten ihre Schwerter gezogen und warteten nur noch auf einen Befehl, um sich auf Thorin zu stürzen.

»Ich habe ihn verfolgt, weil er in meine Kammer eingedrungen ist«, erwiderte Thorin mit gezwungener Ruhe. »Ich wollte die Nacht in Ruhe verbringen – drüben im ›Goldenen Kämpfer‹. Aber dazu kam es nicht. Einen habe ich niedergeschlagen. Dieser hier tötete die Frau, die sich ebenfalls in meinem Zimmer aufhielt und…« Er brach ab, als er sah, dass nun aus Richtung des Wirtshauses ebenfalls Schritte zu hören waren. Nur wenige Augenblicke später kamen Jarc, der Wirt und zwei seiner Helfer herbeigeeilt. Sie sahen die blutige Klinge, die noch in der Brust des toten Diebes steckte und blickten dann von Thorin zu den Bewaffneten.

»Kennst du diesen Fremden, Jarc?«, richtete der Bullige nun das Wort an den Wirt. »Er sagt, dass er bei dir wohnt und von diesem Kerl dort überfallen wurde. Er soll eine Frau getötet haben.«

»Das stimmt«, nickte der Wirt heftig und wischte sich die schweißigen Hände an seinem Kittel ab.. »Ich hörte den Lärm über der Schankstube und wollte sofort nach dem Rechten sehen. Dann sahen wir einen anderen Mann davonrennen und fanden nur noch die Tote. Du kennst sie auch, Gerric – es ist die schwarzhaarige Ressa…«

»Verdammt!«, kam es dem bulligen Mann nun über die Lippen. »Ich glaube, du bist uns eine Antwort schuldig, Fremder. Seit du in die Stadt gekommen bist, gibt es nur Ärger. Du bist doch derjenige, der als einziger den Anschlag auf die Handelskarawane überlebte? Ich habe dich gesehen, als du mit den Reitern in die Stadt kamst!«

»Ja«, erwiderte Thorin, zog vorsichtig die Klinge aus dem Körper des toten Diebes und wischte das Blut an dessen geflickter Kleidung ab. »Aber ich kenne diese beiden Männer nicht. Die Hure kam zu mir und versprach mir eine heiße Nacht. Frag den Wirt – er wird dir bestätigen, dass sie schon in der Schankstube mit mir sprach. Ich war zu müde – aber das hat sie wohl nicht begriffen. Deshalb klopfte sie später noch einmal an die Tür. Und gleichzeitig versuchten die beiden Halunken, in die Kammer einzudringen. Es gab einen Kampf und....«, er brach ab, als ihm plötzlich die Worte des Wirtes bewusst wurden. »Was sagst du da, Wirt – der andere konnte noch entfliehen?«

»So ist es«, bestätigte Jarc. »Wären wir einen Moment früher gekommen, hätten wir ihn bestimmt noch zu fassen bekommen. So aber...«, er zuckte bedauernd mit den Schultern und sah dann zu dem Toten. »War er es, der Ressa mit dem Messer...?«

Thorin nickte und schilderte sowohl ihm als auch dem Bulligen und dessen Begleitern, was sich in seiner Kammer abgespielt hatte. Er schilderte, wie er einen der beiden Diebe niedergeschlagen und dann den zweiten Flüchtenden verfolgt hatte – so lange, bis er ihn hier in dieser Gasse hatte stellen können. Aber dann war doch alles anders gekommen – denn der Dieb hatte sich mit Hilfe von Thorins Schwert selbst getötet.

»Er muss große Angst vor dir und deinen Männern gehabt haben«, fuhr Thorin nun fort. »Denn er stürzte sich förmlich in meine Klinge, als er euch heraneilen sah. Du dürftest besser wissen, warum das so ist...«

Er hielt einen Moment inne, um zu sehen, welche Wirkung seine Worte auf den Bulligen hatten. In dessen Augen blitzte es kurz auf (vor Genugtuung?), dann winkte er einfach ab, ohne ein weiteres Wort zu verlieren. Er drehte sich zu den anderen Männern um und gab das Zeichen zum Aufbruch.

»Diebe sind Abschaum, Fremder«, meinte er dann mit gehässiger Stimme zu Thorin gewandt. »Dieses Pack ist eine Plage für Mercutta. Die Bastarde wissen sehr genau, was mit ihnen geschieht, wenn wir sie zu fassen bekommen. So hat er es geschafft, seinen Tod etwas abzukürzen.« Mit diesen Worten trat er auf den Toten zu, versetzte ihm einen harten Tritt, überlegte es sich und befahl seinen Männern, sich um ihn zu kümmern. »Schafft ihn weg und verscharrt ihn draußen vor der Stadt – genau wie den anderen Bastard! Worauf wartet ihr noch?«

Die Männer beeilten sich, den Befehl des Bulligen auszuführen. Thorin sah, wie zwei Männer den toten Dieb an Armen und Beinen packten und wegschleppten.

»Mit solchen Kreaturen machen wir kurzen Prozess, Fremder«, wandte sich der Bullige wieder an den Nordlandwolf. »Es ist besser, wenn auch du das begreifst. In Mercutta herrschen strenge Gesetze – aber sie garantieren den Bewohnern auch völlige Sicherheit. Dafür sorgen wir schon. Falls du Schwierigkeiten haben solltest, das zu akzeptieren, wäre es besser für dich, wenn du Mercutta wieder verlässt.«

»Du wirst es nicht glauben – genau das hatte ich auch vor«, erwiderte Thorin mit gereizter Stimme. »Aber das geht nur, wenn ich ein Pferd habe – und das werde ich bei Tys Athal kaufen. Beruhigt dich das?« Der Bullige ließ sich nicht anmerken, was er in Wirklichkeit dachte. Er nickte nur, bevor er sich schließlich abwandte und den Männern folgte, die den toten Dieb weggebracht hatten.

»Und was ist mit der toten Hure?«, rief ihm nun der enttäuschte Wirt nach. »Soll ich mich vielleicht um sie kümmern? Du und deine Männer – ihr hattet doch auch Spaß mit ihr und…«

Der bullige Mann mit dem glänzenden Brustpanzer hatte sich schon abgewandt, drehte sich bei diesen vorwurfsvollen Worten des Wirtes jedoch wieder um – und seine funkelnden Augen richteten sich auf Jarc.

»Du bist ein Spaßvogel, Jarc«, lachte er voller Gehässigkeit. »Was geht mich das Ungeziefer an, das unter deinem Dach wohnt? Kümmere dich doch selbst darum – oder willst du Ärger mit mir und meiner Garde bekommen? Glaubst du vielleicht, ich wüsste nichts davon, dass du deinen Wein mit Wasser panschst, und dass du an manchen Tagen in den hinteren Räumen verbotenes Glücksspiel betreibst? Ich wusste es schon von Anfang an, und dennoch habe ich es geduldet. Wie der ehrenwerte Tys Athal wohl darüber denkt, wenn er es erfahren würde – was meinst du?«

Der Wirt Jarc begann eine Spur blasser zu werden und schluckte heftig. Hastig wandte er sich ab und ging mit seinen zwei Helfern wieder zurück zu seinem Haus. Zurück blieb Thorin, der von dem Bulligen noch ein letztes Mal gemustert wurde.

»Ich mag dich nicht, Fremder«, sagte der Mann und berührte mit der Rechten den Knauf seines Schwertes. »Ich weiß zwar nicht, warum das so ist – aber ich bin sicher, dass ich es noch herausfinden werde. Sei nur vorsichtig und sieh dich vor!«

Er wartete nicht mehr darauf, ob Thorin noch etwas erwidern wollte, sondern ließ den blonden Krieger einfach stehen. Der Nachtwind bauschte den weiten Umgang des Mannes mit dem Brustpanzer auf und ließ ihn in diesen Sekunden noch größer und wuchtiger erscheinen, als es ohnehin der Fall war. Augenblicke später war er im Dunkel der schmalen Gasse verschwunden, und seine schweren Schritte verhallten nur langsam in der Nacht. Selbst der Mond am Himmel zog sich wieder hinter die Wolken zurück.

Mit gemischten Gefühlen wandte sich Thorin schließlich ab und machte sich auf den Rückweg zum Wirtshaus. Und als er wenig später seine Kammer wieder betrat, zeugte nichts mehr davon, dass hier vor kurzem noch ein heftiger Kampf stattgefunden hatte. Die tote Hure war spurlos verschwunden – selbst das Blut, das sie verloren hatte, war weggewischt worden. Jarc schien die versteckte Drohung des bulligen Mannes ziemlich ernst zu nehmen.

Den Rest der Nacht verbrachte Thorin ungestört. Nur die Träume, die ihn in den Stunden zwischen Mitternacht und Morgengrauen heimsuchten, waren ein Spiegelbild seiner aufgewühlten Seele...

Kapitel 6: Der Herrscher von Mercutta

Tys Athal blickte gedankenverloren aus dem Fenster seines prächtigen Hauses. Von hier oben aus hatte er einen guten Überblick auf den Marktplatz und weite Teile der Stadt. Die Sonne war gerade erst aufgegangen und überzog das karge Land mit ihren wärmenden Strahlen – normalerweise ein schöner, fast beschaulich wirkender früher Vormittag, ehe die große Mittagshitze einsetzen würde. Aber ein Mann wie Tys Athal kannte solche Empfindungen nicht – für ihn zählte nur die Macht und wie er sie zur Schau stellen und festigen konnte.

Macht und Reichtum, dachte er und spürte noch den Schweiß der *sehr jungen* Sklavin auf seiner Haut, die ihm in der letzten Nacht zu Willen gewesen war. Es war ein berauschendes, fast erotisierendes Gefühl, über andere Menschen unumschränkt herrschen zu können. Auch die junge Sklavin aus Kh´an Sor hatte das begreifen müssen – auf ganz *besondere* Weise. Tys Athal besaß nämlich einen unstillbaren Hunger nach Dingen, die ihm kaum eine Frau freiwillig erfüllen wollte – es sei denn, dass er sie dazu zwang! Und als ungekrönter Herrscher von Mercutta besaß er eben die Macht dazu...

Seine Gedanken an die Exzesse der letzten Nacht brachen ab, als er Schritte hörte, die sich ihm näherten. Im ersten Moment wandte er sich mürrisch um, änderte dann aber rasch sein Verhalten, als ihm einer seiner Diener mit einer demütigen Verbeugung meldete, dass draußen vor dem Tor ein fremder Krieger namens Thorin warte, der ein Pferd kaufen wolle.

»Er kommt also doch...«, murmelte der einflussreiche Kaufmann vor sich hin und sprach dann erst zu seinem Diener. »Bring ihn hinüber zu den Pferdeställen – er kann sich die Tiere ja schon mal ansehen. Ich komme gleich nach!«

»Wie Ihr wünscht, edler Tys Athal«, nickte der unterwürfige Diener hastig, verbeugte sich noch einmal und eilte dann rasch davon, um die Befehle seines Herrn auszuführen – denn Tys Athal legte großen Wert darauf, dass sämtliche Anweisungen unverzüglich erledigt wurden. Deshalb rannte der Diener geradezu aus dem Haus und hinüber zu den Pferdeställen.

Tys Athal wandte sich nun auch vom Fenster ab, während seine Gedanken sich mit dem fremden Krieger beschäftigten, der gestern nach Mercutta gekommen war – als einziger Überlebender der Handelskarawane. Der Kaufmann hatte sofort bemerkt, dass dieser Thorin kein Mann war, der sich aus einer Laune heraus der Karawane angeschlossen hatte. Nein, auch wenn er gesagt hatte, dass er auf dem Weg in die südlichen Küstenländer sei, musste das nichts bedeuten. Warum sich der Kaufmann so sehr den Kopf darüber zerbrach, konnte er sich selbst nicht erklären, denn eigentlich konnte ihm der Fremde ja vollkommen gleichgültig sein – Hauptsache, er konnte ihn noch beim Kauf des Pferdes ordentlich übers Ohr hauen!

Aber irgend etwas ging von diesem Krieger aus, das Tys Athal nicht gefiel – und deshalb erfasste ihn jetzt eine zunehmend größer werdende Unruhe. Es war ein Gefühl, das er schon einmal gespürt hatte – vor wenigen Wochen, als die schöne Amazone nach Mercutta gekommen war und *gefährliche Fragen* gestellt hatte.

Es sind nur noch wenige Tage bis Vollmond, erinnerte sich Tys Athal. *Dann wird ihr nackter Körper auf dem Blutstein liegen – und sie wird den Dolch der Schwärze spüren, der ihr das Herz aus dem Leibe schneidet...*

Ein wohliger Schauder überkam ihn angesichts der stillen Freude darüber, dass es ihm gelungen war, der mächtigen Priesterin Kara Artismar ein neues Opfer zuzuführen. Und das noch rechtzeitig zum *Fest der Erweckung*, das man schon in den nächsten Tagen in der *Stadt der Verlorenen Seelen* feiern würde. Sicher wären die Bewohner von Mercutta entsetzt darüber gewesen, wenn sie gewusst hätten, dass der gnadenlose Kaufmann Tys Athal noch ganz andere Dinge zu verbergen hatte – Dinge, die viele Menschen schreiend aus ihrem Schlaf gerissen hätten, wenn sie deren Bedeutung erfasst und begriffen hätten, wer hier unter ihnen lebte.

So aber ahnte niemand etwas davon, dass ausgerechnet der mächtige Tys Athal mehr über die geheimnisvolle Stadt wusste, von der nur wenige Menschen hinter vorgehaltener Hand zu erzählen wagten. Denn die alten Legenden besagten, dass jeder Unwürdige von einem Fluch ergriffen wurde, der es wagte, darüber zu berichten. Und manchmal hatten sich die Legenden auch als wahr erwiesen (in Wirklichkeit hatten Tys Athals Schergen jedoch dafür gesorgt, dass die allzu geschwätzigen Bewohner der Stadt rasch eines Besseren belehrt wurden...).

Tys Athal verließ nun seine Räume und das Haus, trat hinaus in das morgendliche Sonnenlicht und überquerte den Innenhof mit raschen Schritten. Augenblicke später erreichte er die langgezogenen Stallungen, wo die Pferde untergebracht waren und von vier Bediensteten versorgt wurden. Der Kaufmann legte großen Wert darauf – denn ohne gute und ausdauernde Pferde kam niemand weg von hier. Mit guten Pferden hatte er den Grundstock seines Reichtums gelegt, und den hatte er systematisch weiter ausgebaut. Ein richtiger Mann zur richtigen Zeit mit dem Willen zur Macht – das war einer seiner Grundsätze, nach denen er lebte.

»Nicht diesen Braunen dort!«, hörte er die kräftige Stimme des fremden Kriegers, bevor er das Stalltor erreichte. »Er besitzt zu schwache Fesseln und wird einen langen Ritt nicht durchstehen können. Nein – der schwarze Hengst dort erscheint mir besser geeignet. Was willst du für ihn haben?«

Tys Athal lächelte im Stillen vor sich hin, während er die Stallungen betrat. Dieser Thorin kannte sich mit Pferden gut aus – er hatte sofort erkannt, dass der feurige schwarze Hengst ein ganz besonderes Tier war. Aber ob er auch den Preis für dieses Pferd zahlen konnte? Denn der Schwarze war eines der besten Tiere, die Tys Athal besaß...

Thorin bemerkte die Unsicherheit in den Blicken des Mannes, als er sich für ein anderes Pferd entscheiden wollte.

Wahrscheinlich hatte er Befehle von Tys Athal, unwissenden Fremden nur durchschnittliche Tiere zu verkaufen. Aber bei Thorin stieß er da auf Granit, denn er kannte sich mit Pferden gut aus, konnte sofort erkennen, welches Tier größere Strecken zurücklegen und unter Umständen auch Strapazen erdulden konnte.

»Du hast einen guten Blick!«, erklang nun auf einmal eine lachende Stimme vom Stalltor her. Sofort drehte sich Thorin um und erkannte den feisten Tys Athal, der in seinen edlen Gewändern zumindest in dieser Umgebung etwas deplaziert wirkte.

»Den schwarzen Hengst willst du? Du kannst ihn haben – aber bist du auch in der Lage, einen guten Preis für ihn zu bezahlen? Mit einigen Goldmünzen ist es da nicht getan...«

»Fast alles hat seinen Preis«, erwiderte Thorin ausweichend und sah, wie der einflußreiche Kaufmann nun zu dem Pferd ging, und dabei dem Stallknecht andeutete, beiseite zu treten. »Ich sehe, dass es ein gutes Tier ist – also sagt, was Ihr dafür haben wollt...«

Tys Athal wartete einen Moment ab, griff erst einmal nach der Mähne des Pferdes und fuhr mit seinen dicken Fingern hindurch. Das Pferd wieherte unwillig – es mochte seinen Besitzer offensichtlich nicht. Thorin erkannte das natürlich, aber er schwieg.

»Du siehst, dass es Temperament hat, Krieger«, lachte Tys Athal erneut. »Ich will dreißig Goldmünzen für ihn haben. Wenn du diesen Preis bezahlen kannst, dann gehört dieses edle Tier dir. Wenn nicht, musst du wohl doch den Braunen dort hinten nehmen…«

»Ihr wisst selbst, dass das ein zu hoher Preis ist – selbst für dieses Tier«, warf Thorin ein und erkannte dabei ein wütendes Aufblitzen in Tys Athals Augen. »Ich bin bereit, zwanzig Goldmünzen zu zahlen – das ist aber auch das Äußerste.« Einen Moment starrten sich beide schweigend in die Augen.

»Du willst handeln, und das gefällt mir«, sagte Tys Athal. »Du scheinst versessen darauf zu sein, ein gutes Pferd zu bekommen. Hast du so eine weite und gefährliche Reise vor dir?« Er hielt inne, beobachtete Thorin. Es war offenkundig, dass Tys Athal mehr über Thorin und dessen genaues Reiseziel erfahren wollte.

»Ich will weiter nach Süden – ich glaube, das sagte ich Euch gestern schon bei unserer ersten Begegnung«, erwiderte Thorin, dessen Ungeduld über den neugierigen Kaufmann wuchs. »Wollt Ihr nun das Pferd verkaufen oder nicht? Meinen Preis habe ich Euch genannt. Akzeptiert ihn oder lasst es bleiben.«

Eine kurze Blässe überzog Tys Athals Gesicht. Vor allen Dingen deshalb, weil der Stallknecht und auch zwei weitere Männer draußen am Tor diese Worte gehört hatten. In solch einem Ton hatte bisher niemand gewagt, mit ihm zu sprechen – und Schwäche durfte er erst gar nicht zeigen. Nicht in dieser Stadt!

»Gut, ich bin einverstanden«, sagte Tys Athal. »Aber zunächst will ich dein Geld sehen!«

Thorin war erleichtert, dass der Kaufmann klein beigegeben hatte. Er griff nach dem Lederbeutel an seinem Gürtel und achtete dabei einen Moment lang nicht auf Tys Athal. Dieser nutzte Thorins Unaufmerksamkeit und gab den zwei Männern draußen am Stalltor einen kurzen, aber dafür umso eindeutigeren Wink. Währenddessen nahm Thorin die geforderten Münzen aus dem Beutel und legte sie auf eine Holzkiste, sah dann wieder zu dem Kaufmann, der seine rechte Hand sofort nach dem Geld ausstreckte und es an sich nahm.

»Wieviel hast du noch in dem Beutel?«, fragte er dann mit drohender Stimme. »Komm, gib ihn mir – ich will es sehen…« Seine Blicke glitten dabei an ihm vorbei, und das warnte Thorin. Sofort wandte er den Kopf und sah drei Männer mit gezogenen Schwertern in den Stall kommen. Zwar machten sie noch keine Anstalten, anzugreifen – aber es bedurfte ganz sicher nur eines einzigen Befehls ihres Herrn, um das zu tun.

»Was soll das?«, kam es zornig über Thorins Lippen. »Ich dachte, Ihr seid Kaufmann und Händler – aber da muss ich mich wohl getäuscht haben. Ihr gehört wohl auch zu den Halunken und Wegelagerern, die aufs Stehlen und Plündern versessen sind!« Noch während die letzten wütenden Worte über seine

Lippen kamen, hatte er auch schon in einer einzigen fließenden Bewegung Sternfeuer aus der Scheide gezogen.

Dann tat er aber etwas, womit weder Tys Athal noch seine Männer gerechnet hatten. Der Kaufmann hielt Thorin für einen Krieger und Abenteurer der üblichen Prägung – aber schon wenige Sekunden später sollte er auf schmerzhafte Weise erkennen, dass Thorin nicht zu dieser Sorte Menschen gehörte.

Statt sich nämlich einen Kampf mit seinen Männern zu liefern, sprang Thorin Tys Athal an, packte ihn mit der linken Hand, riss ihn herum zu sich und hielt ihm die Spitze seiner scharfen Klinge an die Kehle. Das alles geschah so schnell, dass auch die Bewaffneten nicht mehr rechtzeitig reagieren konnten.

»Bleibt wo ihr seid!«, warnte Thorin die Männer in unmissverständlichem Ton, während Tys Athal vor Angst zu stöhnen begann. Angstschweiß bildete sich auf seiner Stirn, und ein unangenehmer Geruch entströmte seinen Poren. »Sonst muss es euer Herr büßen – ich schneide ihm die Kehle durch, wenn ihr noch einen weiteren Schritt näherkommt!«

Er verstärkte den Druck an Tys Athals Kehle. Was zur Folge hatte, dass ein kleiner Blutstropfen hervortrat und die Haut rötete. Der Kaufmann dagegen fühlte sich schon wie ein Opferlamm unter dem Schlachtmesser und gebärdete sich dementsprechend. Thorin blieb gar nichts anderes übrig, als Athals Kopf etwas nach hinten zu reißen.

»Sag ihnen, dass sie sich ruhig verhalten sollen«, warnte ihn Thorin. »Los – jetzt gleich! Oder willst du sterben?«

»Nein… nein…«, stammelte Tys Athal heftig und verdrehte dabei die Augen, erhob dann seine Stimme, so dass auch die anderen Männer ihn hören konnten. »Unternehmt nichts. Hört ihr? Ich befehle euch, ihn nicht anzugreifen!«

»Gut«, nickte Thorin und schwächte den Druck der Klinge an Tys Athals Kehle etwas ab. »Stallknecht – sattle den schwarzen Hengst! Ich habe für ihn bezahlt, und er gehört jetzt mir. Hast du verstanden?«

Als der Mann darauf nicht gleich reagierte, ergriff der eingeschüchterte Tys Athal wieder das Wort. Sein Befehl kam fast einem Wimmern gleich.

»Hast du nicht gehört, was man dir gesagt hat, du Bastard? Der Krieger will das Pferd haben – also sattle es und beeil dich dabei! Sonst lasse ich dich auspeitschen, du…« Er wollte noch mehr sagen, unterließ es aber, als Thorin seinen Kopf herumriss und ihm andeutete, zu schweigen.

Ein Gedanke jagte jetzt den anderen. Draußen erklangen mehrere aufgeregte Stimmen. Kein Zweifel, dieser kurze, aber umso folgenschwerere Zwischenfall in den Stallungen war mittlerweile bemerkt worden. Thorin verfluchte sich selbst dafür, dass er Tys Athal überhaupt aufgesucht hatte. Aber er hatte ein Pferd gebraucht – und woher hätte er es sonst bekommen können, wenn nicht bei dem

Mann, der als einziger fast den ganzen Handel in Mercutta kontrollierte?

Der Stallknecht holte indes rasch eine Decke, warf sie hastig über den Rücken des Pferdes und griff dann nach einem feingearbeiteten Ledersattel – es war der beste von allen. Er beeilte sich, den Befehl des großen Kriegers zu erfüllen, damit dieser seinen Herrn rasch wieder freiließ.

Ganz so einfach war das jedoch nicht, denn so schnell konnte Thorin unbeschadet seinen Kopf nicht mehr aus der Schlinge ziehen. Er schätzte Tys Athal als einen überaus nachtragenden Menschen ein. Wenn er ihn jetzt freiließ, dann kam er nicht mehr lebend aus der Stadt. Und Thorin beurteilte diese Situation ganz richtig. Der reiche Kaufmann gehörte nicht zu denjenigen Menschen, denen man ihre Grenzen des öfteren aufzeigen musste, um sie nicht überheblich werden zu lassen – Thorin hatte ihn statt dessen tödlich beleidigt, indem er erstens seine überhöhten Forderungen abgewiesen und zweitens durch die Situation Athals wahre Natur den Bediensteten gezeigt hatte. Die Natur eines jämmerlich winselnden Feiglings! Tys Athal hatte vor seinen Untergebenen das Gesicht verloren.

»Laß mich los!«, keuchte Tys Athal, der immer wieder blinzeln musste, weil ihm der Schweiß in die Augen lief. »Du hast ohnehin keine Chance. Ich gebe dir mein Wort, dass du die Stadt als freier Mann verlassen kannst und...«

»Schweig!«, schnitt ihm Thorin das Wort ab und blickte immer wieder ungeduldig zu den anderen Männern, die bis jetzt auf der Stelle verharrten (aber für wie lange?). Diesem verlogenen Bastard würde er kein einziges Wort glauben. Nein, hier in Mercutta war er nicht mehr sicher – es würde ihn den Kopf kosten, wenn er sich jetzt auf einen von Anfang an aussichtslosen Kampf mit Athals Männern einließ. Dazu war er nicht nach Mercutta gekommen – er hatte eine andere Aufgabe zu erfüllen.

Bedauerlicherweise würde er nun keine Gelegenheit mehr haben, etwas über Jesca herauszufinden. Und alles wegen der Gier eines Mannes, der nicht genug bekommen konnte! Allein dafür hätte ihm Thorin am liebsten die Kehle durchgeschnitten.

Er sah aus den Augenwinkeln, dass der Stallknecht das Pferd gesattelt hatte, und zog Tys Athal langsam mit hinüber. Der Knecht suchte hastig das Weite, denn er fürchtete die blitzende Klinge (wahrscheinlich wäre er dem Irrsinn verfallen, wenn er gewusst hätte, welche Kräfte Sternfeuer *wirklich* besaß).

»Kommt auf keine dummen Gedanken!«, rief Thorin Athals Männern zu. »Wenn ihr mich angreift, bin ich immer noch schnell genug, um eurem Herrn den Todesstoß zu versetzen! Also riskiert nichts und bleibt dort!«

Wenn einer der Männer vielleicht mit solch einem Gedanken gespielt hatte, dann unterließ er es jetzt wieder. Thorin deutete dem Kaufmann an, in den Sattel zu steigen, und Tys Athal beeilte sich, seinen Befehl zu befolgen. Auch Thorin saß rasch auf, und es gab keine einzige Sekunde, in denen der feiste Athal Gelegenheit gehabt hätte, ihn zu überrumpeln. Gegen einen erfahrenen Kämpfer wie Thorin konnte er nicht standhalten. Er war ein Mann, der befehlen und herrschen konnte, und dem sein Geld die Macht in der Stadt gab. Ohne dieses Geld und ohne Macht war er ein jammerndes Nichts!

Thorins linker Arm griff nach den Zügeln, während er mit der Rechten immer noch die Klinge an Athals Hals hielt.

»Ich reite jetzt los – und du kommst mit«, sagte er zu Athals Entsetzen. »Draußen vor der Stadt lasse ich dich wieder laufen. Und solange werdet ihr alle Frieden halten – habt ihr das verstanden?« Er blickte kurz in die Runde und erkannte, wie hilflos Athals Männer waren. Sie wussten einfach nicht, was sie tun sollten.

»Falls draußen noch weitere Bewaffnete lauern, wäre es sehr schlecht für dich«, murmelte Thorin dicht am Ohr des einflussreichen Kaufmanns. »Egal was geschieht – du stirbst auf jeden Fall noch vor mir…«

Die Art und Weise wie er das sagte ließ Tys Athal erschauern. Und damit erreichte Thorin genau das, was er beabsichtigt hatte. Er drückte dem Pferd die Hacken kurz in die Weichen, und das Tier setzte sich sofort in Bewegung. Von den Männern im Stall drohte Thorin keine Gefahr mehr – aber Sekunden später musste er erkennen, dass sich auch im Hof und oben auf der Mauer des weiträumigen Hauses Bewaffnete versammelt hatten. Sie hielten Schwerter und Lanzen in ihren Händen und sahen ganz danach aus, als wollten sie davon auch Gebrauch machen.

»Dieser Mann hat freies Geleit!«, brüllte nun Tys Athal so laut, dass es jeder seiner Bediensteten hören konnte. »Öffnet das Tor und lasst ihn hinaus – worauf wartet ihr noch?«

»Sag ihnen, dass sie uns nicht folgen sollen – sonst büßt du es!«, murmelte Thorin, der den fetten Körper des Kaufmanns als Schutzschild vor sich hielt. Ein abgeschossener Pfeil würde zuerst Athal treffen und nicht Thorin – und das hatten jetzt auch die Männer auf dem Innenhof erkannt.

Mit Genugtuung registrierte Thorin, wie Athal mit heiserer Stimme seinen Leuten einige eindeutige Befehle zubrüllte – und die zeigten auch Wirkung. Zwei der Männer eilten auf das Holztor zu und rissen die beiden Flügel rasch auf.

Thorin trieb das Pferd an und ritt los. Ein Gedanke jagte jetzt den anderen, denn er war noch nicht in Sicherheit. Erst wenn er auch das Stadttor hinter sich hatte, würde er aufatmen können. Aber bis dahin konnte noch jede Menge geschehen, womit er rechnen musste – und er ahnte nicht, wie sehr sich seine düsteren Ahnungen bewahrheiten sollten. Denn nicht alle Männer Athals hatten so schnell aufgegeben...

Mit grimmiger Miene blickte der bullige Gerric dem davonreitenden Thorin nach. Aber im Gegensatz zu den meisten anderen überwand er sehr rasch die ersten Augenblicke der plötzlichen Niederlage. Noch während die Hufschläge des Hengstes draußen auf dem Pflaster der Straße zu verhallen begannen, wandte er sich hastig ab und eilte mit schnellen Schritten über den Hof.

»Her zu mir, Männer!«, schrie er den anderen zu. »Ihm nach – wir müssen verhindern, dass dieser Hund unseren Herrn tötet! Los doch!«

Einige der Männer überwanden ihre Starre, aber nicht alle, und der loyale Gerric beschloss, mit diesen Leuten später abzurechnen. Jetzt zählte jede Sekunde. Weitere Pferde zu satteln, würde zuviel Zeit kosten – und die hatten er und die Handvoll Männer, die ihm jetzt folgten, nicht. Aber es gab noch eine Chance – und darauf hoffte Gerric. Die Stadttore waren verschlossen, und das würde diesen Thorin wertvolle Zeit kosten. Wenn er und seine Männer schnell waren, dann konnten sie ihm in den Rücken fallen und ihn überrumpeln. Zwar hatte der blonde Krieger das Moment der Überraschung auf seiner Seite gehabt, als er so plötzlich das Schicksal gewendet und selbst den mächtigen Tys Athal besiegt hatte. Aber solch eine Chance würde er kein zweites Mal bekommen – das schwor sich der Anführer von Tys Athals Wachen.

Wenige Augenblicke später hatten auch sie das Haus des Kaufmanns verlassen und eilten dem verhassten Krieger nach – und sie hofften, dass sie diesmal ihren Gegner überwältigen konnten (ohne dass ihrem Herrn etwas geschah)...

Jarvis bemerkte die ungeduldigen Blicke der beiden Wächter, die nun schon zum wiederholten Male hinüber zu Hortak Talsamon sahen und darauf warteten, dass er das lockere Hufeisen endlich befestigte. Der Gehilfe fand, dass Hortak Talsamon an diesem Morgen irgendwie geistesabwesend und verschlossen wirkte – zwar entdeckte er ein solches Verhalten bei seinem Herrn nicht zum ersten Mal, aber heute war es besonders auffällig. Und Talsamon selbst schien das gar nicht zu bemerken...

Er hatte gerade den Hammer in der Hand und wollte das Eisen mit zwei

Nägeln am Huf befestigen, während sein Gehilfe das Pferd hielt. Aber statt dessen blickte er immer wieder in eine unergründliche Ferne, schien dann kopfschüttelnd aus seinem Tagtraum zu erwachen, nur um wenige Minuten später erneut in diesen zu verfallen. So ging das schon den ganzen Morgen, und der Gehilfe fragte sich zu Recht, was mit Hortak Talsamon eigentlich los sei.

Schließlich schob er dieses Verhalten auf die grauenhaften Bilder der unglücklichen Kaufleute, die man ermordet unweit der Oase von Baar Sh´en gefunden hatte. Deshalb dauerte es, bis der Schmied und sein Gehilfe das lockere Eisen endlich festschlagen konnten...

Jarvis wusste natürlich nicht, dass Hortak Talsamon immer wieder an den Traum der letzten Nacht dachte – und natürlich auch an Jesca, die schöne Amazone. Immer wieder drifteten seine Gedanken zu ihr ab, erinnerten sich daran, dass ...

Plötzlich erklangen laute Hufschläge draußen auf dem harten Kopfsteinpflaster, gefolgt von wütenden Schreien. Talsamons Tagträume zerplatzten wie eine Seifenblase, als er den Hammer einfach fallen ließ und unwillkürlich zum Ausgang der Schmiede blickte. Auch die beiden Männer, die auf Tys Athals Lohnliste standen und schon seit einer knappen Stunde darauf warteten, dass sie ihre Pferde endlich mitnehmen konnten, entwickelten auf einmal eine seltsame Eile. Sie standen näher am Tor und erkannten somit das Geschehen als erste.

Sie zuckten zusammen, als sie den Reiter erblickten – und den zweiten Mann, den der erste im Sattel vor sich festhielt und ihm die Klinge seines Schwertes an die Kehle hielt. Im schnellen Trab passierte er die breite Gasse, vorbei an der Schmiede und dem Marktplatz – hinüber zum westlichen Tor. Noch während die beiden Männer zu verstehen versuchten, was geschehen war, hörten sie auch schon irgendwo vom Ende der Gasse her die wütende Stimme von Gerric.

»Los!«, rief der größere der beiden Männer seinem Gefährten zu und zog sein Schwert aus der Scheide. »Hinterher!«

Der andere nickte nur, hatte jetzt ebenfalls seine Klinge in der Hand, und gemeinsam stürmten die beiden Männer hinaus auf die Straße, dem davonreitenden fremden Krieger und seiner Geisel hinterher. Hortak Talsamon und sein Gehilfe bekamen all das innerhalb von wenigen Sekunden mit. Auch sie konnten natürlich nur ahnen, was im Hause des mächtigen Tys Athal geschehen war. Aber wahrscheinlich war es zu einem Streit zwischen ihm und dem Fremden gekommen (vielleicht sogar zu einem kurzen Kampf) – und nun musste der fremde Krieger sein Heil in der Flucht suchen, verfolgt von Athals Wächtern.

»Das sieht nach Ärger aus«, murmelte der eingeschüchterte Jarvis, der einen gewaltigen Respekt vor Tys Athals Männern hatte. Er war eher ein friedfertiger Bursche und ging jeder Auseinandersetzung freiwillig aus dem Weg.

»Da magst du recht haben«, murmelte Hortak Talsamon, entledigte sich seiner Schürze und warf sie achtlos beiseite. Dann griff er nach seinem eigenen Schwertgurt und band ihn sich hastig um. Jarvis bemerkte das nicht, weil er noch die Straße hinuntersah, wo eben der fremde Krieger und nun die beiden Wächter seinen Blicken entschwunden waren. Der Schmied warf sich einen Umhang über, stieg dann zum Entsetzen seines erschrockenen Gehilfen in den Sattel eines der Pferde und drückte ihm die Hacken in die Weichen.

»Aber... was...«, kam es dem erschrockenen Jarvis über die Lippen. »Meister Talsamon, Ihr könnt doch nicht einfach...« Seine Stimme brach ab, weil er seine sich überschlagenden Gedanken nicht in Worte kleiden konnte.

»Kümmere dich nicht um mich, Jarvis«, sagte Talsamon. »Manchmal kommt eben die Stunde, wo man nicht länger zusehen kann.« Mit diesen Worten trieb er das Pferd an und lenkte es ebenfalls die Straße hinunter in Richtung Westtor.

»Sie werden ihn töten«, murmelte der kreidebleiche Gehilfe. »Ganz sicher werden sie das, wenn sie erst erkennen, dass er...« Wieder schüttelte er den Kopf. »Mein Herr muss verrückt geworden sein...«

Thorin sah die verstörten Blicke der Menschen, als er mit seiner Geisel über den Marktplatz preschte. Zu dieser frühen Stunde herrschte noch kein geschäftiges Treiben – umso leichter war es jedoch für ihn, hier durchzukommen. Es gab nur einen Bewaffneten, der sich dem heranpreschenden Reiter in den Weg zu stellen versuchte – aber bei dieser heldenhaften Absicht blieb es auch. Thorin ritt den Mann einfach nieder, bevor dieser mit dem Schwert zu einem bedrohlichen Hieb ausholen und ihn womöglich verletzten konnte. Der Schmerzensschrei des Mannes vermischte sich mit den Hufschlägen des Pferdes, und Thorin blickte nicht mehr zurück.

Das Stadttor – jetzt war es zum Greifen nahe. Nur noch gut hundert Meter – aber noch war es verschlossen, und die beiden Männer oben auf der Empore hatten den näherkommenden Reiter natürlich schon bemerkt.

»Jetzt bist du wieder an der Reihe, edler Kaufmann!«, sagte Thorin in spöttischem Unterton zu ihm. »Ruf deinen Leuten zu, dass sie das Tor öffnen sollen – oder du stirbst hier auf der Stelle!«

Er verstärkte bei diesen Worten den Druck der Klinge an Tys Athals Kehle, und der reagierte prompt. Der feiste Kaufmann war ohnehin seit einer knappen Viertelstunde gefangen in einem Meer aus Alpträumen, denen er einfach nicht entrinnen konnte – dieser elende Thorin war ein Dämon in Menschengestalt (so jedenfalls erschien es dem verstörtem Athal). »Macht das Tor auf – schnell!«, schrie Tys Athal mit gellender Stimme den beiden Wächtern zu. »Hört ihr nicht, was ich gesagt habe? Beeilt euch!«

Dennoch zögerten die Wachen. Thorin bemerkte das und setzte alles auf eine Karte. Er zog die Klinge über Athals Haut. Blut trat hervor, lief in einem winzigen Rinnsal den Hals hinunter – und für einen Feigling wie Tys Athal reichte das schon aus, um wie am Spieß zu schreien. Aber damit erreichte er genau das, was Thorin beabsichtigt hatte. Die Wächter beeilten sich jetzt, das Tor zu öffnen – und Thorin blickte währenddessen kurz nach hinten zum anderen Ende des Marktplatzes. Die Stimmen der Verfolger wurden jetzt lauter – und dann sah er sie auch schon!

Und noch immer hatten die Männer das schwere Tor erst einen Spalt breit geöffnet. Es würde knapp werden – verdammt knapp sogar! Thorins Blicke huschten umher, suchten nach einer Verteidigungsmöglichkeit, wenn alles hart auf hart kam. Aber dann vergaß er diesen Gedanken. Er musste durch dieses Tor – nur hier führte der Weg in die Freiheit!

Dennoch hätten sich seine Hoffnungen beinahe zerschlagen, weil er für einen winzigen Moment nicht auf den bulligen Anführer der Wächter geachtet hatte. Gerric war von dem Willen beseelt, seinen Herrn aus dieser misslichen Lage zu befreien – und er war bereit, eine Menge dafür zu riskieren. Rasch riss er einem der Bewaffneten dessen Speer aus der Hand, zielte kurz und wollte dann das Pferd niederstrecken – aber dazu kam es nicht mehr. Denn genau in diesem Moment preschte ein zweiter Reiter die enge Gasse hinunter, ritt genau auf die Wächter zu und schwang in seiner rechten Hand eine zweischneidige Axt, die einem der beiden Männer gehörte, die die Pferde in die Schmiede gebracht hatten.

Hortak Talsamon stieß einen lauten, durchdringenden Schrei aus, als die Axt ihr Ziel traf und mit der Schneide den bulligen Gerric in der Schulter erwischte. Der Anführer von Tys Athals Wachtruppe brüllte vor Schmerz, ließ den Speer fallen und taumelte zurück, während die anderen Männer vor Schreck nach allen Seiten davonstoben. Es waren nur wenige Sekunden verstrichen – aber genau diese Zeitspanne hatte ausgereicht, um Thorin die Zeit zu geben, die dieser noch brauchte.

Mit sichtlichem Erstaunen registrierte Thorin den dunkelhäutigen Schmied, der mit der blutigen Axt in der Hand nun an seine Seite geritten kam und ihn herausfordernd angrinste. Dann gab auch Thorin seinem Hengst die Zügel frei, und gemeinsam ritten die Männer durch das weit geöffnete Tor. Keiner der Knechte Athals wagte es jetzt noch, Thorin und seinen völlig überraschend aufgetauchten Fluchthelfer am Verlassen der Stadt zu hindern. Wütend und hilflos zugleich mussten sie zusehen, wie die beiden Männer davonritten. Erst als Mercutta zu einem kleinen Punkt am Horizont zusammengeschmolzen war, zügelte er sein Pferd und versetzte dem feisten Tys Athal einen heftigen Stoß. Das kam so plötzlich, dass dieser wild mit den Armen ruderte und so recht unsanft auf dem Boden aufkam.

»Den Weg zurück kennst du ja«, sagte Thorin zu ihm. »Du kannst deinen Leuten sagen, dass sie uns besser nicht folgen sollten – sie werden sich doch nur blutige Köpfe holen, wenn sie wirklich so *tapfer* sind, wie ich bisher den Eindruck hatte…«

Tys Athal schäumte vor Wut.

Noch nie hatte ihn jemand so gedemütigt wie dieser fremde Krieger – und das vor den Augen der gesamten Stadt.

Seine Blicke sprühten vor Hass, insbesondere in dem Moment, als er den dunkelhäutigen Schmied ansah.

»Auf dich wartet der Tod in Mercutta, falls du jemals zurückkommst, Talsamon!«, warnte er ihn mit einer Drohgebärde, die in dieser Situation aber irgendwie lächerlich wirkte. Nur bemerkte Athal das nicht.

»Irgendwann kommt der Tod zu jedem«, murmelte der Schmied philosophisch. »Bei einem dauert es länger, bei anderen kann es ganz schnell geschehen …« Er strich dabei mit dem Daumen über die scharfe Axt und genoss es, wie Athal zusammenzuckte, weil er wieder einmal sein Leben bedroht sah. Aber weder Thorin noch Hortak Talsamon wollten diese feige Ratte töten – auch für Tys Athal würde irgendwann die Stunde des Schicksals schlagen – vielleicht sogar früher als dieser vermutete. Denn heute hatte er eine vernichtende Niederlage hinnehmen müssen.

Tys Athal taumelte, fing an zu stolpern, konnte sich aber noch fangen. Er blickte immer wieder zurück, als könne er nicht fassen, dass man ihn doch noch mit dem Leben davonkommen ließ. Er rannte so schnell ihn seine dicken Beine trugen – zurück in die *schützende* Stadt Mercutta…

»Du hast einen hohen Preis für deine Hilfe bezahlt, Schmied«, meinte Thorin, während Hortak Talsamon die Axt am Sattel in einem Futteral verstaute. »Man mag von diesem fetten Hund halten was man will – aber er hat recht: Zurück nach Mercutta kannst du jedenfalls nicht mehr.«

»Wer sagt, dass ich das überhaupt will?«, stellte der dunkelhäutige Schmied die Gegenfrage. »Manchmal gibt es eben einen Weg, den man ganz plötzlich beschreitet und dem man folgen muss. Ich komme mit dir, Thorin – denn dein Weg ist jetzt mein Weg. Und vielleicht kann ich dir Antworten auf einige Fragen geben, die du mir gestern schon stellen wolltest. Aber zunächst lass uns von hier verschwinden…«

Kapitel 7: Der Dritte im Bunde

Die Sonne senkte sich allmählich gen Westen, als Thorin und der Schmied am fernen Horizont das Palmenwäldchen der Oase von Baar Sh´en auftauchen sahen. Öfters hatte er sich im Sattel umgedreht – aber Verfolger waren keine zu sehen gewesen.Trotzdem blieb Thorin misstrauisch – schließlich hatte er das hassverzerrte Gesicht des fetten Kaufmanns nicht vergessen. Er konnte sich nicht vorstellen, dass er diese Demütigung so schweigend hinnahm und gar nichts tat, um den Flüchtenden zu folgen. Vielleicht war das ja schon längst der Fall.

Als die beiden Reiter der Oase näherkamen, konnten sie erkennen, dass sie verlassen war. Sie zügelten ihre Pferde im Schatten einiger Dattelpalmen, stiegen aus den Sätteln und erfrischten sich an der Quelle, die das ganze Jahr über Wasser spendete. Deshalb war diese Oase der wichtigste Punkt inmitten der Großen Salzwüste. Immer wieder steuerten Karawanen und einzelne Reisende diesen Ort an – denn wer die Wüste durchqueren wollte, musste zumindest hier seine Wasservorräte frisch auffüllen, um kein Risiko einzugehen.

Während Thorin die Pferde absattelte und anschließend versorgte, kümmerte sich der dunkelhäutige Schmied um einen geeigneten Feuerplatz, suchte einige dürre Äste und Zweige zusammen und hatte es kurze Zeit später geschafft, ein kleines Feuer zu entzünden. Die kleinen Flammen leckten gierig nach den trockenen Ästen, und als sich die Dämmerung schließlich über das karge Land senkte, saßen der Nordlandwolf und der dunkelhäutige Schmied am Feuer und ließen sich das schmecken, was sich in den Beuteln am Sattelhorn befunden hatte (es war wohl eine glückliche Fügung des Schicksals, dass sich Hortak Talsamon ausgerechnet das Pferd ausgesucht hatte, an dessen Sattel sich ein Proviantbeutel befand).

Die beiden Männer aßen schweigend, jeder hing seinen eigenen Gedanken nach. Thorin war es, der dieses Schweigen dann als erster unterbrach – denn er hatte noch eine Menge Fragen, auf die er eine Antwort haben wollte. Und diesmal würde ihm Hortak Talsamon nicht mehr ausweichen können. Er hatte sich in dieses Spiel ganz überraschend eingekauft, und dafür musste er einen guten Grund haben.

»Ich bin dir dankbar für das, was du getan hast«, sagte Thorin, nachdem er die letzten Bissen mit einem Schluck frischen Wassers hinuntergespült hatte. »Aber ich frage mich, warum du das getan hast. Jetzt kannst du nicht mehr zurück nach Mercutta – Tys Athal würde dich sofort töten lassen …«

»Ich weiß«, erwiderte der dunkelhäutige Schmied und wich dem prüfenden Blick des blonden Kriegers für kurze Zeit aus. »Aber manchmal gibt es eben Dinge, die man tun muss, Dinge, die einem in seinen Träumen vorgezeichnet werden. Atahl hat ganz Mercutta in seinem Würgegriff – es war höchste Zeit, dass jemand etwas dagegen unternimmt und ...«

»Tys Athal ist eine Sache«, fiel ihm Thorin ins Wort, als er bemerkte, wie der Schmied seiner eigentlichen Frage wieder auszuweichen begann. »Aber was ist mit der Nadii- Amazone Jesca? Du hast sie gekannt – streite es jetzt nicht ab. Ich will endlich wissen, was mit ihr geschehen ist. Ich wollte sie in der Stadt treffen, aber sie ist nicht dort. Dafür muss es einen guten Grund geben – und den will ich jetzt von dir wissen. Überleg dir gut, was du jetzt sagst. Meine Geduld ist ziemlich beansprucht, Schmied!«

Talsamon wollte gerade darauf etwas erwidern, brach aber plötzlich ab, als er irgendwo jenseits des Feuerkreises und außerhalb der Oase Hufschläge hörte. Es war ein einzelner Reiter, der sich der Oase näherte, denn die Hufschläge wurden jetzt lauter. Sofort riss Thorin sein Schwert aus der Scheide, und Talsamon tat es ihm gleich. Beide duckten sich hinter die Büsche und warteten ab, was weiter geschehen würde.

Thorin hatte Sternfeuer griffbereit und entdeckte nun den Reiter, der sich langsam dem Palmenwäldchen näherte. Seine Konturen hoben sich deutlich vor dem mondhellen Himmel ab. Er trug weder eine Rüstung noch irgendwelche sichtbaren Waffen, und er war von kleiner Gestalt – also alles andere als ein Söldner, der ihnen gefährlich werden konnte. Dennoch wartete Thorin ab, bevor er sich schließlich aus den Büschen erhob und Talsamon andeutete, das Gleiche zu tun.

»Das ist weit genug!«, rief er dem näherkommenden Reiter zu. »Bleib wo du bist! Wer bist du, und warum bist du uns gefolgt?«

Der kleine Mann im Sattel des Pferdes wandte jetzt den Kopf und blickte hinüber zu der Stelle, wo er Thorins Stimme vernommen hatte. Von seinem Standpunkt aus konnte er Thorin nicht genau sehen – das Gesicht des Reiters dagegen konnte Thorin dafür umso deutlicher erkennen, als in diesem Moment der Mond hinter den Wolken hervortrat und die weite Ebene mit seinem silbernen Licht übergoss.

»Das ist doch...«, entfuhr es Thorin unwillkürlich, als er den Mann erkannte, der in der letzten Nacht in seine Kammer eingedrungen war. »Bist du verrückt geworden? Ich sollte dir die Kehle...« Er brach ab, als er sich der Sinnlosigkeit seiner Worte bewusst wurde.

»Ich führe nichts im Schilde gegen euch!«, rief nun der kleine Mann und hob zum Zeichen des Friedens beide Hände. »Können wir reden?«, wollte er sodann wissen. »Es ist wichtig...«

»Steig ab!«, forderte ihn Thorin mt einem Wink seines Schwertes auf. »Aber ich warne dich – wenn das eine Falle sein sollte, dann wirst du der erste sein, der das büßen muß. Komm hier herüber zum Feuer, schön langsam. Ich will dich sehen...«

»Wer ist das?«, ergriff nun Talsamon das Wort und blickte Thorin fragend an, weil er natürlich nicht wusste, was das zu bedeuten hatte (denn seine Wahrträume waren in den letzten Tagen äußerst diffus geblieben!).

»Ein lausiger Dieb«, murmelte Thorin, ohne den Näherkommenden dabei aus den Augen zu lassen. »Letzte Nacht brach er mit einem Kumpan in meine Kammer ein – es hat dabei Tote gegeben. Ich erzähle es dir später, denn jetzt will ich erst einmal wissen, was dieser Kerl hier zu suchen hat. Ein Zufall ist das doch ganz sicher nicht...« Er erhob seine Stimme wieder, richtete das Wort an den Dieb: »Das ist nah genug. Wer bist du, und was hast du hier verloren?«

»Ich heiße Larko«, klärte der Dieb Thorin auf. »Und ich war Zeuge des Kampfes heute Mittag vor dem Stadttor. Ich muss zugeben, dass mich dein Schwert interessiert hat, Fremder. Bartok ist dafür gestorben, und ich hasste dich zunächst dafür. Dann aber habe ich begriffen, dass wir gemeinsame Feinde haben...«

»Du redest von Tys Athal?«, unterbrach ihn Thorin und sah, wie der kleine Dieb heftig nickte.

»Das mag sein – aber rechtfertigt das deine Hartnäckigkeit? Willst du immer noch mein Schwert stehlen? Versuch es nur – du wirst dir dabei einen blutigen Kopf holen...« Er hob die Klinge hoch, die im Licht des flackernden Feuers metallisch glänzte.

»Ich sagte bereits, dass ich es mir anders überlegt habe«, wiederholte der Dieb seine Worte von vorhin. »Meine Entscheidung fiel, als ich den Schmied mit dir aus der Stadt reiten sah. Talsamon ist bekannt als ein schweigsamer, zurückgezogener Mann, der mit niemandem Ärger haben will. Wenn er jetzt Partei für einen fremden Krieger ergreift, muss das etwas zu bedeuten haben. Ich spüre, dass sich Dinge verändern, ganz plötzlich – und ich will wissen, warum das so ist. Deshalb habe ich das Pferd eines Soldaten gestohlen und bin euch nachgeritten...«

»Wie hast du das denn angestellt?«, fragte der dunkelhäutige Schmied, der noch etwas skeptisch angesichts dieser Äußerungen war.

»Vielleicht sollten wir uns drüben am Feuer darüber unterhalten – es wird langsam kalt hier draußen«, schlug der kleine Larko vor. »Und falls ihr noch Sorgen haben solltet wegen Athal und seiner Schergen- vergesst es. Der fette Hund hat im Moment ganz andere Sorgen. Er wird euch niemanden hinterherschicken...«

Mit diesen Worten ging er hinüber zum flackernden Feuer, hockte sich davor nieder und hielt seine ausgestreckten Arme in die Nähe der Flammen. Er genoss die Wärme, die ihm das Feuer spendete und gab sich so unbekümmert, dass nun auch Thorin endlich sein Schwert zurück in die Scheide steckte. *Alles was recht ist*, dachte Thorin. *Aber dieser Larko ist wirklich ein verrückter Hund. Er tut so, als sei gestern Nacht überhaupt nichts geschehen ...*

In kurzen Sätzen berichtete der kleine Dieb jetzt, wie es ihm in dem Trubel von Thorins und Talsamons Flucht gelungen war, sich in einem unbeobachteten Moment auf den Rücken eines Pferdes zu schwingen und dann ungesehen die Stadt zu verlassen, bevor das Tor wieder geschlossen werden konnte, und ehe der wütende Tys Athal zurück in der Stadt war. Er schilderte das so glaubhaft, dass eigentlich nichts dafür sprach, an den Worten Larkos zu zweifeln.

»Und was hast du jetzt vor?«, wollte Thorin wissen und ahnte bereits die Antwort des Diebes.

»Mit euch kommen – was sonst«, erwiderte dieser. »Du bist doch auf dem Weg zur *Stadt der Verlorenen Seelen* – genau wie diese Amazone...«

»Ich frage mich, warum ich eigentlich gar nichts weiß und ihr anderen dafür umso mehr«, meinte Thorin mit einem kurzen Seitenblick zu Hortak Talsamon, der ihm ebenfalls noch eine Antwort schuldig geblieben war. »Meint ihr nicht, dass es nun an der Zeit ist, *alles* zu sagen – und wenn ich *alles* sage, dann meine ich das auch so! Woher weißt du, wonach Jesca gesucht hat, Dieb?«

»So, Jesca heißt sie also«, grinste Larko. »Der Name passt zu ihr. Nun, so gut kannte ich sie nicht, aber du dürftest in der Zwischenzeit mitbekommen haben, dass es in Mercutta eine Gruppe von Menschen gibt, die mehr mitbekommt als andere. Die Gilde der Diebe hat ihre Augen und Ohren überall, Thorin. Wir wissen manches, von dem andere nur ahnen ...«

»Dann heraus damit«, forderte Thorin ihn auf. »Und du kannst dich dem gleich anschließen, Schmied. Ich habe keine Lust mehr, Rätsel zu lösen. Jesca ist verschwunden, weil sie zu viele Fragen gestellt hat – und ich will wissen, wohin sie verschwunden ist!«

»Die Antwort wird dir nicht gefallen, Thorin«, kam Hortak Talsamon dem kleinen Dieb zuvor. »Es ist richtig, dass Jesca verschwunden ist – und ich befürchte, sie befindet sich jetzt schon an einem Ort, der äußerst gefährlich ist.«

»*Beth-Sog*«, flüsterte Larko. »Sie ist bestimmt in den Klauen dieses teuflischen Kults. Ich habe selbst gesehen, wie sie Tys Athals Haus betrat – aber seltsamerweise sah ich sie seitdem nicht wieder herauskommen...«

Die hastig hervorgestoßenen Worte des kleinen Diebes ließen Thorin zusammenzucken. Jetzt ahnte er, was geschehen war – und je mehr er darüber hörte, umso weniger gefiel ihm das. Der Dieb redete von einem Kult namens *Beth-Sog*, mit dem Tys Athal irgend etwas zu tun haben musste – und Talsamon blickte dabei betreten zu Boden.

Larko begann jetzt mit seiner Erzählung und schilderte mit hastiger Stimme, wie er und einige der Diebe die Ankunft der Nadii-Amazone in Mercutta erlebt hatten. Er schilderte von dem kurzen, aber umso heftigeren Kampf auf dem Marktplatz, bei dem es einen Toten gegeben hatte – und wie anschließend Jesca von einem Trupp Bewaffneter in Tys Athals Haus gebracht worden war. Auch Talsamon meldete sich anschließend zu Wort und berichtete Thorin in kurzen Sätzen, wie er Jesca kennengelernt und welchen Eindruck sie auf ihn gemacht hatte.

»Sie suchte nach etwas, Thorin«, beendete er schließlich seine Erzählung. »Sie hat darüber mit mir nicht gesprochen – aber ich wusste, dass sie sich hier mit dir treffen wollte. Du bist auch auf der Suche – vielleicht nach der *Stadt der Verlorenen Seelen*?«

»Ich bin mir nicht sicher, ob sich das, wonach ich suche, in dieser Stadt befindet«, sagte Thorin zu dem dunkelhäutigen Schmied. »Aber wenn Jesca dort ist, ist diese Stadt auch mein Ziel. Ihr beide wisst doch mehr darüber, als ihr bisher gesagt habt. Da wir nun schon soweit sind, könnt ihr auch den Rest erzählen. Wir sind wohl in den nächsten Tagen alle aufeinander angewiesen – vergesst das nicht…«

»Darüber reden bringt Unglück«, orakelte der kleine Dieb, der auf einmal ein ganz ängstliches Gesicht machte (vielleicht deswegen, weil ihm jetzt so richtig bewusst geworden war, auf was er sich überhaupt eingelassen hatte…). »Die dunklen Dämonen töten jeden, der…«

»Man erzählt sich verschiedenes über diesen verfluchten Ort, Thorin«, ergriff nun Hortak Talsamon das Wort und zwang sich selbst dabei, ruhig zu bleiben (aber auch in ihm jagte jetzt ein Gedanke den anderen). »Ich weiß nicht, was man glauben kann und was nicht – denn ich bin nie in dieser Stadt gewesen. Ich weiß noch nicht einmal genau, wo sie überhaupt liegt. Irgendwo mitten in der Wüste, jenseits des südlichen Horizontes – und der Weg dorthin ist nicht ganz ungefährlich. Die Wüste ist nicht so einsam, wie man glauben mag…«

Bei den letzten Worten sah er Thorin an, als wolle er ihm damit klarmachen, dass der Nordlandwolf ja schon am eigenen Leibe erfahren hatte, was es bedeutete, die Große Salzwüste als Reisender zu durchqueren. Thorin registrierte das, wusste aber nicht, warum Talsamon das ganz besonders hervorhob.

»Du hast von einem Kult namens *Beth-Sog* gesprochen, Larko«, wandte er sich statt dessen an den kleinen Dieb. »Was hat es damit auf sich?«

»Tys Athal hätte das vermutlich besser beantworten können«, meinte Larko daraufhin mit einer vielsagenden Geste. »Ich weiß nicht, warum – aber er steckt irgendwie da mit drin. Meine Freunde von der Gilde und ich – wir haben schon oft einsame Reiter gesehen, die nachts nach Mercutta kamen und dann ungesehen die Stadt wieder verließen – zumindest glaubten sie das. Und immer wenn dies geschah, brach Athal am nächsten Morgen zu einer Reise auf, die ihn mehr als eine Woche aus Mercutta fernhielt. Das Ziel seiner Reise begann ich erst allmählich zu ahnen...« Er räusperte sich kurz, bevor er fortfuhr. »Ich weiß nichts über diesen Kult – nur das eben, was man sich hinter vorgehaltener Hand erzählt. Angeblich geht *Beth-Sog* auf das *Dunkle Zeitalter* zurück. Finstere Mächte werden hier beschworen und sollen zu neuem Leben erweckt werden...«

Thorin hätte Larko und dem Schmied einiges über finstere Mächte und ihre dunklen Machenschaften erzählen können – aber er verzichtete darauf, weil er bezweifelte, dass die beiden ihm das überhaupt geglaubt hätten.

Es scheint sich zu bewahrheiten, flüsterte eine alarmierende Stimme tief in seinem Inneren. *Es ist noch nicht vorbei – nein, es beginnt wieder von vorn, und wenn du zu spät kommst, dann...*

Jetzt wurde ihm klar, wie wichtig es war, dass Jesca und er sich auf die Suche nach den *Sternensteinen* gemacht hatten. Die letzten Relikte der grausamen Skirr – sie waren an verschiedenen Stellen der Erde noch manifestiert worden, bevor der FÄHRMANN die unfassbaren Wesen auf die andere Seite der Flammenbarriere verbannt hatte. Für immer und ewig – aber diese Ewigkeit schien jetzt mit einem Mal seltsam endlich zu sein. Als ob man durch einen Spiegel blickt und glaubt, dort noch etwas anderes erkennen zu können außer sich selbst...

»Woran denkst du, Thorin?«, riss ihn die Stimme des dunkelhäutigen Schmiedes aus seinen Gedanken. »An *Beth-Sog* vielleicht?«

»Auch daran«, antwortete Thorin. Es hätte zu lange gedauert, um seinen beiden Gefährten alles zu erzählen, was er bisher erlebt hatte – und vielleicht war es auch besser, wenn sie es nicht erfuhren. Er hatte das *Dunkle Zeitalter* gut gekannt – und er wusste auch um die wahren Hintergründe. Und irgendwie hatte er das Gefühl, dass ihm die Zeit unter den Fingern förmlich zerrann – und dass er nichts dagegen tun konnte. Es war alles eskaliert, noch bevor er nach Mercutta gekommen war...

»Wir sollten gleich nach Sonnenaufgang aufbrechen«, schlug Thorin schließlich vor. »In der Nacht die Wüste zu durchqueren, halte ich nicht für ratsam. Was meint ihr?«

»Ich bin einverstanden«, stimmte ihm Hortak Talsamon zu. »Die Wüste hat manchmal viele Gesichter – und oft erkennt man zu spät ihre wahre Natur.«

Der Schmied war ein Meister im Philosophieren, fand Thorin. Er war selten einem solch nachdenklichen und zugleich geheimnisvollen Mann begegnet wie

Hortak Talsamon – und noch immer hatte Thorin den Eindruck, als wisse er keineswegs alles über ihn. Da war noch etwas, das ihn antrieb, Thorin zu folgen. Aber was?

»Ich übernehme die erste Wache«, schlug Talsamon vor. »Dann folgt Larko – und zum Schluss Thorin. Einverstanden?«

Die anderen nickten, und somit war es beschlossene Sache. Während Thorin und der Dieb sich ein karges Lager auf dem sandigen Boden herrichteten, zog sich Hortak Talsamon jenseits des Palmenhains zurück. Von hier aus hatte er einen guten Überblick über die mondbeschienene Ebene – und er hoffte, dass er rechtzeitig bemerken würde, wenn sich jemand der Oase näherte.

Die flackernden Flammen des wärmenden Feuers wurden allmählich zur rötlichen, immer schwächeren Glut. Hortak Talsamon spürte den kalten Wind, der von Süden her kam und die Wipfel der Dattelpalmen hin- und herwogen ließ. Er zog sich den Umhang fester um seine breiten Schultern, denn es fröstelte ihn.

In der Nacht erschien ihm die Große Salzwüste seltsam klar. Hortak Talsamon ließ seine Gedanken noch einmal zurückschweifen bis zu dem Tag, wo das Erscheinen der Nadii- Amazone sein Leben verändert hatte – nur war ihm das zu diesem Zeitpunkt noch nicht klar gewesen. Aber seit Thorins Auftauchen in Mercutta hatte sich Stein auf Stein gefügt, was die seltsamen Träume orakelten, und das Bild wurde immer klarer. Genauso wie die Gewissheit, dass es umsonst gewesen war, Zuflucht in Mercutta zu suchen und sich hier eine sichere Zukunft aufzubauen. Die Stimme des Blutes war dennoch stärker – und jetzt hörte er ihren Ruf...

Zwischenspiel II (Vor einem Monat) – Jescas Entführung

Jesca war ausgesprochen gut gelaunt, dass es ihr gelungen war, so einfach zu dem reichen Kaufmann Tys Athal vorzudringen. Hätte sie allerdings gewusst, wie die nächsten zwölf Stunden ablaufen würden, dann hätte sie lieber so rasch wie möglich das Weite gesucht!

Sie spürte zwar eine eigenartige Bedrückung angesichts des sich hinter ihr schließenden Tores, als sie das Anwesen von Tys Athal betrat – aber das waren nur Ahnungen, nichts Genaues. Mehrere Männer der Leibgarde kamen auf sie zu und umringten sie – und ihre Blicke waren alles andere als freundlich.

»Ein wenig zuviel der Ehre«, spöttelte Jesca angesichts dieser plötzlichen Bedrohung und versuchte dadurch ihre eigene Unsicherheit herunterzuspielen.

Aber darauf reagierte keiner der bewaffneten Männer. »Folge uns!« Der vorderste der Männer nickte Jesca einfach zu und ging voran. Währenddessen rückten die anderen Bewaffneten noch dichter auf – aber immer noch machte niemand Anstalten, die Hände nach der Nadii-Amazone auszustrecken oder gar das eigene Schwert zu ziehen. Jesca beschloss deshalb, sich ganz ruhig zu verhalten und diesen Männern erst gar keine Gelegenheit zu geben, einen möglichen Streit vom Zaun zu brechen. Was blieb ihr auch anderes übrig? Tys Athal wollte sie mit seinen bewaffneten Männern wohl nur beeindrucken – und falls dem so war, musste sie sich im Stillen eingestehen, dass ihm das sogar gelungen war.

Schweigend folgte sie den Männern in Richtung Haupthaus. Die niedrigen Hütten an der Mauer schienen Unterkünfte zu sein. Ställe und Lagerhallen für den Markt in Mercutta schlossen sich an – das war ein erstes Zeichen für den Reichtum des Kaufmanns. Hier waren soviel Vorräte und Ausrüstungsgegenstände gelagert, dass man fast eine halbe Stadt damit versorgen konnte.

Vor ihr tauchte ein Durchgang zwischen den Häusern auf.

»Tritt ein«, forderte sie der wortkarge Leibgardist auf und zeigte dabei zum ersten Mal ein blitzendes Lächeln (das seine Augen aber immer noch kalt bleiben ließ). »Der Herr erwartet dich in der Haupthalle…«

Hinter dem Torbogen erstreckte sich die Düsternis eines unbeleuchteten Einganges. Plötzlich hörte Jesca hinter sich das Scharren von Metall, und schlagartig waren alle ihre Sinne aufs Äußerste angespannt. Hastig wandte sie den Kopf, um dem kommenden Unheil noch entgehen zu können – aber dazu war es zu spät. Der Schlag mit dem Knauf eines Krummsäbels kam auch für sie viel zu schnell und traf sie unbarmherzig hart am Hinterkopf. Ein Universum bunter Sterne tanzte vor ihren Augen einen wilden Reigen, während ihre Finger automatisch nach dem eigenen Schwert tasteten – aber sie waren längst kraftlos geworden, konnten die Klinge nicht mehr aus der Scheide ziehen. Ihre Beine gaben nach, und Jesca stürzte auf den kalten Steinboden, hörte ganz von fern leise, undeutliche Stimmen, die sich zusehends entfernten. »Sag dem Herrn, dass wir das Weib festgenommen haben«, hörte Jesca jemanden rufen. Und dann eine zweite (gehässig lachende) Stimme. »*Beth-Sog* braucht frisches Blut! Jetzt haben wir endlich ein neues Opfer…« Und dann verstummten die Stimmen endgültig. Die Nadii-Amazone bekam gar nicht mehr mit, wie sie von starken Händen gepackt, hochgehoben und dann weggetragen wurde …

Tys Athal blickte voller Genugtuung auf den bewusstlosen Körper der Nadii-Amazone. Er taxierte ihre weiblichen Formen, blickte auf das ebenmäßige

Gesicht, während einer der umstehenden Männer eine gehässige Bemerkung machte. Worauf ringsherum rauhes, schadenfrohes Gelächter ertönte.

Der reiche Kaufmann registrierte das jedoch nur am Rande – ihm gingen in diesem Moment ganz andere Dinge durch den Kopf. Dinge, die mit einer einsamen Stadt mitten in der Großen Salzwüste zu tun hatten – und mit einem großen schwarzen Opferstein. Eine ungeheure Befriedigung packte ihn, als er sich vorstellte, dass Kara Artismar mehr als zufrieden mit ihm sein würde, wenn sie das neue Opfer erblickte. Diese selbst noch im Zustand der Bewusstlosigkeit so stolz wirkende Frau war das ideale Opfer für das *Fest der Erweckung*. Für besondere Anlässe sozusagen – aber dies seinen Männern klarzumachen, wäre vergebliche Mühe gewesen. Das waren schließlich nur ahnungslose Handlanger ...

»Ihr bringt sie noch heute Nacht aus der Stadt«, sagte Tys Athal und hatte Mühe, seine Blicke von dem schönen Körper der bewusstlosen Amazone zu lösen. Wäre sie nicht für den Blutkult der rothaarigen Priesterin bestimmt gewesen, dann hätte sich der reiche Kaufmann ganz sicher vorstellen können, mit Jesca noch ganz anders zu verfahren. Gewiss wäre sie ihm eine willige Gespielin gewesen, die ihm *jeden Wunsch* von den Augen hätte ablesen müssen. »Passt aber auf, dass euch keiner dabei sieht«, fuhr er rasch fort und wandte sich an seinen Hauptmann. »Gerric, du bist mir verantwortlich dafür, dass alles reibungslos verläuft – hast du das verstanden?«

Der hünenhafte Gerric nickte stumm und deutete sogar eine kurze Verbeugung vor Tys Athal an.

»Es wird geschehen, wie Ihr es wünscht, edler Tys Athal«, versicherte er ihm. Dann gab er den Männern einen kurzen Wink. Sie packten Jesca und schleppten sie aus der Haupthalle des weitverzweigten Hauses, trugen sie hinüber zu den Stallungen und Schuppen. Dort warteten sie ab, bis die Sonne am fernen Horizont versank und sich die Schatten der Nacht über Mercutta ausbreiteten. Dann verließ ein Trupp von fünf Bewaffneten die Stadt durch das südliche Tor – und wenn es doch noch Menschen gab, die unfreiwillig Zeugen wurden, so wandten sie rasch ihre Augen ab.

Tys Athal dagegen schenkte der Nadii-Amazone keinen einzigen Gedanken mehr. Dieses Kapitel war für ihn bereits abgeschlossen. Alles würde so ablaufen, wie er es geplant hatte. Dafür würde die rothaarige Priesterin des Blutkults schon sorgen – warum sich also noch unnötig den Kopf darüber zerbrechen? Schließlich gab es noch andere Annehmlichkeiten in der Stadt – besser gesagt zwei schöne, junge Sklavinnen, mit denen er sich jetzt auf seinem Lager wälzte und sie zwang, Dinge zu tun, die ihm große Befriedigung verschafften. Ganz im Gegensatz zu den unglücklichen Mädchen, die vor seinem fetten, unförmigen Körper großen Ekel empfanden...

Das Erste, was Jesca feststellte, war ein heftiger, bohrender Kopfschmerz, der wie eine sengende Flamme bis in ihr Rückgrat strahlte.

Ihr Mund fühlte sich trocken und ausgedörrt an – die Zunge schien sich in einen unförmigen, pelzigen Klumpen verwandelt zu haben.

Jesca versuchte die Augen zu öffnen, aber das gelang ihr nicht gleich beim ersten Mal.

Als sie es dann doch geschafft hatte, schloss sie die Augenlider sofort wieder, als sie die gleißende, sengende Sonne sah. Erst jetzt spürte sie die allgegenwärtige Hitze, und ihr wurde auf einmal die Luft knapp.

Der Erdboden schien einem stetigen Wanken ausgesetzt zu sein – und etwas drückte ganz schwer auf ihren Magen. Erst nachdem die letzten Schleier der Bewusstlosigkeit von ihr gewichen waren, begriff sie, dass man sie bäuchlings über ein Pferd gelegt, eine Plane über sie geworfen und dann fest verschnürt hatte.

Deshalb konnte Jesca auch nur einen winzigen Teil ihrer unmittelbaren Umgebung erkennen – nur Wüste und den heißen, glühenden Ball der Sonne, die ihren höchsten Stand schon fast erreicht hatte.

Ein Reiter kam gerade an ihr vorbei, aber er schien sie gar nicht wahrzunehmen. Ein leises Stöhnen kam über ihre Lippen, aber es wurde mühelos von dem jankenden Sattelleder und den Hufschlägen der Pferde verschluckt. Jesca spürte die Fesseln, die sie an weiteren Bewegungen hinderten, und schalt sich eine Närrin, dass sie ahnungslos in diese Falle getappt war. *So einfach wolltest du Beth-Sog auf die Schliche kommen,* höhnte eine Stimme in ihrem Kopf. *Dabei hast du noch nicht einmal gemerkt, dass es eine Falle war. Du bist leichtsinnig geworden, weißt du das eigentlich? ...*

Aber es nützte nichts, sich darüber zu ärgern, was geschehen war. Nun war sie eine Gefangene Tys Athals und war gezwungen, abzuwarten, was weiter geschah – und es sah ganz danach aus, als werde es nichts Angenehmes sein. In Mercutta befand sie sich jedenfalls nicht mehr – sie hatte Wüste gesehen, soweit ihre Augen blicken konnten. *Sie haben mich aus der Stadt gebracht,* schoss es ihr durch den Kopf. *Vielleicht weil ich zu viele unangenehme Fragen gestellt habe – und jetzt wollen sie mich beseitigen...*

Jesca fluchte, und zwar so laut, dass es jetzt einer der anderen Reiter hörte. Plötzlich wurde die Plane ein Stück hochgerissen und Jesca blickte in das schadenfrohe Gesicht des hünenhaften Mannes, der sie mit falschen Versprechungen ins Haupthaus gelockt hatte. Wieder grinste er, und allein dafür hätte ihm Jesca am liebsten seine Zähne ausgeschlagen – aber ihr waren im wortwörtlichsten Sinne die Hände gebunden. Sie war seiner Willkür ausgeliefert!

Eine nervige Faust packte ihren Kopf und riss ihn hoch. Etwas Wasser benetzte ihre Lippen. Der Mann half ihr, damit sie besser trinken konnte, und Jesca schluckte das kühle Nass rasch hinunter – schließlich wusste sie nicht, wann und ob sie überhaupt jemals noch eine zweite Gelegenheit bekommen würde.

»Nicht, dass du uns schon auf dem Weg ans Ziel stirbst«, lachte der Mann und nahm den Lederschlauch wieder an sich, verschloss ihn. Er sah den sehnsüchtigen Blick der Nadii-Amazone.

»Beth-Sog wartet schließlich auf dich – es wird eine Ehre sein…« Wieder folgte den Worten ein gehässiges Lachen, und die anderen Reiter fielen ein. Jesca spürte eine unbeschreibliche Wut in sich – noch nie hatte sie solch einen Leichtsinn begangen – einen Fehler mit verhängnisvollen Folgen!

Erneut zerrte Jesca in ohnmächtiger Wut an ihren Fesseln, aber die Leibgarde des reichen Kaufmanns hatte ganze Arbeit geleistet und sie so fest verschnürt, dass nicht die geringste Gefahr bestand, dass sie sich aus eigener Kraft würde befreien können.

»Es nützt nichts«, sagte der Hauptmann, als er ihre verzweifelten Bemühungen bemerkte. »Es nützt dir überhaupt nichts, Weib. Füge dich in dein Schicksal – es ist das einzige, was dir bleibt…«

»Wohin bringt ihr mich?«, hakte Jesca sofort nach, in der Hoffnung, von dem Mann wenigstens etwas über das Ziel dieser Reise erfahren zu können.

»Weißt du das wirklich nicht – oder stellst du dich nur so dumm?«, erwiderte der Hauptmann. »Du hast doch überall neugierige Fragen gestellt und dich gewundert, warum man dir keine Antwort darauf gegeben hat. Nun wirst du bald alle Antworten erhalten – und vielleicht noch etwas mehr dazu.«

»Wer oder was ist *Beth-Sog*?«, bohrte Jesca weiter und erntete dafür ein Kopfschütteln ihres Peinigers. »Freut euch nicht zu früh – es werden andere nach mir kommen, die nicht so leicht in die Falle tappen und…«

»Es interessiert mich nicht«, unterbrach sie Gerric mit einer kurzen, aber dafür umso eindeutigeren Handbewegung. »Du bist auserwählt – und nur das zählt. Wenn die Sonne sinkt, werden wir am Ziel sein – und dann kannst du mit eigenen Augen sehen, was es heißt, diesen heiligen Ort zu betreten…«

Damit war das Gespräch für ihn beendet.

Er gab seinem Pferd die Zügel frei und ritt wieder los. Jesca rief ihm etwas hinterher, aber weder der Hauptmann noch einer seiner Kumpane reagierte darauf.

Die Nadii-Amazone war wieder mit sich und ihren Gedanken allein. Gedanken, die um einen Ort kreisten, den sie schon bald mit eigenen Augen sehen würde – und das behagte ihr ganz und gar nicht.

Thorin, schoss es ihr durch den Kopf. *Wäre er doch hier – gemeinsam würden wir es schaffen, dieser Falle zu entrinnen. So aber ist alles vergeblich…*

Kapitel 8: Im Herzen des Sandsturms

Die Sonne war noch nicht lange am fernen Horizont aufgetaucht und überzog das Land mit ihren wärmenden Strahlen. Es war noch früh am Morgen, und bereits jetzt spürten die drei Männer die ersten Anzeichen der bevorstehenden Tageshitze – und das würde noch viel schlimmer werden, wenn sie den schützenden Dattelpalmenhain der Oase von Baar Sh´en erst hinter sich gelassen hatten und sich inmitten der Sanddünen befanden. Denn von jetzt an würde sie ihr Weg nicht mehr am Rande der Großen Salzwüste entlangführen – sie mussten statt dessen einigen halb verwehten Karawanenwegen folgen und tiefer in das öde Land eindringen. Ein Land, das so menschenfeindlich war, dass es selbst Thorins Gemüt nicht gleichgültig blieb. Während er die wenigen Lederschläuche mit Wasser füllte, erinnerte er sich unwillkürlich an sein letztes Erlebnis in der Großen Salzwüste. Jahre waren seitdem vergangen – aber er hatte dennoch nicht vergessen, wie nahe er damals dem Tode gewesen war…*

All diese Erlebnisse schienen unendlich weit zurückzuliegen – das war noch vor dem *Dunklen Zeitalter* gewesen, in einer Welt, die noch nicht völlig dem Untergang geweiht gewesen war.

»Bist du soweit?«, riss ihn die Stimme Hortak Talsamons aus seinen Gedanken, der mit dem Dieb zusammen die Pferde gesattelt und die Proviantbeutel vorsorglich mit frischen Datteln gefüllt hatte. »Es wird Zeit, aufzubrechen. Bevor die Sonne ihren höchsten Stand erreicht hat, müssen wir schon ein gutes Stück hinter uns haben…«

Natürlich hatte der dunkelhäutige Schmied recht, und deshalb kam Thorin nun zu seinen beiden Gefährten. Er verstaute die Trinkschläuche an den Sätteln und saß dann auf. Augenblicke später verließen die drei so unterschiedlichen Männer die Oase von Baar Sh´en. Und schon bald tauchten die Palmenhaine am fernen Horizont unter. Von nun an bestimmten Sanddünen das Gelände – soweit das Auge reichte.

Ein leichter Wind kam auf, der aber für keine Kühlung sorgte. Er kam von Süden her, aus dem Glutofen der Großen Salzwüste.

* s. THORIN-Heftserie Band 2, In der Todeswüste von Esh

Mit unsichtbaren Fingern strich er über die Kuppen der Dünen, trug einen Teil davon ab, wehte den Sand vor sich her – nur um ihn wenige Meter später wieder an anderer Stelle abzulagern.

Im Lauf eines einzigen Tages veränderte sich das Gesicht der Dünenlandschaft stetig. Es gab nichts, wonach man sich auf Dauer orientieren konnte. Selbst ein erfahrener Wüstenreisender oder Händler, der solch eine unangenehme Strapaze nicht zum ersten Mal auf sich nahm, hatte keine andere Möglichkeit, als sich tagsüber nach dem Stand der Sonne und nachts nach den Sternenbildern zu richten – sofern er darüber überhaupt Kenntnis besaß.

Hin und wieder entdeckten die drei Männer einige in den Boden gerammte Holzpfähle, die teilweise vom Sand fast zugeweht waren – ein ödes und trostloses Bild, das ihnen aber verdeutlichte, dass sie nach wie vor auf dem richtigen Weg waren.

Larko, der kleine Dieb, versuchte sich seine augenblickliche Unsicherheit nicht ansehen zu lassen, die ihn angesichts dieser trostlosen Landschaft überkam. Thorin bemerkte aber dennoch, wie sich Larko bisweilen im Sattel umdrehte und zurück in die Richtung blickte, aus der sie gekommen waren. Irgendwo jenseits des Horizontes lag die Oase von Baar Sh'en – der letzte Ort, der noch von Leben erfüllt war.

Schon seit geraumer Zeit hatte Thorin bemerkt, dass sich die Farbe des Himmels am südlichen Horizont allmählich zu verändern begann. Direkt über ihnen war alles noch stahlblau – aber dort drüben verwandelte sich die Farbe in ein schwefliges Gelb, das sich immer mehr ausdehnte.

»Sieht nach einem Sturm aus«, meinte der kleine Dieb schließlich, und seine Stimme spiegelte den augenblicklichen Gemütszustand wider... »Es wird nicht lange dauern, bis er uns eingeholt hat. Eine Stunde, vielleicht sogar noch weniger. Wir sollten einen sicheren Unterschlupf suchen...«

»Und wo sollen wir den deiner Meinung nach finden?«, fragte ihn Thorin. »Oder siehst du hier irgendwo Felsen oder eine Höhle? Was meinst du dazu, Hortak?«

Der dunkelhäutige Schmied schien mit seinen Gedanken weit abseits zu verweilen, denn im ersten Moment sah es so aus, als habe er Thorins Bemerkung gar nicht registriert. Er hatte zwar seine Blicke immer wieder übers Gelände schweifen lassen – die aufziehenden schwefelgelben Wolken am Horizont schienen ihn aber gar nicht interessiert zu haben. *Er sucht nach etwas*, schoss es Thorin durch den Kopf. *Es scheint so, als ob er nach etwas Ausschau hält. Etwas, wovon er weiß, dass es sich hier irgendwo in der Nähe befindet...*

Etwas zu spät kam Talsamons Antwort – und irgendwie klang sie für Thorin nicht glaubwürdig.

»Stürme in der Wüste kommen manchmal unerwartet«, sagte er und schaute dabei erneut in eine nur für ihn nachvollziehbare Ferne. »Wir müssen den tiefsten Punkt zwischen den Dünen suchen – eine andere Möglichkeit haben wir nicht...«

Seine Träume hatten ihn hierher geführt – und nun ergab er sich mehr und mehr seinem Schicksal. Ohne weitere Worte zu verlieren, trieb er sein Pferd als erster an, lenkte es zwischen zwei mächtige Dünen in eine langgezogene Senke. Thorin und Larko folgten ihm, und sie bemerkten dabei, wie der stetige Wind jetzt an Intensität zunahm. Gleichzeitig verfärbte sich der einstmals blaue Himmel immer mehr ins Schwefelgelbe, und am fernen Horizont schienen erste Staubschleier zu tanzen.

In diesem Moment glaubte Thorin, die Konturen eines einzelnen Reiters weiter westlich auf der Kuppe einer Düne gesehen zu haben. Er blinzelte mit den Augen, schaute direkt in die grelle Sonne dabei und erkannte dann – überhaupt nichts. Ein kurzer Blick zu Talsamon zeigte Thorin, dass der dunkelhäutige Schmied für einen Moment sichtlich zusammengezuckt war. Warum?

Das Pferd unter Thorin schien ebenfalls zu spüren, dass ein Sturm nahte. Deshalb beeilte sich das Tier, und Larkos Pferd schloss sich ihm sofort an. Das einstige sanfte Wehen des Wüstenwindes verwandelte sich jetzt in ein heftiges Pfeifen, und immer mehr Sand wurde von den Spitzen der Dünen abgetragen, wehte den Männern buchstäblich von allen Seiten ins Gesicht.

Thorin stieg geschmeidig aus dem Sattel, zerrte sein Tier noch näher an den Rand der gewaltigen Düne und brachte es mit einigen Worten dazu, sich niederzulegen. Talsamon hatte mit seinem nervösen Tier etwas mehr Probleme, aber mit Larkos Hilfe gelang es auch ihm. Die drei Männer duckten sich hinter die Körper der Tiere, und Thorin zog eine Decke vom Sattelpacken, hielt sie sich über den Kopf, um sich so vor dem wirbelnden Sand zu schützen.

Aber die Körner waren so fein, dass sie fast durch jede Ritze drangen. Der Nordlandwolf schloss die Augen, duckte sich ganz flach auf den Boden und fluchte, als der Wind ihm die Decke aus den Händen riss und davonwirbelte. Impulsiv wollte er danach greifen, sie noch festhalten, aber der Sturm hatte sich jetzt in einen Orkan verwandelt. Der Himmel war schmutzig grau, hatte die einst grelle Sonne völlig verschluckt. Von allen Seiten kam der heftige Wind, wirbelte feinste Sand- und Staubkörner mit sich, und die Welt verwandelte sich in ein Chaos.

Thorin hob schwach den Kopf. Obwohl seine Gefährten und deren Tiere nur wenige Schritte von Thorin entfernt lagen, konnte er deren Konturen nur als schwache Umrisse erkennen. Er selbst hatte alle Hände voll zu tun, um sein sichtlich aufgebrachtes Pferd mit beiden Händen niederzudrücken und es ruhig zu halten. Das Pferd keilte mit den Hufen aus, wieherte gequält, aber Thorin schützte mit dem eigenen Körper Kopf und vor allem Augen des armen Tieres und zwang es förmlich dazu, ruhig zu bleiben. Wenn das Pferd jetzt nämlich ausbrach und hinaus in den Sturm galoppierte, war es rettungslos verloren!

Sekunden reihten sich zu endlosen Minuten – und die wiederum zu Ewigkeiten. Der Himmel hatte sich vollends verdunkelt, und eine eigenartige Dämmerung hing drückend über der öden Dünenlandschaft. Wieder und wieder heulte der heftige Wüstenwind, zerrte an Thorins Haaren und seiner Kleidung und schleuderte ihm jedesmal mehr Sand ins Gesicht. Die Luft zum Atmen wurde ihm knapp, und er fühlte sich, als schnüre ihm eine unsichtbare Hand die Kehle zu.

Als er glaubte, schon fast zu ersticken, ebbte das Heulen des Windes plötzlich ab, und der Himmel über den Dünen riss ein Stück auf. Die gelben Staubschleier verflüchtigten sich, und die Sicht war wieder frei. So plötzlich der gewaltige Sandsturm entstanden war – so rasch ebbte er auch wieder ab.

Thorin spürte einen unerträglichen Hustenreiz in seiner Kehle, öffnete die Augen und wollte zunächst gar nicht wahrhaben, dass die schlimmste Gefahr überstanden war. Er klopfte seinem Pferd sanft gegen den Hals und ließ es dann zu, dass sich das Tier erhob. Zunächst noch auf unsicheren Beinen, misstrauisch zum Himmel schauend – aber dann begriff auch das Tier, dass der Sturm vorbei war.

»Bei allen Göttern!«, fluchte der kleine Larko und klopfte sich mit beiden Händen den feinen Staub aus der Kleidung. »Ich dachte schon, unser letztes Stündchen hätte geschlagen. Was für ein Orkan – so stark habe ich ihn noch nie erlebt...«

Hortak Talsamon hatte sich ebenfalls erhoben und reinigte sich jetzt notdürftig. Er sah zu Thorin hinüber, während er den Lederschlauch vom Sattelhorn nahm, den Verschluss öffnete und einen kurzen Schluck nahm, um sich die staubige Kehle auszuspülen. Wortlos reichte er den Schlauch dann an Thorin weiter, der sich ebenfalls erfrischte, und der kleine Dieb tat es ihm gleich.

»Du kennst dich gut in der Wüste aus, Schmied«, meinte Thorin dann mit einem kurzen Seitenblick zu Talsamon. »Es ist nicht das erste Mal, dass du solch einen Sturm erlebst, oder? Du wusstest gleich, was zu tun war.«

»Ich habe nicht immer in Mercutta gewohnt, Thorin«, erwiderte Talsamon. »Wenn man überleben will, darf man nicht zögern – manche Entscheidung muss schnell getroffen werden. Oder es ist unter Umständen zu spät.«

Larko runzelte bei diesen Worten verwirrt die Stirn, weil der dunkelhäutige Schmied mit seinen Bemerkungen seltsame Gefühle auslöste. Thorin bemerkte erneut, dass Hortak Talsamon mit seinen Worten etwas Bestimmtes ausdrücken wollte – etwas rein Persönliches, das irgendwie mit seiner Vergangenheit zu tun haben musste.

Thorin wollte gerade darauf etwas erwidern, aber in diesem Augenblick schrie Larko erschrocken auf und taumelte einige Schritte zurück. Während der kleine Dieb hastig seinen Dolch aus dem Gürtel riss und sich schützend hinter sein Pferd stellte, erblickte Thorin zu seiner Überraschung plötzlich sieben Reiter auf dem Dünenkamm. Ihre sehnigen Körper wurden von dunklen Umhängen umhüllt, und zwei der Männer hatten gespannte Bögen in den Händen, zielten mit den Pfeilen auf die drei Männer unten in der Senke. Merkwürdigerweise schossen sie die gefiederten Todesboten aber noch nicht ab – im Gegenteil. Sie schienen auf etwas zu warten, beobachteten vorerst nur. Und das, obwohl sie schon längst eine gute Gelegenheit gehabt hätten, um Thorin, Talsamon und Larko aus dem Hinterhalt niederzustrecken.

Ein tiefer Seufzer kam aus der Kehle des dunkelhäutigen Schmieds, und in seinen Augen spiegelte sich eine unendlich traurige Stimmung wider. Ein Ruck ging durch seinen breitschultrigen Körper, als er mit einer geschmeidigen Bewegung die scharfe Axt aus dem Sattelhorn zog und zwei Schritte nach vorn trat. Er blickte hinauf zu den verhüllten Reitern und hob dann die Waffe hoch in den Mittagshimmel empor.

»Warum zeigst du dich nicht, Ryes Dhor?«, rief er mit lauter Stimme zur Dünenkuppe hinauf. »Oder scheust du dich davor, mir Auge in Auge gegenüberzutreten? Der Tag ist gekommen, und jetzt gibt es kein Zurück mehr. Also komm endlich und zeige dich, du elender Mörder!«

Bange Sekunden vergingen – und dann tauchte ein weiterer Reiter oben auf der Düne auf, dessen mitleidlose Blicke sich auf die drei Männer unten in der Senke richteten. Thorin erkannte ihn sofort, und eine grenzenlose Wut ergriff ihn. Das war der Anführer der Wüstenräuber, die die Handelskarawane getötet und beraubt hatten – und Hortak Talsamon schien diesen Mann zu kennen!

»Rührt euch nicht von der Stelle«, warnte der dunkelhäutige Schmied seine beiden Gefährten. »Diese elenden Hunde können verdammt gut zielen.«

»Was... was...«, entfuhr es dem stotternden Larko, der angesichts dieser bedrohlichen Situation vollkommen überfordert war und gar nicht mehr wusste, wie ihm geschah. Es war eine Sache, in den engen Gassen von Mercutta oder auf den belebten Märkten einem Ahnungslosen die Geldbörse zu stehlen und dann wieder rasch zu verschwinden – aber dies hier war eine *reale* Gefahr, und tödlich noch dazu! Thorin bemerkte, wie Hortak Talsamon seine Blicke auf den großen Reiter oben auf der Dünenkuppe fixierte, während seine Hände den Schaft der scharfen Axt fest umschlossen. Im Gesicht des dunkelhäutigen Schmieds arbeitete es, und tief im Inneren seiner Seele jagte jetzt ein Gedanke den anderen. Hier endeten alle Wahrträume, und vor Hortak Talsamon breitete sich wie die endlose See das Meer verschiedener Wahrscheinlichkeiten aus.

»Ich wusste, dass du kommen würdest«, erklang nun die Stimme des Anführers der Wüstenräuber, während sich Thorin im Stillen fragte, woher Talsamon diesen Bastard überhaupt kannte. »Es hat noch nicht einmal lange gedauert.« Seine Worte wurden von einem triumpherfüllten Lachen begleitet. »Wirf deine Axt weg – sie nützt dir ohnehin nichts mehr. Meine Männer warten nur noch auf ein Zeichen von mir, und ihr seid alle tot. Und dann werde ich auch diesen blonden Krieger neben dir nicht mehr schonen, Hortak! Er hat schon einmal eine Chance vom Schicksal bekommen – diesmal aber nicht mehr!«

Was geschieht hier eigentlich?, fragte sich Thorin im Stillen und konnte sich kaum noch zurückhalten. Seine rechte Hand hielt er bereit, wollte das Schwert aus der Scheide ziehen. Wenn er den kalten Stahl in seiner Hand fühlte, würde er sich wenigstens nicht so hilflos und verloren vorkommen wie in diesem Moment. Aber der Mann namens Ryes Dhor schien Thorins Gedanken zu ahnen.

»Laß es bleiben, Krieger!«, warnte er ihn mit einer Stimme, die Thorin in seiner Absicht innehalten ließ. »Meine Bogenschützen warten nur darauf, dass du es versuchst – glaubst du vielleicht, du wärst schneller als sie?«

Seine Worte troffen förmlich vor Hohn, und Thorin konnte sich jetzt nicht mehr länger zurückhalten.

»Was soll das alles?«, rief er dem Anführer der Wüstenräuber mit wütender Stimme zu. »Wenn du uns töten und ausrauben willst, dann gib endlich den Befehl dazu. Ich werde bis zum letzten Atemzug kämpfen – sei verdammt dafür, du Bastard!«

»Das weiß ich«, bekam Thorin zur Antwort. »Aber heute geht es nicht um Rauben und Plündern. Du und dieser kleine Halunke da drüben seid – nennen wir es mal durch Zufall – in eine alte Sache hineingeraten, die nur mich und Hortak Talsamon betrifft…«

»Verdammt, was will dieser Bursche eigentlich von uns?«, meldete sich nun der kleine Larko und warf dabei Thorin einen hilfesuchenden Blick zu. »Ich verstehe kein Wort mehr und…«

Hortak Talsamon deutete Larko mit einem kurzen Wink an, zu schweigen.

»Es ist jetzt nicht die Zeit für lange Erklärungen«, sagte Talsamon. »Wenn ihr etwas tun wollt, dann betet, dass es mir gelingt, uns noch zu einer winzigen Chance zu verhelfen…« Seine Stimme klang jetzt wieder lauter, als er sich an

Rys Dhor wandte – und er achtete dabei nicht mehr auf die Blicke seiner beiden Weggefährten.

»Wenn du Rache willst – dann fordere dein Recht. Du hast jetzt Gelegenheit dazu. Ich jedenfalls bin dazu bereit. Oder bist du vielleicht zu feige, es mit mir auszutragen? Fürchtest du dich vor meiner Axt? Sie wird dir den Schädel zertrümmern, Ryes Dhor, wenn das Schicksal es so will!«

»Tollkühne Worte eines Abtrünnigen sind das!«, bekam Talsamon darauf zu hören. »Aber falls du glaubst, dass ich nicht kämpfen werde, so hast du dich getäuscht. Wenn du kämpfen willst, dann sollst du das haben. Es war ohnehin längst fällig – ich wusste es schon seit Jahren, dass es für uns beide keinen anderen Ausweg mehr gibt. Wir sind viel zu verschieden.«

»Ja, das sind wir«, erwiderte Talsamon mit einem schweren Seufzer und umschloss den Schaft der Axt noch etwas heftiger, weil seine rechte Hand kurz zu zittern begann. »Ich fordere jedoch, dass meine beiden Freunde unbehelligt gehen können, wenn ich den Kampf verliere – sie haben mit all dem nichts zu tun. Versprich es mir, Ryes Dhor – oder stehst du selbst hier nicht mehr zu deinem Wort?«

»Wenn du dich dadurch besser fühlst, dann soll es so sein«, antwortete der Anführer der Wüstenräuber. »Ich schwöre es bei allem, was mir einst heilig war. Meine Männer werden deine Freunde unbehelligt gehen lassen, wenn ich dir das Haupt von den Schultern geschlagen habe, Hortak! Und nun genug der langen Worte – die Stunde der Abrechnung ist gekommen!«

Mit diesen Worten zog er sein Schwert aus der Scheide, drückte dem Pferd die Hacken in die Weichen und trieb es mit einem triumphierenden Angriffsschrei hinunter in die Dünensenke.

»Beiseite!«, rief der dunkelhäutige Schmied seinen beiden Gefährten zu. »Los, geht mir aus dem Weg. Beeilt euch!«

Liebend gerne hätte Thorin in den Kampf eingegriffen, um Talsamon beizustehen. Aber irgendwie *wusste* er auch, dass dies falsch war. Ein Einmischen seinerseits konnte unter Umständen fatale Folgen für alle haben – denn dann würden die Bogenschützen ihre tödlichen Pfeile abfeuern, und hier unten gab es keine Deckung vor den gefiederten Todesboten…

Hortak Talsamon blieb ganz ruhig stehen, wartete auf den heranstürmenden Reiter, der sich tief über den Rücken des Pferdes beugte und dabei sein blitzendes Schwert schwang. Auch wenn Ryes Dhor noch einige Mannslängen entfernt von ihm war, so glaubte er doch den unversöhnlichen Hass in den Augen des Mannes zu erkennen. Der dunkelhäutige Schmied begriff in diesem Moment, dass es falsch gewesen war, seiner Bestimmung zu entfliehen. Was geschehen musste, hatte er nur aufschieben können – aber es war von Anfang an vom Schicksal so gewollt, dass dieser Kampf stattfinden musste. Und jetzt war der Zeitpunkt gekommen, wo zwei unversöhnliche Männer aufeinandertrafen – und in diesem gnadenlosen Kampf konnte es nur einen Sieger geben!

Der dunkelhäutige Schmied achtete weder auf die übrigen Wüstenräuber, die oben auf dem Dünenkamm verharrten – noch auf Thorin und Larko, die sich jetzt zurückgezogen hatten und notgedrungen diesem Kampf zusehen mussten. Seine Blicke waren einzig und allein auf den näherkommenden Reiter gerichtet – aber er machte gar keine Anstalten, nach einer Deckung zu suchen. Denn als Kämpfer zu Fuß war er dem Reiter ganz sicher unterlegen, wenn es hart auf hart kam.

Hortak Talsamon dagegen blieb die Ruhe selbst. Er wartete ab, bis Ryes Dhor ganz dicht bei ihm war, duckte sich, als dessen todbringende Klinge nach ihm hieb – aber das Schwert traf ihn nicht. Der Hieb war viel zu hastig geführt worden und ging über seinen Kopf hinweg. Talsamon eilte zur Seite, machte eine Drehung – aber auch er konnte mit der scharfen Axt keinen Treffer landen. Pferd und Reiter preschten nahe an ihm vorbei, und er hörte den Wutschrei des Anführers der Wüstenräuber.

Kurz darauf riss Ryes Dhor sein Pferd herum und startete einen zweiten Angriff. Wieder holte er mit der Klinge aus, wollte Talsamon einen tödlichen Hieb versetzen – aber auch diesmal traf er sein Ziel nicht. Er streifte nur kurz die linke Schulter seines Todfeindes, brachte dem dunkelhäutigen Schmied einen geringen Kratzer bei. Talsamon dagegen hatte mehr Glück. Die scharfe Schneide der Axt erwischte das vorbeipreschende Pferd unten an der Kehle, bohrte sich in eine lebenswichtige Ader und ließ dunkelrotes Blut in einem heftigen Strom herausschießen.

Das Pferd wieherte auf, knickte mit den Vorderläufen von einem Atemzug zum anderen ein, und Ryes Dhor konnte sich nicht mehr im Sattel halten.

Kopfüber wurde er über den Rücken des Pferdes geschleudert und kam recht unsanft auf dem Sandboden auf, während sein Pferd nur wenige Meter von ihm mit zuckenden Bewegungen verendete. Jetzt war es Hortak Talsamon, der einen lauten Schrei ausstieß und sich mit der Axt auf den Gegner stürzte.

Aber Ryes Dhor war ein erfahrener Kämpfer. Noch im Sturz hatte er geistesgegenwärtig sein Schwert umklammert und es nicht losgelassen. Deshalb machte er jetzt auf dem Boden eine rasche Drehung, rollte sich zur Seite und entging dadurch buchstäblich im letzten Moment dem vernichtenden Hieb von

Talsamons Axt. Der dunkelhäutige Schmied fluchte enttäuscht, als er feststellen musste, dass sein zielsicher geführter Schlag dennoch ins Leere gegangen war – aber er brauchte nur Bruchteile von Sekunden, um sich schon wieder auf die neue Situation einzustellen. Er setzte sofort nach, führte erneut einen harten Schlag aus – und der hätte ganz sicher zum Tode geführt, wenn Ryes Dhor nicht instinktiv sein Schwert hochgerissen hätte, um damit den Axthieb noch abwehren zu können.

Funken stoben auf, als Axtschneide und Schwertklinge aufeinandertrafen. Beide Gegner schenkten sich nichts, noch nicht einmal den geringsten Vorteil. Ryes Dhor hatte zwar sein Pferd verloren, aber das bedeutete nicht, dass er sich jetzt als Besiegter fühlte – eher das Gegenteil war der Fall. Mit dem Wut eines Verzweifelten kämpfte er gegen den breitschultrigen Schmied, und es gelang ihm schließlich, die heftigen Schläge seines Gegners abzuwehren und aus der Defensive langsam wieder in den Angriff überzugehen.

»Du hast nichts verlernt in all den Jahren!«, schnaufte Ryes Dhor. »Aber es wird dir nichts nützen, Hortak. Mach dich bereit zu sterben!«

Er sprang vor, holte mit der Klinge weit aus, aber Talsamon hatte diesen Angriff bereits geahnt und wich der Klinge seitlich aus.

Dennoch wäre ihm das beinahe zum Verhängnis geworden, denn er machte dabei einen Fehltritt, geriet ins Taumeln und zögerte für wenige Sekunden. Ryes Dhor sah das und hieb sofort auf seinen augenblicklich schwachen Kontrahenten ein. Seine Augen funkelten in stiller Vorfreude, aber der Glanz verschwand rasch, als Talsamon mit dem Mut eines zu allem Entschlossenen seinen rechten starken Arm hob und die Axtschneide in die Brust von Ryes Dhor hieb.

Ein entsetzliches Geräusch von berstenden Knochen übertönte den Kampfeslärm, und die Gesichtszüge des Wüstenräubers wurden auf einmal seltsam blass. Das Schwert entglitt seinen kraftlosen Fingern, während das Gewand nass vom Blut wurde, das jetzt in schnellen Schüben hevortrat und den Sand rot färbte.

»Du... du...«, murmelte Ryes Dhor mit schwacher Stimme. Eigentlich hatte er noch mehr sagen wollen, aber dazu kam es nicht mehr. Seine Augen brachen, und das Leben hatte seinen Körper bereits verlassen, als er zusammenbrach und zu Boden fiel. Talsamon riss die Axt aus dem Körper des Getöteten heraus und achtete nicht auf das Blut, das von der Schneide tropfte. Stattdessen wirbelte er herum und blickte die übrigen Gefolgsleute des toten Anführers herausfordernd an.

Gerade noch im rechten Moment – denn einer der beiden Bogenschützen konnte seinen Zorn über den unerwarteten Tod seines Anführers nicht mehr zügeln. Er ließ die Bogensehne los, und der Pfeil schoss hinunter, bohrte sich mit einem klatschenden Geräusch in den rechten Oberschenkel des dunkelhäutigen Schmieds, der vor Schmerzen aufschrie (oder vielleicht auch aus Überraschung, weil es diese Hundesöhne dennoch gewagt hatten).

Talsamon taumelte für Sekunden, aber dann erfasste ihn ein wilder Zorn, der jeden weiteren vernünftigen Gedanken überlagerte. Er holte mit aller Kraft aus, schleuderte die blutige Axt nach dem Bogenschützen – und die Schneide traf den Schützen in den Kopf, spaltete seinen Schädel.

Noch während Hortak Talsamon die Axt warf, hatte auch Thorin sein Schwert aus der Scheide gerissen und stürmte mit einem lauten Schrei auf die Gegner los. Auch Larko überwand seine Furcht, schloss sich Thorin an. Sie wussten, dass sie nur eine Chance hatten, wenn sie den Moment der Überraschung nutzten – denn noch waren die anderen in der Überzahl, und sie verstanden zu kämpfen.

Talsamon hatte trotz seiner Pfeilwunde nun das Schwert des toten Ryes Dhor ergriffen und wehrte sich gegen einen heranstürmenden Reiter. Thorin konnte das jedoch nur aus den Augenwinkeln sehen, denn er selbst hatte alle Hände voll mit zwei Gegnern zu tun, die ihm den Garaus machen wollten. Sie kamen von zwei Seiten auf ihn zugeritten, wollten ihn dadurch verunsichern.

Aber in diesem Moment bekam der Nordlandwolf Hilfe von einer Seite, mit der er eigentlich am wenigsten gerechnet hätte. Der kleine Larko war es, der wieselflink an Thorin vorbeirannte und seinen Dolch nach einem der Männer schleuderte. Die Klinge traf den Mann in der Schulter, verwundete ihn nur leicht. Aber es reichte aus, dass sich Thorin zunächst dem anderen Angreifer zuwenden konnte. Er duckte sich, entging dessen Klinge und holte ihn dann mit einem sicheren Hieb aus dem Sattel.

Noch während der Todesschrei des Wüstenräubers erschallte, wirbelte Thorin herum, stellte sich dem zweiten Angreifer und parierte dessen Schwerthieb, setzte dann auch schon nach. Thorins zweiter Schlag war tödlich und stieß den Gegner seitlich vom Pferd. Der Wüstenräuber stürzte in den Sand, während das Pferd erschrocken davonstürmte.

Indes war es auch Hortak Talsamon gelungen, einen weiteren Gegner mit der tödlichen Axt vom Pferd zu schlagen. Die übrigen Halunken rissen ihre Pferde zurück und suchten ihr Heil in der Flucht. Sie mussten einsehen, dass sie diesen Männern nicht gewachsen waren, denn selbst ihr Anführer Ryes Dhor (der in ihren Augen als unbesiegbar gegolten hatte) lebte nicht mehr.

Sand wirbelte unter den Hufen der Pferde auf, als ihre Reiter sie voller Furcht antrieben und zwischen den Dünen so schnell verschwanden, wie sie aufgetaucht waren. Minuten später waren selbst die Hufschläge nicht mehr zu hören, und Thorin, Larko und der verletzte Hortak Talsamon blieben allein zurück – umgeben von den blutigen Körpern getöteter Männer und Pferde.

Kopfschüttelnd blickte Thorin hinüber zu dem dunkelhäutigen Schmied, der die anderen Toten gar nicht beachtete, sondern seine Aufmerksamkeit einzig und allein dem Mann schenkte, der die Wüstenwölfe angeführt hatte. Vor dem toten Ryes Dhor blieb er stehen und blickte mit nachdenklicher Miene auf den Mann, den er getötet hatte.

Er war so in Gedanken versunken, dass er Thorin und Larko erst bemerkte, als sie neben ihm standen.

»Ich glaube, du bist uns jetzt eine Antwort schuldig«, sagte Thorin und wies auf den toten Ryes Dhor. »Du hast ihn gekannt, nicht wahr?«

Hortak Talsamon nickte stumm, brauchte einige Sekunden, um sich die passenden Worte zurechtzulegen.

»Er hat sich nicht verändert – nicht in all den Jahren«, murmelte er dann leise. »Sein Weg war immer gekennzeichnet von Blut und Tränen – er hatte nur Gewalt und Tod im Sinn. Ich habe noch versucht, ihn zu ändern, aber ich brauchte viel zu lange, um zu begreifen, dass dies alles vergebliche Mühe war. Ja, ich bin einmal mit diesen Männern geritten, viele Jahre lang – und Ryes Dhor war ein Mann, den ich sogar einmal bewundert habe. Aber damals war ich noch sehr jung und wusste noch nicht viel vom wirklichen Leben. Für mich gab es nur die Gemeinschaft der Wüstenwölfe – das war alles, was ich kannte…«

»Du… hast zu ihnen gehört?« Larko wollte gar nicht begreifen, was er gerade gehört hatte.

»Manchmal trügt der äußere Schein«, erwiderte Talsamon. »Irgendwann konnte ich nicht mehr – ich wollte nicht mehr kämpfen und töten. Ich sehnte mich nach Frieden, nach einem normalen Leben, wo ich nicht jeden Tag aufs Neue um meine Existenz kämpfen musste. Wenn du mich verachten willst, Larko – dann tu das von mir aus. Es ist mir völlig gleichgültig. Ich hatte geglaubt, die Schatten der Vergangenheit vergessen zu können, wenn ich anderswo ein neues Leben beginne. Aber man kann nicht vor seinem eigenen Schicksal fliehen – irgendwann holt es einen ein …«

»Und dennoch hast du ihn getötet«, warf Thorin ein. »Er war einmal ein Freund und ein Gefährte – schon allein durch diesen Kampf hast du jedoch bewiesen, dass du von Anfang an nicht auf seiner Seite gestanden hast, Hortak. Sei froh, dass du dich schon so früh von ihm losgesagt hast – Männer wie er werden vom Schicksal dazu bestimmt, dass sie ein rauhes Ende finden.«

Der dunkelhäutige Schmied hob jetzt zum ersten Mal den Kopf, sah kurz zu Thorin hinüber, und der Nordlandwolf erkannte den unsäglichen Schmerz, der sich in Talsamons Augen widerspiegelte.

»Er war nicht nur ein Kampfgefährte aus alten Zeiten, Thorin«, stieß er schweren Herzens hervor. »Er war auch… mein Bruder…«

Zwischenspiel III: In der Stadt der Verlorenen Seelen

Heiß war der Wüstenwind, der an den äußeren Enden der langgezogenen und tiefen Schlucht heulte. Er trieb feine Staubwirbel vor sich her, die kleine Dünen vor den Ruinen der alten Stadt bildeten. Das Heulen des Windes war jedoch das einzige Geräusch, das die alten Mauern der verlassenen Stadt erfüllte. Vor unglaublich langer Zeit hatte einmal Leben in den schwarzen Ruinen geherrscht. Kinderlachen und geschäftiges Treiben hatte diese Stadt erfüllt – bis die Tage des Dunklen Zeitalters angebrochen waren, und dann war nichts mehr wie einst gewesen. Längst war die früher so stolze Stadt verlassen und im Lauf der vielen Jahrzehnte nun dem Verfall preisgegeben. Einige der in den roten Fels gebauten Häuser waren schon zusammengefallen, andere wiederum waren wie durch ein Wunder fast noch vollständig erhalten.

Dazu zählte auch das große, wuchtige Gebäude, dessen Mauern bisher selbst den schlimmsten Staubstürmen hatten trotzen können. Es befand sich direkt unter einem Felsüberhang, war halb in den Berg hineingebaut, und der Weg, der zu diesem tempelähnlichen Bauwerk führte, war sehr steil und kaum zugänglich. Ja, dieses Haus war einmal der Tempel und das kulturelle Zentrum der Stadt gewesen, aber auch hier huldigte niemand mehr Göttern und Wesenheiten, deren Namen im gewaltigen Schlund des Vergessens längst untergetaucht waren – genauso wie die Namen derer, die einst diese Stadt mit Leben erfüllt hatten.

Diese und ähnliche Gedanken gingen der schlanken, rothaarigen Frau durch den Kopf, die an einem der großen Fenster stand und hinunter auf die Gebäude der Stadt blickte, deren Ruinen schwarz im Sonnenlicht schimmerten. Der heiße Wind strich durch ihr langes Haar und über die makellose Haut, die von einem langen, schwarzen Gewand umhüllt wurde und nur die Arme freiließ.

Aber die schöne Frau, deren prächtige Mähne von einem silbernen Stirnband gezügelt wurde, registrierte den heißen Wind überhaupt nicht. Statt dessen schweiften die Blicke aus ihren grünen Augen in eine unergründliche Ferne, deren Existenz nur sie kannte.

Weiter unten, an den tiefsten Stellen der Schlucht, irgendwo zwischen den Ruinen einiger eingestürzter Gebäude, tauchten plumpe Gestalten auf und verschwanden wenige Augenblicke später wieder. Ein Außenstehender hätte diese raschen Bewegungsabläufe wahrscheinlich gar nicht bemerkt – aber den wachen Augen von Kara Artismar entging nie etwas. Sie war es, die diese bereits vergessene Stadt mit neuem Leben erfüllt hatte (obwohl die alptraumhaften

Kreaturen, die in diesen Mauern hausten, diese Bezeichnung eigentlich gar nicht verdienten). Es war ein geradezu idealer Ort, um von hier aus das fortzusetzen, was während des *Dunklen Zeitalters* begonnen und dann leider viel zu früh ein Ende gefunden hatte.

Ein wissendes Lächeln umspielte die geschwungenen Lippen der Hohepriesterin des Kultes von *Beth-Sog*, als sie sich an die Skirr erinnerte. Sie selbst und noch einige andere Auserwählte hatten in den Stahlburgen der spinnenhaften Wesen einst ihre grausame Weihe erhalten. Sie waren von den Göttern der Finsternis auserwählt worden, um die dunkle Saat auf dieser Welt zu verbreiten – aber dann war die Herrschaft der Skirr und die der finsteren Götter zerbrochen, und die Welt war neu geschaffen worden. Dies hätte unweigerlich auch das Ende für die Hohepriesterin und die Anhänger des Kultes bedeutet – aber zum Glück war das noch verhindert worden.

Die Skirr selbst waren es, die kurz vor ihrer Verbannung durch geheimnisvolle Kräfte einer Wesenheit (die selbst eine mächtige Priesterin wie Kara Artismar mit ihren Sinnen nicht erfassen konnte) noch einen Brückenkopf in dieser Welt zurückgelassen hatten – in Form der *Sternensteine*.

Die rothaarige, schlanke Frau wandte sich vom Fenster ab und blickte in die Tiefe des Raums, der zum großen Teil mit roten Samttüchern verhängt war. Rot war auch die Farbe des Blutes der Menschen, die auf dem schwarzen Altar ihr Leben gelassen hatten. Kara Artismar glaubte in diesen Sekunden noch die verzweifelten Schreie derjenigen zu hören, die Schutz vor dem heißen Wüstensturm in den Ruinen der Stadt gesucht hatten. Aber die Hoffnung auf Sicherheit war jäh zerstört worden, denn in der Stadt war kein Mensch seines Lebens sicher. Wer sich hierher in diese tiefe Schlucht verirrte und in den Mauern der Stadt eine Zuflucht suchte, musste dies mit dem Leben büßen – und die Seelen der Getöteten wurden den dunklen Göttern zugeführt.

Die Augen der Hohepriesterin richteten sich auf den Blutaltar. Mitten auf der wuchtigen Platte befand sich ein funkelnder Kristall inmitten einer goldenen Schale. Das Licht der Sonne, das durchs Fenster fiel, brach sich in Hunderten von Facetten auf der Oberfläche des Kristalls. Kara Artismar lächelte, während sie die Schönheit des *Sternensteins* bewunderte. Sie wusste, dass in diesem Artefakt Kräfte von unvorstellbarer Größe wohnten – sie mussten nur noch geweckt werden. Und der Tag war nicht mehr fern, an dem dies geschehen würde. In gut vier Wochen würde der Mond wieder zu seiner vollständigen Größe angewachsen sein – und dann war es soweit...

Ihre Finger tasteten unwillkürlich nach ihrem Herzen. Bereits jetzt spürte sie das heftige Pochen in ihrer linken Brust, das von Tag zu Tag stärker wurde. Die innere Hitze wurde immer heftiger. Kara Artismar blickte hinüber zu dem großen Spiegel an der Wand, während sie das Gewand über ihre wohlgerundeten Schultern streifte und es fallen ließ. Darunter trug sie nichts als makellose Haut. Voller Staunen und mit Ehrfurcht erfüllt registrierte sie, dass ihre linke volle Brust sich weiter verändert hatte. Sie war jetzt fast vollständig mit einer kristallinen Substanz überzogen, ließ sie eigenartig hart und seltsam fremd erscheinen. Kara Artismar *wusste*, dass in ihrem Körper etwas geschah, was sie nicht begriff. Aber sie ahnte, dass es nötig war, um das herbeizuführen, was geschehen musste, um die alte Ordnung wiederherzustellen.

Sanft, fast eine Spur ängstlich, strich ihre rechte Hand über die Brust – und selbst bei dieser kurzen Berührung spürte sie einen wohligen, heißen Schauer, der ihren gesamten Körper befiel und sie kurz zittern ließ. Sie war auserwählt worden – immer wieder wurde ihr das bewusst. Erst recht in solchen Augenblicken.

Wie lange sie vor dem Spiegel verharrt und die kristallüberzogene Brust bewundert hatte, wusste sie nicht mehr. Ihre Gedanken kehrten erst wieder in die Wirklichkeit zurück, als ein dumpfer Gongschlag ertönte, dessen Echo von den roten Felswänden vielfach zurückgeworfen wurde. Kara Artismar streifte sich das schwarze Gewand hastig wieder über und eilte zurück zum Fenster. Von hier oben aus erkannte sie einen der stummen geschuppten Wächter, der immer wieder den Gong betätigte und ihr so die Ankunft von Fremden meldete.

Unwillkürlich runzelte Kara Artismar die Stirn, denn sie erwartete niemanden zu dieser Zeit. Der *Tag der Erweckung* war noch nicht gekommen – das wusste aber auch Tys Athal. Denn nur er konnte es sein, der seine Männer zur Stadt der Verlorenen Seelen geschickt hatte – und immer wenn sie kamen, gab es ein neues Blutopfer...

Kara Artismar war dankbar dafür, dass sie in Tys Athal einen willigen Helfer für ihre finsteren Pläne gefunden hatte. Natürlich kannten weder der fette Kaufmann noch seine Schergen die wahren Hintergründe – und die rothaarige Priesterin hatte auch nicht vor, sie in ihre *wirklichen* Pläne einzuweihen. Mit solch unwichtigen Dingen konnte und wollte sie sich nicht abgeben – vor allem nicht jetzt, wo das *Erwachen der Schwärze* immer näher rückte.

Nur für einen kurzen Moment dachte sie an ihre *Ordensschwester* Rica, die zu diesem wichtigen Ereignis auch an diesen einsamen Ort kommen wollte. Sie würde aber noch einige Tage brauchen – hoffentlich gelang es ihr, rechtzeitig zum Tag der Erweckung die Stadt der Verlorenen Seelen zu erreichen. Denn dieses Ereignis war von so großer Bedeutung, dass nach diesem Tag nichts mehr so sein würde, wie es jetzt noch war – die Welt würde wieder im Strudel der Schwärze versinken und die Mächte der Finsternis ihre zweite Periode der dunklen Herrschaft antreten.

Nur dafür lebten Kara Artismar und ihre anderen sieben *Ordensschwestern*. Einst hatten sie dem Kult um *Beth-Sog* gedient, aber mittlerweile hatten sie erfahren dürfen, dass es noch viel mächtigere Wesen gab als einen schon fast vergessenen toten und grausamen Gott aus alten Zeiten…

Sie wandte sich ab und verließ den heiligen Raum, eilte über zahlreiche Stufen hinaus aus dem wuchtigen Tempel. Grelles Sonnenlicht schlug ihr entgegen, und deshalb nahm sie die in die Schlucht reitenden Gestalten zunächst nur als undeutliche Umrisse wahr. Aber ihr drohte keine Gefahr – zu keiner Zeit. Denn wenn unbefugte Eindringlinge sich der Stadt näherten, würden die um die Schlucht postierten Wächter eingreifen. Und das waren Wesen, die schon vor dem *Dunklen Zeitalter* existiert hatten…

Jesca fühlte sich wie gerädert. Jeder einzelne Muskel in ihrem durchtrainierten Körper schmerzte – denn sie war immer noch gefesselt und lag quer über dem Rücken eines Pferdes. Die gnadenlose Sonne brannte heiß vom Himmel und schwächte Jesca. Es kam ihr wie eine halbe Ewigkeit vor, seit sie zum letzten Mal etwas zu trinken bekommen hatte. Sie sehnte sich förmlich nach kühlem, erfrischenden Wasser – aber ihre Feinde machten keinerlei Anstalten, sich um die Nadii-Amazone zu kümmern. Sie beachteten sie kaum, und Jesca wollte sich nicht noch weiter erniedrigen – damit würde sie nur Spott und Hohn ernten.

Mittlerweile hatte sich die monotone Wüstenlandschaft etwas verändert. Die zahllosen Dünen und Sandwälle waren einer kargen Felsenlandschaft gewichen. Der Boden wies zahlreiche Risse, Spalten und Vertiefungen auf – vor Ewigkeiten war dieses Land einmal grün und fruchtbar gewesen, aber das *Dunkle Zeitalter* hatte alles vernichtet und der permanenten Zerstörung preisgegeben.

Auf ihrem Magen lastete ein quälender Druck, und mehr als einmal hätte sich Jesca beinahe übergeben. Immer wieder zwang sie sich dazu, ihre augenblickliche Schwäche nicht zu sehr nach außen zu zeigen. Ihre Ausbildung als Kriegerin hatte sie schon sehr früh dazu gebracht, äußere Empfindungen und Schmerzen zu ertragen und mit ihnen zu leben. Dennoch musste sie immer wieder an frisches, kühles Wasser denken, und das brachte sie beinahe um den Verstand. Sie konnte nur hoffen, dass der kleine Reitertrupp endlich sein Ziel erreichte.

Am Horizont zeichnete sich ein eigenartig geformtes Felsmassiv vor dem stahlblauen Himmel ab. Die verwitterten roten Sandsteinfelsen wirkten bedrohlich und abstoßend zugleich – eine Laune der Natur hatte seltsame Boliden geformt, die an schreckliche dämonische Wesen erinnerten, und Jesca spürte erneut ein ungutes Gefühl in ihrem Magen. Diesmal kam es aber nicht durch den Druck des Sattels, sondern die Nadii-Amazone fühlte die Bedrohung, die von diesem Felsmassiv ausging – und diese Ahnung verstärkte sich mit jeder Minute, in der sie sich diesem Ort näherte.

Jesca hörte die Stimme des Hauptmanns, die erleichtert klang – ein erneuter Beweis dafür, dass der anstrengende Ritt durch die sengende Wüste bald ein Ende finden würde. Aber was erwartete sie dann? Mühsam hob sie den Kopf und versuchte, soviel wie möglich aus ihrer unbequemen Lage zu erkennen.

Das Felsmassiv war nicht so geschlossen, wie es vorhin noch den Anschein gehabt hatte. Von weitem hatte es noch unüberwindbar ausgesehen, wie eine undurchdringliche, riesenhafte Mauer, aber jetzt sah Jesca die zahlreichen Einschnitte und Vertiefungen in dem gigantischen Gestein. *Ein Felsgebirge mitten in der Großen Salzwüste*, schoss es ihr durch den Kopf, und erneut wurde ihr bewusst, wie sehr sich die Welt während des Dunklen Zeitalters verändert hatte.

Die Reiter folgten einem Weg, den sie ganz offensichtlich nicht zum ersten Mal eingeschlagen hatten. Sie schienen sich in dieser öden und feindlich wirkenden Landschaft sehr gut auszukennen. Sie lenkten ihre Pferde auf einen Pfad, der mitten in die unwirkliche Gesteinslandschaft führte, und folgten einem Weg, den selbst Jesca kaum erkennen konnte.

Mühsam hob sie den Kopf. Steil wuchteten die Felsmassive zu beiden Seiten des Einschnittes in den stahlblauen Himmel empor – und hier unten herrschte eine schlimme Hitze, die ihre Kehle noch mehr austrocknete. Athals Schergen und deren Pferde zeigten jetzt auch Zeichen der Erschöpfung – dennoch hielten sie ihre Tiere nicht an, um ihnen etwas Ruhe zu gönnen. Das musste warten, bis sie ihr Ziel erreicht hatten.

Jesca kniff die Augen zu schmalen Schlitzen zusammen, während sie hinauf zur höchsten Stelle der Felswände schaute. Etwas blinkte dort oben am Rand, und das helle Licht der Sonne begann sich auf eigenartige Weise zu spiegeln – in einer Gestalt, deren Konturen die Nadii-Amazone nur für einen kurzen Moment erkennen konnte.

Aber das gleißende Funkeln war so hell, dass ihre Augen zu schmerzen begannen. Unwillkürlich schloss sie die Lider, und als sie Sekunden später erneut hinaufsah, war die Gestalt ganz plötzlich verschwunden – als habe sie niemals existiert.

Ein Gedanke jagte jetzt den anderen. War das womöglich das erste Zeichen ihrer immer größer werdenden Erschöpfung? Die übrigen Reiter schienen gar nichts bemerkt zu haben. Sie folgten getreu ihrem Hauptmann, zogen das Pferd, auf dem Jesca festgebunden war, am Zügel mit sich und schauten weder nach links noch nach rechts (und erst recht nicht nach *oben*...). Der Pfad stieg jetzt wieder etwas an, und der Weg wurde für die Pferde ziemlich beschwerlich. Geröll und kantige Felsbrocken säumten den holprigen Weg. Schließlich mussten die Männer aus den Sätteln steigen und von nun an ihre Pferde an den Zügeln mit sich führen. Die Tiere benahmen sich seltsam nervös, je weiter sie dem Pfad folgten. Hin und wieder wieherten die Pferde laut auf, und die Reiter mussten die Tiere wieder beruhigen.

Schließlich hatten sie den schlimmsten Teil des Weges hinter sich gebracht und erreichten nun den höchsten Punkt. Jescas Augen weiteten sich voller Unglauben, als auch sie nun die tiefe Schlucht vor sich erkannte – und ebenso die zahlreichen dunklen Gebäude (oder waren es nur Ruinen?) im Herzen der Schlucht erblickte. Kundige Baumeister hatten sie teils in die Felsen gehauen – ein Werk, das viele Jahre harte und schweißtreibende Arbeit gekostet haben musste. Dennoch lag über diesen Gebäuden eine eigenartige Stille – bis das rollende Echo eines geschlagenen Gongs erklang.

»Man erwartet uns bereits«, hörte Jesca Hauptmann Gerric sagen, während er sich mit einem grausamen Lächeln zu ihr umsah und die Sorge in ihren Augen bemerkte. »Ist das nicht ein würdiger Ort, wo du dein Leben beschließen wirst, Weib?« Er bemerkte, wie die Nadii-Amazone bei diesen Worten kurz zusammenzuckte und lachte gehässig. »Dies ist die Stadt der Verlorenen Seelen – danach hast du doch gesucht, oder? Freu dich doch – jetzt bist du am Ziel deiner Wünsche. Auch wenn manches nicht ganz so verlaufen wird, wie du es dir vielleicht erträumt hast...« Erneut folgte ein lautes Lachen seinen Worten, und die übrigen Halunken stimmten Gerric spöttisch zu.

»Bastard«, murmelte Jesca voller Zorn und bäumte sich in ihren Fesseln auf. Aber das war vergebliche Mühe. Die Stricke saßen viel zu fest, als dass sie sich aus eigener Kraft davon hätte befreien können.

Gerric und seine Männer betraten mit den Pferden nun einen gewundenen Pfad, der hinunter in die Schlucht führte. Er war so schmal, dass noch nicht einmal zwei Pferde nebeneinander Platz gefunden hätten. Jesca blickte vom Rücken des Tieres aus direkt hinab in die gähnende Tiefe der weiten Schlucht, und ein Schauer der Furcht jagte ihr über den Rücken, als sie daran dachte, dass ein einziger Fehltritt des Pferdes ausreichen würde, um sie in den Tod stürzen zu lassen. Dennoch ging alles gut, und Tys Athals Schergen erreichten schließlich (nach einer Ewigkeit?) die Talsohle.

Jesca wurde von zwei kräftigen Männern gepackt, die die Stricke lösten, die sie ans Pferd gefesselt hatten. Starke Arme rissen sie vom Rücken hinab auf den steinigen Boden. Jesca stöhnte, als sie sich das rechte Knie aufschlug, aber sie konnte sich dennoch nicht wehren, denn ihre Hände waren nach wie vor auf den

Rücken gefesselt, und ihre Füße waren durch einen Strick so fest gebunden, dass sie aus eigener Kraft nur winzige Schritte hätte machen können – und selbst dazu war sie kaum in der Lage.

Einer der Männer legte ihr einen rauhen Hanfstrick um den Hals, zog ihn so fest, dass die Nadii-Amazone mit dem Atmen Schwierigkeiten hatte, und riss sie dann mit einem Ruck zu sich heran, drückte Gerric das andere Ende des Seils in die Hand, während er selbst sein Schwert zog und die scharfe Klinge auf Jesca richtete.

»Komm mit!«, forderte Gerric sie in einem Tonfall auf, der keinen Widerspruch duldete. Um unnötige Schmerzen zu vermeiden, führte Jesca seinen Befehl sofort aus. Zwar stand sie noch ziemlich unsicher auf den eigenen Beinen, aber sie konnte dennoch ihr Gleichgewicht halten. Wenn sie jetzt stürzte, würde der Strick ihr die Kehle zuschnüren und ihr so zusätzliche Qualen bereiten.

Das laute Echo des Gongs war verstummt, als sich die Männer mit der gefangenen Nadii-Amazone den ersten Häusern der (verlassenen?) Stadt näherten. Jesca lief der Schweiß in die Augen, und sie musste erneut blinzeln. Sie erkannte huschende Schatten inmitten der Ruinen, vage Gestalten, die sofort wieder verschwanden, als sie erneut zu der betreffenden Stelle schaute.

Gerrics Männern erging es ähnlich wie Jesca, und die Nadii-Amazone bemerkte, wie sich einige von Athals Schergen jetzt ganz eindeutige Blicke zuwarfen.

Blicke, die man nicht mehr deuten musste – auch sie fühlten sich ziemlich unwohl an diesem verruchten Ort. Weil in diesen Ruinen etwas lebte, was gar nicht existieren durfte!

»Verneigt euch vor der ehrwürdigen Priesterin Kara Artismar!«, riss sie nun Gerrics rauhe Stimme aus ihren verzweifelten Gedanken. Sie bemerkte, wie die Männer hastig die Köpfe sinken ließen und alle hinauf zu einem wuchtigen Gebäude blickten, das an der höchsten Stelle der Schlucht errichtet worden war – ebenfalls halb in die rötlichen Felsen hineingebaut. Die Mauern waren im Gegensatz zu den meisten übrigen Gebäuden noch sehr gut erhalten. Als habe eine unsichtbare Hand dieses tempelähnliche Bauwerk vor dem Verfall durch die Zeit und den Sand der Wüste geschützt…

Jesca sah eine Gestalt in einem langen, schwarzen Gewand. Rote Haare umrahmten ein ebenmäßiges, wenn auch bleich wirkendes Gesicht – und noch während sie das sah, versetzte ihr Gerric einen Stoß, der sie in die Knie zwang. Jesca lag ein wütender Fluch auf den Lippen, aber den konnte sie gerade noch unterdrücken. Hilflos und gefesselt kniete sie im Sand und musste zusehen, wie die Frau mit den roten Haaren zu ihnen kam. Sie war von einer geradezu überirdischen und makellosen Schönheit – dennoch war irgend etwas an ihr schrecklich *falsch*...

Kara Artismar blickte zunächst mit ausdrucksloser Miene auf die näherkommenden Schergen Tys Athals. Ihr Interesse wurde erst geweckt, als sie sah, wie einer der Männer eine gefangene Frau vom Rücken des Pferdes zerrte und sie dann zu Boden stieß. Die grünen Augen der rothaarigen Hohepriesterin fixierten die schlanke Gefangene, die ein kurzes und ziemlich in Mitleidenschaft gezogenes Kleid trug. Anhand des breiten Gürtels um ihre Hüfte erkannte sie dann die Kämpferin.

»Eine Nadii-Amazone«, murmelte Kara Artismar fassungslos mit leiser Stimme und blickte erneut zu der Gefangenen, in deren Augen noch wilder Zorn loderte. Die Männer hatten sie zwar besiegt – aber es war ihnen dennoch nicht gelungen, den Willen der Frau zu brechen. Wilde Freude erfasste sie bei dem Gedanken daran, was für ein gutes Opfer diese Amazone darstellen würde, wenn der Vollmond erst herangereift war. Tys Atahl mochte zwar ein geldgieriger und im Grunde genommen einfältiger Halunke sein – aber diesmal hatte er einen guten Griff in der Auswahl des Opfers getan!

»Tys Athal entbietet Euch seinen Gruß, ehrwürdige Priesterin«, sagte Gerric mit lauter Stimme und registrierte erneut, dass sich drüben bei den zerfallenen Ruinen einiger Häuser irgend etwas bewegte – aber was es war, konnte er von hier aus nicht erkennen. Und wahrscheinlich *wollte* er das auch gar nicht wissen. »Er schickt Euch diese Nadii- Amazone. Sie hat zu viele Fragen gestellt – verfahrt mit ihr, wie Ihr es für richtig haltet.«

»Bringt sie her zu mir!«, forderte die rothaarige Frau und deutete den Schergen mit einer kurzen Handbegung an, ihren Befehl unverzüglich auszuführen. Es gab keinen unter den Männern, der auch nur für den Bruchteil einer Sekunde gezögert hätte. Alle kannten diesen verfluchten und verruchten Ort – und sie ahnten auch etwas von der Macht der geheimnisvollen rothaarigen Frau, die an diesem abgeschiedenen Ort lebte und hier ihre dunklen Praktiken und furchterregenden Riten ausübte. Die Nadii-Amazone war nicht ihr erstes Opfer – und ganz gewiss nicht ihr letztes...

Die rothaarige Hohepriesterin genoss das Gefühl absoluter Macht, als sie zusah, wie Athals Schergen ihre Befehle ausführten und die Amazone vor ihre Füße warfen. Sie hörte den zornigen Aufschrei der Gefesselten, als sie erneut zu Boden gestoßen wurde. Dennoch hob sie trotzig den Kopf. Einige Haarsträhnen hingen ihr im Gesicht, das von Schweiß und Schmerzen gekennzeichnet war. Aber Kara Artismar spürte, dass diese Kriegerin nach wie vor ihren Stolz behalten hatte – und ihren Zorn!

»Sieh mich an!«, forderte sie von der Nadii-Amazone, und als diese nicht sofort gehorchte, packte einer der Schergen in ihr langes Haar, riss den Kopf zurück und zwang sie, so der rothaarigen Hohepriesterin direkt ins Gesicht zu sehen.

»Es ist leicht, jemanden zu quälen, wenn dieser sich nicht wehren kann«, kam es fauchend über die Lippen der Nadii-Amazone. »Wirklich – Ihr seid eine sehr mutige und tapfere Frau!« Sie lachte verächtlich bei diesen Worten und erntete dafür eine schallende Ohrfeige des Mannes, der neben ihr stand.

»Du bist wild«, sagte Kara Artismar. »Und stolz noch dazu. Aber ich werde deinen Stolz und deine Würde brechen – mit jedem Tag ein Stück mehr. Los, bringt sie hinunter in den Kerker. Worauf wartet ihr noch?«

Die beiden Männer, die ihr am nächsten standen, mussten diesen Befehl jetzt befolgen. Man konnte ihnen deutlich ansehen, dass sie sich davor fürchteten, die inneren Räume des uralten Tempels zu betreten (und erst recht die Regionen, in denen sich die dunklen und feuchten Kerker befanden, wo die unglücklichen Opfer wochenlang auf ihren Tod warten mussten...). Aber ein knapper Befehl ihres Anführers Gerric durchbrach dann doch ihr anfängliches Zögern. Sie packten die immer noch fluchende Nadi-Amazone und mussten ihr noch weitere Hiebe verabreichen, bis sie schließlich den Mund hielt und sich in ihr Schicksal fügte. Sie ließ es nun geschehen, dass sie von Athals Schergen an den Armen hochgerissen und mitgezerrt wurde. Dabei schleiften ihre gefesselten Füße über den Boden.

Kara Artismar schenkte ihr keinen Blick mehr – dafür würde es später noch genügend Zeit geben (wenn sie allein mit der Amazone war).

»Sagt eurem Herrn, dass ich dieses Opfer gerne annehme«, richtete sie sodann das Wort an Hauptmann Gerric und seine übrigen Schergen, in deren verkniffenen Mienen sie wie in einem offenen Buch lesen konnte. Mittlerweile war die Sonne nämlich weit gen Westen gesunken, und die Abenddämmerung war nicht mehr fern. Ein Gedanke, der den Männern gar nicht gefiel, dann noch an diesem furchtbaren Ort verweilen zu müssen. Sie wollten wieder weg von hier, und das so schnell wie möglich!

»Wir werden es ihm ausrichten«, versprach Hauptmann Gerric und war selbst erleichtert darüber, dass die zwei übrigen Männer, die die Nadii-Amazone in den Kerker gebracht hatten, jetzt mit schnellen Schritten zurückkehrten. »Wir werden auch weiterhin getreue Diener *Beth-Sogs* und des Kultes sein...«

»Ich weiß«, erwiderte Kara Artismar. »Und nun brecht auf – wenn die

Schatten länger werden, erwacht die Stadt zum Leben. Ich bin sicher, ihr wollt es nicht sehen – es wäre ein Anblick, den eure Sinne nicht ertragen könnten...«
Obwohl die sengende Tageshitze in der schmalen Schlucht jetzt noch waberte und den Männern den Schweiß auf die Stirn trieb, spürten Gerric und seine Kumpane dennoch einen unbeschreiblichen kalten Schauer, der sie bei den Worten der rothaarigen Hohepriesterin erfasste. Sie warfen sich kurz gegenseitig Blicke zu und hatten es dann sehr eilig, die Stadt wieder zu verlassen.

Kara Artismar blickte den Davonziehenden nicht lange nach. Sie wusste, dass die Männer schon aus eigenem Antrieb die Felsregion verlassen haben wollten, bevor die Sonne ganz untergegangen war. Erst draußen in der weiten, offenen Wüste würden sie sich sicher fühlen – aber dennoch würden sie immer noch von den *schweigenden Wächtern* beobachtet werden...

Die rothaarige Frau in dem schwarzen, wallenden Gewand wandte sich ab und folgte den schmalen, ausgetretenen Stufen, die hinauf zum Tempel führten. Irgendwo tiefer inmitten der Ruinen erklang ein lautes, langezogenes Heulen, während die Sonne als glühender Feuerball hinter den Hügeln unterging. Vielleicht noch eine Stunde, vielleicht auch etwas weniger, bis die Dunkelheit die *Stadt der Verlorenen Seelen* einhüllte. Aber selbst wenn zu dieser Stunde das dämonische Leben innerhalb der Mauern wieder zum Leben erwachte, kannte Kara Artismar keine Furcht. Sie war die unumschränkte Herrin der Stadt – und alle Geschöpfe gehorchten ihr aufs Wort, befolgten jeden ihrer Befehle. Denn ihre geheimnisvollen Kräfte hielten diese Wesen am Leben.

Sie betrat die Tempelhalle, durchschritt einen langen Gang, der zu einer weiteren Treppe führte – hinunter in die unteren Stockwerke des wuchtigen Baus, der an dieser Stelle ganz in den Felsen hineingehauen war. Das Tageslicht erreichte hier unten nur noch wenige Flecken, aber die Hohepriesterin brauchte weder brennende Fackeln noch Öllampen, um sich zurechtzufinden. Sie murmelte einen Spruch in einer unbekannten, bereits lange vergessenen Sprache – und plötzlich breitete sich eine rötlich schimmernde Aura aus, die ihren gesamten Körper umhüllte und somit für genügend Helligkeit sorgte.

Dumpf und hohl klangen ihre Schritte auf den Treppenstufen. Schließlich erreichte sie einen weiteren Gang, der sich wenige Meter weiter erneut gabelte und noch tiefer nach unten führte. Schließlich stand sie vor einem breiten, massiven Gitter, das man vor langer Zeit in den Steinfußboden eingelassen hatte. Das merkwürdige Licht, das die Hohepriesterin umgab, erhellte auch Teile des Verlieses unter ihren Füßen – und so konnte sie die in einer Ecke kauernde Amazone erkennen.

Die Schergen Athals waren auf Nummer Sicher gegangen und hatten die Nadii-Amazone nicht von ihren Fesseln befreit – ein erneuter Beweis dafür, dass eine solche Kämpferin nicht ungefährlich war. Aber auch für sie war jetzt das Ende des Weges erreicht – aus diesem Verlies würde sie sich nie mehr aus eigener Kraft befreien können. Und selbst wenn es ihr gelang, sich von den Stricken und Fesseln zu befreien, umgab ein magischer Bann das fest in den Stein verankerte Gitter. Für Sterbliche eine unüberwindbare Hürde …

»Du wirst dich an deine neue Umgebung sehr schnell gewöhnen«, rief ihr Kara Artismar zu und bemerkte das Zusammenzucken der Amazone, als diese den rötlichen Schimmer sah, der die Hohepriesterin umgab. »Am besten fügst du dich in dein Schicksal – dann wird es leichter für dich. Nicht jeder ist für die Opferzeremonie geeignet. Manche schreien sich hier unten die Seele aus dem Leib und sind längst dem Wahnsinn verfallen, wenn sie auf dem Opferaltar liegen. Ich denke aber, dass du bewusst erleben wirst, was das bedeutet, und …«

»Du elende Schlange!«, rief Jesca voller Zorn und versuchte sich trotz der Fesseln rasch zu erheben. Statt dessen geriet sie ins Taumeln und stürzte erneut zu Boden. »Wenn ich nur mein Schwert bei mir hätte – du Ausgeburt der Hölle!« Jescas Stimme war erfüllt von Zorn und Hass angesichts ihrer ausweglosen Lage.

»Schrei nur und verfluche mich – wenn es dir hilft, stark zu bleiben, dann ist es in meinem Sinne, Amazone!«, bekam sie dann von Kara Artismar zu hören. Wenn Blicke hätten töten können, hätte die Hohepriesterin jetzt ihr Schicksal ereilt – nichts aber geschah, und Jesca hörte das gehässige Lachen der rothaarigen Frau, das als verzerrtes Echo von den Wänden zurückgeworfen wurde.

»Später bekommst du etwas zu essen«, fügte Kara Artismar noch hinzu, bevor sie sich abwandte und Jesca ihrem Schicksal überließ. »In der Zwischenzeit kannst du über vieles nachdenken – und wenn du mir noch etwas darüber zu sagen hast, warum du diesen Ort gesucht hast, dann lass es mich wissen. Du musst nur laut genug schreien…«

»Sei verflucht!«, rief ihr Jesca hinterher. Das rötliche Licht zog sich jetzt ebenfalls rasch zurück, und eine schattenhafte Dämmerung erfasste das Verlies, in das man Jesca eingesperrt hatte. Eine Dämmerung, die Jesca sichtlich beunruhigte!

Jesca fror – aber es war nicht die klamme Feuchtigkeit des Verlieses und auch nicht der kalte Steinboden, auf dem sie schon seit Stunden nach dem Einbruch der Dunkelheit ausharren musste. Nein, es war die *Kälte* der Furcht, die sie erfasst hatte und ihr mit jeder verstreichenden Sekunde immer deutlicher machte, dass sie in etwas hineingeraten war, das ihren Verstand aufs Äußerste strapazierte.

Irgendwo von draußen erklang ein leises Scharren, und jenseits der Kerkermauern hörte Jesca das verhallende Echo eines langgezogenen Heulens, das ganz sicher nicht aus einer menschlichen Kehle stammte. Die Stadt schien zu ihrem eigenen dämonischen Leben mit Beginn der Nacht zu erwachen – und Jesca begriff, dass die Wirklichkeit noch viel schlimmer war als all die vagen Gerüchte, von denen sie einige in Mercutta aufgeschnappt hatte.

Sollte ihr Weg hier wirklich schon zu Ende sein? Alles sah danach aus – obwohl sich die Nadii-Amazone mit diesem Gedanken ganz und gar nicht abfinden wollte. Es gab noch soviel zu bewältigen – Dinge, die ihre ganze Kraft und die Thorins erforderten... Ein kurzer Moment der Wehmut überkam sie, als sie an Thorin dachte. Gewiss hatte ihn Jescas Nachricht erreicht, und er war jetzt wohl schon auf dem Weg nach Mercutta – aber er würde sie dort nicht mehr antreffen und ganz sicher auf eine Mauer des Schweigens stoßen. Wie würde er sich verhalten, wenn er Tys Athal begegnete? Oder kam er womöglich zu spät und konnte Jescas Tod nicht mehr verhindern? All dies waren Fragen, die in Jescas Seele brannten. Es war zwar nicht das erste Mal, dass sich die tapfere Nadii-Amazone in einer gefährlichen Lage befand – aber sie spürte, dass es diesmal *anders* war. Irgendwie endgültig...

Ihre Gedanken brachen ab, als sie oberhalb des Gangs schwere, schlurfende Schritte vernahm. Sekunden später erhellte das unruhige Licht einer brennenden Fackel den oberen Gang, und Jesca konnte durch die dicken Gitterstäbe die Konturen einer plumpen, schwerfällig wirkenden Gestalt erkennen. Die Gestalt bückte sich jetzt, und Augenblicke später fiel etwas unweit von Jesca mit einem klatschenden Geräusch zu Boden.

Jesca spähte nach oben, konnte aber keine Einzelheiten erkennen – weder das Gesicht der Gestalt, noch die Kleidung. Aber die Konturen wirkten seltsam fremd und *unmenschlich!* Bei diesem Eindruck blieb es, denn die Gestalt entfernte sich wieder vom Gitter.

Jesca versuchte sich zu erheben (wegen ihrer Fesseln war das nicht ganz einfach) und kroch schließlich hinüber zu der Stelle, wo die plumpe Gestalt etwas auf den Boden des Verlieses geworfen hatte. Ihre auf den Rücken gefesselten Hände ertasteten etwas Feuchtes, spürten die klebrige Nässe, die durch ihre Finger rann. Sofort drehte sie sich keuchend um, wandte den Kopf und fühlte auf ihren Lippen eine sauer schmeckende Flüssigkeit.

Die Nadii-Amazone wusste nicht, was es war, aber es schmeckte gut und belebte ihren ausgetrockneten Körper. Sie machte sich über die Früchte her, die die Gestalt durch die Gitterstäbe geworfen hatte, und entdeckte dann erst den

Krug, der sich nicht weit entfernt davon befand. Hastig kroch sie darauf zu, aber ihre Hände und Beine waren noch zu schwach. Deshalb stieß sie mit der Wade gegen den Krug, und der kippte um, zerbrach auf dem harten Boden sofort in mehrere Scherben! Jesca fluchte laut, als sich das Wasser über den Steinboden ergoss und sie das nicht verhindern konnte. Sofort versuchte sie sich zu der Stelle zu rollen, um so wenigstens noch einen Teil des Wassers trinken zu können, aber auch hier kam sie zu spät. Tränen der Wut und der Enttäuschung zeichneten sich in ihren Augenwinkeln ab, und erneut spürte Jesca die Hoffnungslosigkeit ihrer augenblicklichen Situation. Sie war hier unten gefangen wie ein Tier!

Ihre eigentliche körperliche Hilflosigkeit machte ihr am meisten zu schaffen. Der Mut einer Verzweifelten packte sie, als sie mit ihren fast tauben Fingern nach einer der Scherben tastete und sie schließlich zu fassen bekam. Es war nicht ganz leicht, was sie vorhatte, aber jetzt hier unten auszuharren und *gar nichts* zu tun, würde ihr ohnehin schon angeschlagenes Gemüt noch mehr belasten. Solange sie lebte, konnte und durfte sie nicht aufgeben...

Sie versuchte mit der scharfen Kante der zerbrochenen Krugscherbe ihre Fesseln zu durchschneiden. Dabei ritzte sie sich immer wieder in die Haut, und sie spürte, wie etwas Nasses, Klebriges über ihr Handgelenk lief. Es tat weh, aber Jesca verbiss sich den Schmerz, denn sie spürte jetzt, wie sich die Stricke allmählich zu lockern begannen. Eine Ewigkeit später zerriss der Strick unter ihren stetigen Bemühungen, und Jesca hatte ihre Hände frei. Sofort schoss das aufgestaute Blut mit einem schmerzhaften Prickeln zurück in ihre Handgelenke.

Der Rest war einfacher. Jesca nahm die Scherbe und zerschnitt damit die Fesseln, die ihre Füße miteinander verbanden. Ihr Atem ging heftig, als sie sich auch dieses Hindernisses entledigt hatte, und eine unsichtbare Last fiel von ihren Schultern. Aber nur solange, bis ein helles, höhnisches Lachen von oben erklang und sich gleichzeitig wieder das rötliche Licht bildete, das Jesca schon kannte.

»Du gibst so schnell nicht auf – das gefällt mir!«, rief die lachende Stimme, während im rötlichen Licht das Haar der Gestalt zu brennen schien. Sie hatte sie die ganze Zeit über beobachtet, hatte zugesehen, wie sich Jesca von den Fesseln befreit hatte – was für ein Hohn! »Es ändert nichts – überhaupt nichts!«, hörte Jesca die lachende Stimme der Frau. »Dieses Verlies wirst du niemals verlassen können. Akzeptiere dein Schicksal, Amazone!«

»Nicht, solange ich noch atmen und kämpfen kann!«, schrie Jesca voller Zorn und ballte die Fäuste in ihrer Hilflosigkeit. Und erneut erschallte das bösartige Lachen, das als Echo vielfach von den Wänden des Kerkers zurückgeworfen wurde. Als es verhallte, verschwand auch das rötliche Licht – und Jesca war wieder allein...

Kapitel 9: Der Traum der Hohepriesterin

Kara Artismar wälzte sich unruhig auf ihrem mit Fellen und Häuten bedeckten Lager inmitten des wuchtigen Tempels. Sie schlief schlecht in dieser Nacht – und das schon seit mehreren Nächten. Das Wissen um das Erwachen der Schwärze beschäftigte sie immer mehr – und fast jeden Morgen blickte sie aus dem Fenster hinaus zum Ende der Schlucht, wo sie mit dem Eintreffen ihrer Ordensschwester Rica rechnete. Rica war längst überfällig, denn der Mond hatte zugenommen – und es war nur noch eine Frage von wenigen Tagen, bis er seine volle Größe erreicht hatte. Dann war der Zeitpunkt gekommen, auf den Kara Artismar so lange gewartet hatte.

Im Traum driftete ihr Geist ab, tauchte ein in Szenen aus ihrer bewegten Vergangenheit. Bilder aus einer anderen Welt tauchten vor ihrem geistigen Auge auf, während selbst im Schlaf ihr Atem heftiger ging. Sie sah sich inmitten eines Kreises, den die spinnenhaften Skirr gebildet hatten, an dessen äußeren Rändern gelbliche Nebelschleier waberten. Kara Artismar konnte die Kreaturen aus der anderen Dimension mehr ahnen als sehen – aber doch wusste sie um die Wichtigkeit dieses Momentes. Es war die Stunde ihrer Weihe zur Hohepriesterin!

Nackt lag sie auf dem kalten Steinboden – Arme und Beine weit gespreizt, und sie spürte eine unirdische Kälte, die von überall her zu kommen schien. Ihr Körper zitterte, und die Warzen ihrer wohlgeformten Brüste richteten sich steil auf, wurden hart – teils wegen der Kälte und teils wegen der unbeschreiblichen Erregung, die Geist und Körper in Wellen überflutete.

Ganz von fern hörte sie die hellen Stimmen der anderen sechs *Ordensschwestern*, die ihre Weihe schon erhalten hatten – Kara Artismar war die letzte, und die Bilder vor ihren Augen wechselten sich immer schneller ab, wurden zu einem bunten Reigen, den sie kaum erfassen konnte. Sie hörte die murmelnden Worte der dunklen Götter, die jenseits des gelblichen Nebels standen, an einer Stelle der großen Halle, die sich in völliger Finsternis befand, und das Klicken und Sirren der Mandibeln der Skirr vermischte sich mit den Worten der dunklen Götter zu einer eigenartigen Symphonie des Grauens.

Kara Artismar spürte die wachsende Erregung, erkannte, dass der Augenblick der Vereinigung nicht mehr fern war (fast wie der Moment, wo zwei Körper den Genuss von Rausch und Leidenschaft erlebten). Doch dies war anders, und viel überwältigender dazu…

Eines der spinnenhaften Wesen durchbrach jetzt den Nebelkreis. Kara Artismar wandte mühsam den Kopf und sah, wie es auf sie zukam. In den klauenartigen Zangen hielt das Skirr-Wesen einen funkelnden Kristall, der so intensiv leuchtete, dass sie unwillkürlich die Augen schließen musste, um von der Helligkeit nicht geblendet zu werden.

Es ist soweit, hörte Kara Artismar nun dieselbe Stimme in ihrem Kopf, die ihre anderen *Ordensschwestern* auch schon vernommen hatten. *Bist du bereit für den Augenblick der Vollkommenheit?*

»Ja«, stieß Kara Artismar heftig hervor, während sie eine erneute Welle der Erregung überkam und ihren Unterleib leicht zucken ließ. Erwartungsvoll sah sie zu, wie das Skirr-Wesen den Kristall auf ihren Bauch legte – und dann spürte die rothaarige Frau die wohltuende und zugleich gleißende Wärme, die ihren gesamten Körper erfasste und ihn in einem unbeschreiblichen Höhepunkt durchschüttelte.

Keine Vereinigung mit einem Mann hätte ihren Körper jemals in einen solchen Rausch der Sinne tauchen können, wie es jetzt der Fall war.

Kara Artismar wand sich in Krämpfen auf dem Boden, während ihr nackter Körper von einem dünnen Schweißfilm überzogen wurde und ein heißer Strahl aus ihrer Scheide spritzte – und der Kristall blieb auf ihrem Bauch kleben, als sei er ein Bestandteil ihres Körpers.

Kara Artismar war gefangen im Reich der Sinne, sah unbeschreibliche Bilder für Bruchteile von Sekunden vor ihren Augen auftauchen und kurz darauf schon ebenso schnell wieder verschwinden.

Sie schloss die Augen angesichts dieser Flut von unterschiedlichen Eindrücken, aber sie konnte ihnen nicht entfliehen. Gedankenfetzen peinigten ihr Hirn, ließen es kreisen um Dinge, die sie nicht begriff. Erst das Eindringen mehrerer Skirr in ihre Seele brachte Ordnung in das Chaos – und sie hörte deren Stimmen, begriff ihre Botschaft.

Der Sternenstein und du sind jetzt eins, Kara Artismar. Du bist zur Hohepriesterin dieses Ordens geworden. Ihr seid unsere Bastion auf dieser Welt, falls unsere Kräfte einmal versagen sollten. Wir wissen nicht, ob dieser Augenblick jemals kommen wird – aber wenn es so ist, dann sollt ihr auf eure neue Aufgabe gut vorbereitet sein...

Ihr Kopf dröhnte vor der Flut der Stimmen, und die Erregung wich nur langsam von ihr.

Endlich öffnete Kara Artismar wieder die Augen, sah den Schweiß auf ihrer nackten Haut und spürte noch die letzte Welle eines unbeschreiblichen Orgasmus, der den Körper eben noch geschüttelt hatte.

Nimm den Sternenstein, Kara Artismar, meldeten sich jetzt wieder die

Stimmen in ihrem Hirn. *Er ist ein Teil von dir und beginnt in dir weiterzuwachsen, du wirst fühlen, wenn die Stunde gekommen ist – falls sie jemals kommen sollte.*

Dann verstummten die Stimmen, und der gelbliche Nebel des Kreises begann sich zu verflüchtigen. Gleichzeitig verschwanden die Skirr in den zahlreichen Schächten und Gängen der riesigen Stahlburg – und am Ende der großen Halle öffnete sich ein Tor.

Geht jetzt!, ertönte eine Stimme irgendwo weit über Kara Artismar. *Jede von euch wird den Ort ihrer Bestimmung aufsuchen und warten. Ihr werdet es spüren, wenn ihr eingreifen müsst...*

Kara Artismar blickte zu den anderen sechs Frauen hinüber, die ebenfalls eine Weihe als Hohepriesterin erhalten hatten – und sie ähnelten sich alle vom Äußeren her sehr.

Jede der schlanken, schönen Frauen hatte wallende rote Haare, fast hypnotisch wirkende grüne Augen – und den Willen, den Skirr und den dunklen Mächten treu zu dienen.

Sie hatten sich die Erde untertan gemacht nach der letzten Schlacht zwischen den Göttern des Lichts und der Finsternis, und würden von nun an die Geschicke dieser Welt lenken oder sie vollends zerstören ...

Kara Artismar hüllte sich hastig in ihr dunkles Gewand und fror, als sie die plötzliche Kälte in der weiten Halle spürte – und dann verflüchtigten sich die Bilder der Weihe wieder, als sie von einem Augenblick zum anderen erwachte und im ersten Moment verwirrt um sich blickte (als habe sie Mühe, Traum und Wirklichkeit voneinander zu trennen). Sie hob den Kopf und erkannte, dass der neue Tag nicht mehr fern war. Durch das Fenster sah sie den hellen Schimmer der Morgendämmerung.

Sie schüttelte kurz den Kopf und vertrieb dann endgültig die letzten Schleier des intensiven Traums. Rasch erhob sie sich von ihrem Lager. Erst dann erkannte sie, dass sich ihr Körper erneut verändert hatte. Ihre linke Brust – sie schimmerte jetzt noch heller (wie ein Kristall) und glich immer mehr dem Leuchten des Sternensteins in der Opferhalle.

Es hat etwas zu bedeuten, schoss es ihr durch den Kopf. *Ich bin ein Teil des Ganzen, auch wenn ich es nicht richtig begreife...*

Sie ging hinüber zu dem Spiegel und betrachtete für einen Augenblick ihren nackten Körper. Mit der Flut wilder, ungezügelter roter Haare, den wohlgerundeten Brüsten und den endlos schlanken Beinen wäre sie der Inbegriff fleischlicher Versuchung für jeden Mann gewesen – aber Kara Artismar hatte lange vor dem *Dunklen Zeitalter* gespürt, dass ein anderes Schicksal für sie bestimmt war. Und dieses schien sich jetzt zu erfüllen. Ein Schicksal, das sie mit ihren anderen

Ordensschwestern teilte. Auch wenn sie sich vor Jahren schon in alle Winde zerstreut hatten, so verknüpfte sie doch ein unsichtbares Band miteinander. Das Band der *Sternensteine*, die die Skirr in ihrem unergründlichen Wissen auf dieser Welt manifestiert hatten – und sie hatten genau das Richtige getan. Denn die Welt hatte sich erneut verändert, und die Schatten der Finsternis waren gewichen.

Trotzdem spürte Kara Artsimar eine wachsende Unruhe tief in ihrer manipulierten Seele. Denn der Kontakt zu ihrer *Ordensschwester* Rica war erloschen – wie ein leiser Windhauch, der kommt, einen kurz streift und sich dann wieder verflüchtigt. Und das bereitete ihr Sorgen. Große Sorgen sogar, denn sie spürte instinktiv, dass irgendwo an einem anderen Ort der Welt etwas geschah, das ihr Furcht einzuflößen begann. Umso wichtiger war es, das *Erwachen der Schwärze* nicht zu verzögern …

Kapitel 10: Der schweigende Wächter

Die Sonne neigte sich allmählich gen Westen, als sich die drei Reiter von Norden her dem Felsmassiv näherten. Zuerst war es noch ein undeutliches Schemen am hitzeflimmernden Horizont gewesen – aber jetzt schmolz die Distanz, und die Umrisse wurden präziser. Thorin ließ seine Augen wachsam umherschweifen, denn die roten Sandsteinfelsen, die sich in bizarren Formen vor dem unendlichen Himmel abzeichneten, lösten bei ihm ein ungutes Gefühl aus. Ein rascher Blick in die Gesichter seiner beiden Gefährten zeigte ihm, dass auch sie von ähnlichen Empfindungen heimgesucht wurden.

»Ein so gigantisches Felsmassiv in der Großen Salzwüste ist mehr als ungewöhnlich«, sagte Thorin und drückte damit genau das aus, was Talsamon und Larko dachten.

»Zumal es auf keinen mir bekannten Karten verzeichnet ist«, ergriff nun der Schmied das Wort, faltete das zu Hilfe genommene Kartenpergament wieder zusammen und verstaute es in einer der Satteltaschen. Wenn selbst ein Mann wie er, der einmal mit den Wüstenräubern Sattel und Lager geteilt hatte, nichts von der Existenz dieses Felsmassivs wusste, konnte Thorin sich gut vorstellen, wie weit abseits sie sich von den wenigen bekannten Karawanenrouten aufhielten.

Nie war sich der blonde Krieger verlorener vorgekommen als in diesem Moment. Die zahlreichen Dünen waren hinter ihnen zurückgeblieben, ebenso der stetige Wüstenwind, der Sand abgetragen und an anderer Stelle zu kleinen, aber allmählich wachsenden Hügeln geformt hatte.

Doch die Felsen dort drüben am Horizont – sie vermittelten den Eindruck eines zu Stein erstarrten, gigantischen Ungeheuers, das lauernd auf neue Opfer wartete.

Unwillkürlich drehte sich Thorin im Sattel um und blickte den Weg zurück, den sie gekommen waren. Die gleißende Sonne verwandelte sich allmählich in einen zum Untergang verurteilten, rot glühenden Feuerball, der fast schon den Horizont berührte. Es würde nicht mehr lange dauern, bis sich die ersten Schatten der Dämmerung ausbreiteten – und der Gedanke, sich dann inmitten oder zumindest in der Nähe des unbekannten Felsmassivs zu befinden, wollte Thorin ganz und gar nicht gefallen. Denn dieses Gebirge war wie geschaffen für Gegner, die aus dem Hinterhalt plötzlich und unerwartet zuschlagen konnten.

»Soll ich vorreiten und das Gelände erkunden?«, fragte Hortak Talsamon. »Zumindest bin ich derjenige, der diese Wüste noch am besten kennt.«

»Ich weiß nicht, ob das klug wäre«, antwortete Larko mit einem gewissen Zögern in der Stimme. »Was ist, wenn da drüben jemand auf uns lauert und uns schon längst entdeckt hat? Dann reitest du in eine Falle, Hortak.«

Der dunkelhäutige Schmied erwiderte nicht gleich etwas darauf, sondern blickte erst zu Thorin, der nur mit den Achseln zuckte.

»Bleiben wir zusammen«, entschied er schließlich doch und gab seinem Pferd die Zügel frei. Das Tier trabte sofort an, und Talsamon und der Dieb folgten ihm. Schließlich erreichten sie die ersten Ausläufer des Felsmassivs, das umso größer wirkte, je mehr sie sich den zahllosen Hügeln, Vorsprüngen und markanten Formen näherten, die teilweise unübersehbar tief in das Gebirge hineinführten. Thorin resümierte noch einmal geistig das, was er über diese merkwürdige *Stadt der Verlorenen Seelen* bisher gehört hatte. Nun, wahrscheinlich war ein großer Teil der Gerüchte nicht ganz so wörtlich zu nehmen – aber es blieben immer noch genügend Zweifel, um seine Sinne aufs Äußerste wachsam bleiben zu lassen.

Die Felsenlandschaft wirkte leer und verlassen – so als wären schon Jahrhunderte vergangen waren, seit diesen Boden der Fuß eines Menschen zum letzten Mal betreten hatte. Selbst die unseligen Jahre des *Dunklen Zeitalters* schienen an diesem Teil der Großen Salzwüste ohne jede Spur vorbeigegangen zu sein. Als wären die Skirr und ihre grausamen Helfershelfer gar nicht bis in diesen Teil der Welt vorgedrungen. Aber dann erinnerte er sich wieder an das, was er während seiner jahrelangen Gefangenschaft in der Blase aus Licht und Energie gesehen, oder besser gesagt *gespürt* hatte und kam schließlich zu der Überzeugung, dass dieser Teil der Großen Salzwüste wahrscheinlich selbst für die dunklen Mächte von keinerlei Bedeutung gewesen war.

Sie folgten einem Felseneinschnitt, der zu Beginn noch mehrere hundert

Meter breit gewesen war, sich jedoch dann zusehends verengte und das Gefühl der allgegenwärtigen *unsichtbaren* Bedrohung wieder in den drei Männern verstärkte. Thorin fühlte auf einmal einen Hitzestoß in seinem Rücken und zog sofort Sternfeuer aus der Lederscheide. Die Klinge begann in einem hellen und steten Licht sanft zu pulsieren. Nicht so stark, dass es eine unmittelbare Bedrohung dargestellt hätte – aber allein dieses Leuchten zeigte Thorin, dass seine düsteren Ahnungen nicht ganz von der Hand zu weisen waren.

Er blickte so angespannt auf die schimmernde Klinge, dass ihm die überraschten Reaktionen seiner beiden Gefährten völlig entgingen. Talsamon und Larko wurden nun zum ersten Mal Zeugen der Kraft dieses Schwertes, dessen wirklichen Ursprung und Fähigkeiten sie nicht kannten. Thorin hatte bewusst darauf verzichtet, ihnen *alles* zu erzählen. Es war besser, wenn man über manche Dinge schwieg, denn sie konnten die Seele bis aufs Äußerste peinigen und Begierden wecken, die besser ...

»Was... was ist das?«, entfuhr es dem entsetzten Larko, der seine Furcht über dieses ungewöhnliche Leuchten kaum noch unter Kontrolle hatte. »Dein Schwert... es glüht ja richtig und...« Er brach ab, weil er nicht die passenden Worte fand.

»Es betrifft nicht euch«, erwiderte Thorin rasch, weil er einsah, dass er seinen Gefährten jetzt eine kurze Erklärung schuldig war (eigentlich hatte er das ja vermeiden wollen, aber nun musste er begreifen, dass man manche Dinge eben nur aufschieben konnte). »Sternfeuer ist eine besondere Klinge – sie kann *spüren*, wenn Gefahr droht...«

»Wer bist du wirklich, Thorin?«, fragte ihn statt dessen der dunkelhäutige Schmied. Seine stechenden Augen waren genau auf Thorin fixiert, und diesem fast hypnotisch wirkenden Blick konnte sich selbst Thorin nicht mehr entziehen.

»Ein Krieger aus den Eisländern des Nordens, der vielleicht etwas mehr gesehen und erlebt hat als du«, bekam der Schmied zur Antwort. »Aber ich stehe auf der richtigen Seite – falls du das wissen willst, Hortak. Sternfeuer hat mich schon so manches Mal vor Gefahren gewarnt...« Er hielte inne, als er auf einmal ein eigenartiges Glitzern weiter oben in den Felswänden bemerkte, fast schon an der höchsten Stelle, wo das Plateau unmittelbar in den Einschnitt überging. Seine Augen bohrten sich förmlich in den Fleck, wo er diesen kurzen Lichtreflex gerade gesehen hatte. Er konnte jedoch nichts mehr erkennen – und das Leuchten der Götterklinge hielt nach wie vor an.

»Da ist etwas«, murmelte Thorin mehr zu sich selbst als zu seinen Gefährten. »Etwas ist in der Nähe – aber ich weiß nicht, was es ist. Haltet eure Waffen bereit. Es könnte sein, dass wir jeden Augenblick mit unliebsamen Überraschungen rechnen müssen ...«

Aber selbst Thorin ahnte nicht, *wie kurz* dieser betreffende Augenblick sein würde!

Sie waren die *schweigenden Wächter*. In der letzten Schlacht zwischen Licht und Finsternis hatten sie eine entscheidende Rolle auf der Seite der dunklen Mächte gespielt. Kämpfern wie ihnen war eine besondere Rolle in diesem grausamen Gemetzel zugeteilt gewesen. Sie hatten die Heerscharen des Lichts vernichtend geschlagen, denn ihren Kräften hatten die Soldaten nichts entgegenzusetzen gehabt. Die Menschen kannten sie seit vielen Jahrhunderten, obwohl sie sich schon lange nicht mehr gezeigt hatten. Erst in der gewaltigen Schlacht hatte sich bewahrheitet, dass manche Legenden wieder zum Leben erweckt werden können.

Früher nannten sie sich *gläserne Kämpfer von Sann-Dok*. Aber ihr Land, die wilde baumlose Region jenseits der Hungerberge, existierte nicht mehr. Die Skirr hatten das Land nach ihrem Willen geformt und verändert – genauso wie die *gläsernen Kämpfer*, deren Willen längst gebrochen war. Die Skirr beherrschten sie und ließen sie jeden ihrer Befehle ausführen.

Aber auch als die DRITTE KRAFT in der Gestalt des FÄHRMANNS eingriff, änderte sich daran nichts. Die Skirr wussten um die Bedeutung der *gläsernen Kämpfer von Sann-Dok*, und deshalb unterstellten sie die Letzten dieser Rasse den sieben Priesterinnen. Sie waren die neuen *schweigenden Wächter*, die jede Bastion, jedes Versteck der von den Skirr *gesegneten* Frauen bewachten und jegliches Eindringen Unbefugter sofort zu verhindern wussten. Sie hatten einen Ring um das tiefe Tal gezogen, hatten sich so zwischen den Felsen postiert, dass sie *alles* sehen konnten.

Als die Sonne zwischen den Felsen versank, erwachte der *schweigende Wächter* aus seiner Starre. Wie eine gläserne Statue (und das in der ursprünglichsten Bedeutung dieses Wortes) hatte er hier oben auf dem höchsten Punkt des Massivs ausgeharrt und in die Ferne der Großen Salzwüste gestarrt. Er kannte keine Emotionen, spürte weder die alltägliche sengende Hitze, noch fühlte er den heißen Wüstenwind, der an manchen Tagen den feinkörnigen Sand bis an die Schlucht heranwirbelte.

Das Licht der Sonne brach sich in Hunderten von Facetten auf dem Körper, der aus unzähligen kleinen Glasmosaiken zu bestehen schien. Jedesmal wenn das Licht des roten Feuerballs auf den *gläsernen Kämpfer von Sann-Dok* fiel, gleißte es so voller Helligkeit und Farben, dass das Auge eines menschlichen

Beobachters diese Farbenpracht nicht lange hätte ertragen können. Der *schweigende Wächter* sprach nie ein Wort, auch nicht mit den letzten Angehörigen seines Volkes, von denen ein Teil jetzt im *Heiligtum* auf der *Insel der Macht* lebte – weit weg von diesem einsamen Ort. Manchmal sehnte er sich danach, mehr mit den Seinen verbunden zu sein – aber dann dachte er immer wieder an die wichtige Aufgabe, die er zu erfüllen hatte. Eine Aufgabe, die ihm die Skirr erteilt hatten – und obgleich die spinnenhaften Herrscher nicht mehr auf dieser Welt weilten, fühlte sich der *schweigende Wächter* nach wie vor an den heiligen Schwur gebunden, würde ihn jederzeit erfüllen – selbst wenn er dabei sein Leben opfern musste (sofern man von Leben in diesem Zustand überhaupt noch sprechen konnte…).

Er sah die winzigen dunklen Punkte am hitzeflimmernden Horizont, und er erkannte, dass sie immer größer wurden. Schon bald konnte er mit seinen scharfen Augen die Gestalten von drei Reitern ausmachen, die sich dem gewaltigen Felsmassiv näherten. Obwohl noch viel Zeit vergehen würde, bis sie die Nähe der großen Schlucht erreicht hatten, erkannte der *schweigende Wächter* jetzt schon, dass diese Reiter nicht zu denjenigen gehörten, die jederzeit dieses Tal betreten durften, ohne dass man ihnen Schaden zufügte.

Es waren Fremde – und sie näherten sich zielstrebig dem Felsmassiv. So benahmen sich keine verzweifelten Wüstenwanderer, die vom Karawanenweg abgekommen waren und Schutz vor der sengenden Sonne suchten. Nein, sie hatten ein ganz bestimmtes Ziel, und für Bruchteile von Sekunden war der schweigende Wächter verwirrt, denn die Existenz der Stadt in der Schlucht war doch nur den Eingeweihten bekannt!

Die Licht der Sonne brach sich auf einmal auf der Klinge des Schwertes, das der vorderste Reiter in seiner rechten Hand hielt. Zumindest erschien das dem Wächter in diesen Sekunden so. Bis er schließlich erkennen musste, dass es nicht das Licht der Wüstensonne war – sondern etwas Anderes. Eine Kraft, die er mit seinen wachen Sinnen weder begreifen noch deuten konnte – er spürte jedoch, dass irgend etwas anders war an diesem Tag.

Trotzdem Hunderte Meter Entfernung zwischen ihm und den drei Reitern lagen, hatte der schweigende Wächter für einen winzigen Augenblick den Eindruck, als blickten die wachen Augen des hünenhaften blonden Kriegers etwas zu lange zu den Zinnen des Felsmassivs hinauf. Es war unmöglich, dass der Reiter oder einer seiner Gefährten ihn sehen konnte. Es waren schließlich nur normale Sterbliche, deren Sinne und Wahrnehmungsfähigkeiten in keinem Vergleich zu denen der *schweigenden Wächter* stand. Und dennoch ging von diesen drei Fremden eine Gefahr aus, die das gläserne Wesen spüren konnte…

Der einsame Wächter verließ seine augenblickliche Position und tauchte zwischen den Felsen unter. Sollten die Fremden nur näherkommen und versuchen, in die Stadt einzudringen – aber dazu mussten sie erst ihn besiegen. Und einen einstigen *gläsernen Kämpfer von Sann-Dok* auszuschalten, hatte bisher kaum ein normaler Sterblicher geschafft. Die Fremden waren zum Tode verurteilt – nur wussten sie es noch nicht.

Der *schweigende Wächter* änderte die kristalline Struktur seines Körpers, ließ sie unempfindlich für das Licht werden, was allerdings mit nicht unbeträchtlichen geistigen Anstrengungen verbunden war. Seine Gestalt verwandelte sich jetzt in ein blasses Schemen, das sich kaum von dem rötlich-braunen Hintergrund der Sandsteinfelsen abhob. Er besaß eine körpereigene Mimikry, die schon so manchen Gegner getäuscht hatte – und ganz sicher auch die drei Fremden…

Auch Hortak Talsamon hielt jetzt seine Axt griffbereit – ebenso der kleine Dieb Larko, der plötzlich einen Dolch in der Hand hatte. Thorin ritt an der Spitze, folgte weiter dem Weg in den Felseneinschnitt. Die Wände zu beiden Seiten stiegen immer steiler in den rötlichen Abendhimmel empor, und zumindest einige Augenblicke lang erschien es Thorin, als erreiche das Licht der untergehenden Sonne den Boden dieses Einschnittes überhaupt nicht.

Lange dauerte es nicht mehr, bis die Dämmerung hereinbrach – aber bereits jetzt spürte Thorin eine eigenartige Düsternis, die von den bedrohlich wirkenden Felswänden ausging. Unwillkürlich umschloss seine nervige Faust den Knauf des Götterschwertes fester, denn er roch die Gefahr förmlich. Vor allen Dingen aber deshalb, weil die Klinge nun eine Spur intensiver zu leuchten begann.

In dieser Sekunde erkannte er plötzlich ein huschendes Schemen unmittelbar vor dem Kopf des Pferdes, das er kaum wahrnehmen konnte. Instinktiv duckte er sich zur Seite und entging dadurch in letzter Sekunde einem tödlich geführten Hieb. Talsamons Pferd spürte ebenfalls, dass etwas Unheimliches geschah. Das Tier bäumte sich urplötzlich auf, keilte mit den Vorderhufen wild aus, und der dunkelhäutige Schmied hatte große Mühe, das Pferd wieder unter Kontrolle zu bringen.

In diesen entscheidenden Sekunden konnte er nicht darauf achten, was um ihn herum geschah. Aber auch er sah die schattenhafte Gestalt und registrierte ein eigenartiges Blitzen vor dem Licht der untergehenden Sonne. Da traf ihn etwas mit schmerzhafter Wucht an der rechten Hüfte und ließ ihn laut aufschreien.

»Pass auf!«, brüllte ihm Thorin eine Warnung zu. Er riss sein Pferd an den

Zügeln herum und trieb es auf Talsamon zu. Das Leuchten Sternfeuers intensivierte sich jetzt noch – und fast im gleichen Atemzug konnte Thorin die schemenhafte Gestalt ganz deutlich sehen. Es blitzte und funkelte vor ihm, Licht von unzähligen Facetten gestreut blendete ihn für Bruchteile von Sekunden. Die gleißende Gestalt wirbelte herum und drang auf Thorin ein, versuchte erneut, einen vernichtenden Hieb zu landen.

Geistesgegenwärtig riss Thorin Sternfeuer hoch und parierte den tödlichen Hieb. Funken stoben hoch, als die beiden Klingen aufeinandertrafen, und die helle Aura des Götterschwertes wuchs stetig an, signalisierte Thorin die große Notlage, in der er sich befand. Aber der Nordlandwolf hatte längst erkannt, wer dieser Angreifer war – auch wenn er sich im ersten Moment in einen schlimmen Alptraum hineinversetzt fühlte.

Ein gläserner Kämpfer, schoss es Thorin durch den Kopf, als er sich der Tragweite dieses Augenblicks bewusst wurde. Er kannte diese schrecklichen Kreaturen, hatte sie mehr als einmal in der Schlacht erlebt und wusste, welche Gefahr sie für einen normalen Sterblichen darstellten.

Wo einer war, mussten auch noch andere sein – waren Thorin und seine Gefährten jetzt in eine tödliche Falle geraten, aus der es kein Entkommen mehr gab? All diese Fragen schossen Thorin in Bruchteilen von Sekunden durch den Kopf, während er einen zweiten Hieb der furchterregenden Gestalt abwehrte. Der *gläserne Kämpfer* gab keinen einzigen Laut von sich, während er weiter auf Thorin eindrang. Hortak Talsamon konnte ihm jetzt nicht helfen, denn er war verletzt, hielt sich nur noch mühsam auf dem Rücken des Pferdes – und der kleine Larko war immer noch vor Schreck erstarrt, zögerte einzugreifen.

Das funkelnde Schwert zuckte vor und bohrte sich tief in die Flanke des Pferdes. Thorin hatte das kommen sehen, konnte aber trotzdem nicht verhindern, dass die Klinge ihr blutiges Handwerk vollendete. Mit einem quälenden Wiehern knickte das Tier mit den Vorderläufen ein, und Thorin wurde aus dem Sattel geschleudert. Geistesgegenwärtig rollte er sich ab, ließ das Schwert aber nicht los. Wenn er es jetzt verlor, würde das sein Ende bedeuten!

Deshalb verbiss er sich den Schmerz, als er mit der Schulter auf dem harten Boden abrollte, und wich sofort dem nächsten Hieb aus, der in Sekundenschnelle folgte. Gleichzeitig ertönte ein wütender Schrei hinter ihm. Larko hatte seine Furcht überwunden und wollte dem unheimlichen Angreifer jetzt in den Rücken fallen – obgleich ihm Dutzende von eisigen Schauern über den Rücken liefen. Der kleine Dieb war solchen Kreaturen bisher noch nicht begegnet, hätte wahrscheinlich deren Existenz sogar verleugnet. Thorin wusste es nicht – auf jeden Fall sprang der kleine Larko jetzt über seinen eigenen Schatten, zeigte Entschlossenheit – und das sollte ihm zum Verhängnis werden.

Der Dieb besaß nur einen Dolch mit kurzer Klinge – aber dennoch wusste er diese Waffe gut zu handhaben. Im Gefecht Mann gegen Mann war er sicher ein ernstzunehmender Gegner – nicht aber in diesem Fall. Der *gläserne Kämpfer* besaß die größere Kraft und Reichweite, und beides setzte er gnadenlos ein.

Während Thorin sich hastig wieder zu erheben versuchte, wirbelte das unheimliche Wesen in einer einzigen, fließenden Bewegung herum, riss sein Schwert hoch und zielte damit auf den heranstürmenden Larko. Innerhalb eines Atemzuges geschah das Unheil. Larko sah die Klinge nicht kommen – und sie erwischte ihn im Magen. Der *gläserne Kämpfer* riss das Schwert sofort wieder zurück und achtete keinen überflüssigen Moment auf den stöhnenden Larko, dessen kraftlosen Fingern der Dolch entglitt. Der kleine Dieb ließ die Zügel des Pferdes los, presste beide Hände auf die stark blutende Wunde (mit ungläubigen Blicken) und stürzte dann seitlich vom Pferd. Sein Mund war zu einem lautlosen Ruf des Erstaunens geöffnet!

»Neeiiin!«, schrie Hortak Talsamon, als er seinen Gefährten fallen sah. Alles in ihm bäumte sich gegen das grauenhafte Schicksal auf, das den ersten der drei bereits ereilt hatte. Wohl hatte ihn der Hieb des *gläsernen Kämpfers* verletzt, doch konnte und wollte er sich nicht damit abfinden, dass diese unheimliche Gestalt alle drei vernichten würde.

Unter Aufbietung aller verbleibenden Kräfte riss er die Axt hoch und schleuderte sie in Richtung des funkelnden Wesens, das sich mittlerweile wieder Thorin zuwandte und erneut mit der blutigen Klinge ausholte. Er wollte ihm den entscheidenden Hieb versetzen und den verhassten Gegner ein für alle Mal vernichten!

In diesem Moment bohrte sich Talsamons Axt mit einem knirschenden Geräusch in den Rücken des *gläsernen Kämpfers*. Aber der brach nicht zusammen, sondern wankte nur ein wenig. Diesen kurzen Moment des Zögerns nutzte Thorin schließlich aus, denn er wusste, dass er keine zweite Chance mehr bekommen würde.

»Stirb endlich!«, brüllte Thorin, als er die Klinge des Götterschwertes vorstieß. Sternfeuer erstrahlte im hellen Leuchten, als die Spitze der Klinge den Körper des unheimlichen Wesens berührte und sich dann tief in dessen Innerstes bohrte. Das Funkeln, das den gesamten Leib des *gläsernen Kämpfers* erfasst hatte, wurde plötzlich matt, begann Sekunden später sogar ganz zu erlöschen.

Aus der Kehle des Wesens kam ein unheimliches Stöhnen, als es die eigene Klinge fallen ließ, die auf dem Boden in mehrere Stücke zerbrach.

Thorin riss seine Klinge zurück und wollte mit einem zweiten Hieb gleich noch einmal nachsetzen – aber dann erkannte er, dass es nicht mehr nötig war. Sternfeuer hatte mitten ins unwirkliche Leben der Kreatur getroffen. Der *glä-*

serne Kämpfer brach zusammen, und das matte Glimmen erlosch endgültig. Dann begann der Körper noch einmal kurz zu schimmern, wurde seltsam undeutlich – und erlosch schließlich ganz. Sekunden später deutete nichts mehr darauf hin, dass an dieser Stelle einmal jemand gelegen hatte.

Thorin schüttelte verwirrt den Kopf, als er Zeuge dieses makabren Schauspiels wurde. Ihm gefiel nicht, was er gerade gesehen hatte – aber erneut wurde ihm bewusst, wie gefährlich die *gläsernen Kämpfer* waren. Hätte er Sternfeuer nicht besessen und sich die Kräfte der Götterklinge zunutze gemacht, so hätten er und seine Gefährten diese Begegnung wahrscheinlich nicht überlebt.

»Bei allen Teufeln!«, entfuhr es Hortak Talsamon, der sich immer noch mit der Hand seine verletzte Seite hielt. »Was ist das für eine Kreatur gewesen, Thorin?«

»Willst du das wirklich wissen?«, erwiderte dieser knapp und eilte dann mit schnellen Schritten hinüber zu der Stelle, wo der kleine Larko reglos auf dem Boden lag. Ein kurzer Blick in die gebrochenen Augen des Diebes sagte Thorin, dass hier jede Hilfe zu spät kam. Ein leiser Fluch kam über seine Lippen, als er sich wieder abwandte.

»Wir müssen weg von hier – rasch!«, rief er Talsamon zu, während er mit schnellen Schritten auf Larkos Pferd zuging, das einige Schritte entfernt von seinem toten Reiter verharrte und nervös mit den Hufen auf dem Boden scharrte. Thorin griff hastig nach den Zügeln des Tieres und schwang sich dann in den Sattel. Natürlich bemerkte er die Blicke des dunkelhäutigen Schmiedes, die immer wieder zurück zu Larko glitten – und zu der Stelle, wo der besiegte *gläserne Kämpfer* gelegen hatte.

»Larko ist tot!«, rief ihm Thorin zu. »Wir können ihm nicht mehr helfen. Kannst du dich noch im Sattel halten, Hortak?«

Dieser nickte stumm, und seine Miene war ein Spiegel der unbeschreiblichen Bitterkeit, die ihn angesichts des plötzliches Todes des kleinen Diebes überkommen hatte. Thorin lenkte sein Pferd an Talsamon vorbei, näherte sich der Stelle des kurzen, aber umso heftigeren Kampfes. Dort lag noch die Axt des Schmiedes, die ihm das Leben gerettet hatte. Thorin stieg rasch aus dem Sattel, hob die Axt auf und drückte sie Talsamon in die Hand.

»Du wirst sie noch brauchen«, murmelte er düster. »Das war wahrscheinlich erst der Anfang…«

Dann saß er wieder auf und ritt los. Talsamon folgte ihm schweigend, und er spürte die wachsende Schwäche, die von seiner Hüfte ausging. Die Wunde nässte noch immer, aber es war jetzt keine Zeit, die schwache Blutung endgültig zu stoppen und sie zu verbinden. Sie mussten schnell weg von hier – da hatte Thorin recht.

Sie verließen diesen Ort des Todes fluchtartig und folgten dem Pfad, der sich wenig später mehrmals zu verzweigen begann. Gleichzeitig breiteten sich die Schatten der Dämmerung aus, und das ungute Gefühl in Thorin wuchs. Denn er wusste, dass der *gläserne Kämpfer* nicht allein gewesen war. Diese Wesen agierten niemals einzeln – und wenn die anderen ihn und Talsamon entdeckten, dann bedeutete das ihr Ende!

Hortak Talsamon wurde zusehends schwächer. Der Blutverlust hatte ihn tief über den Rücken seines Pferdes zusammensinken lassen. Er war schon halb bewusstlos, so dass Thorin die Zügel des Pferdes nehmen und es mit sich führen musste. Mittlerweile wurden die Schatten der Nacht immer länger, und Thorin hielt es für viel zu riskant, den ohnehin gefahrvollen Weg jetzt noch länger fortzusetzen. Deshalb hielt er Ausschau nach einem Unterschlupf – nach einer Höhle oder sonstigem Schutz vor den anderen Gefahren, die noch auf ihn und den dunkelhäutigen Schmied lauerten.

Er wusste nicht, wie lange er dem steinigen Pfad gefolgt war, als er plötzlich eine Einbuchtung im Sandstein bemerkte, die sein Interesse weckte. Gestrüpp und verdorrte Sträucher bedeckten fast völlig den Eingang zu einer Höhle. Sofort zog Thorin sein Schwert, stieg aus dem Sattel und näherte sich der betreffenden Stelle.

Augenblicke später bestätigte sich seine Vermutung. Es war tatsächlich eine Höhle, und sie war sogar noch größer, als er angenommen hatte. Sofort ging er zurück zu den Pferden, zog die Tiere mit sich und führte sie durchs Gestrüpp in die Höhle hinein. Talsamon war inzwischen wieder bei Bewusstsein und blickte sich verwirrt um, als er im ersten Moment nicht begriff, wo er gerade hineinritt.

»Ganz ruhig«, hörte er Thorins vertraute Stimme. »Hier sind wir vorerst sicher. Komm, ich helfe dir beim Absteigen. Dann werde ich mal nach deiner Wunde sehen...«

Talsamon verbiss den Schmerz, als ihm Thorin aus dem Sattel half – aber der Nordlandwolf konnte dennoch erkennen, dass der Schmied ziemlich am Ende war. Einem zweiten Angriff aus dem Hinterhalt würde er nicht mehr standhalten können. Thorin stützte ihn und führte ihn einige Schritte in die geräumige Höhle hinein, wo er ihn sanft zu Boden gleiten ließ.

»Ich bin gleich wieder zurück«, versprach er ihm und verließ wieder die Höhle. Dann verwischte er die Spuren, die die Hufe der Pferde auf dem Boden hinterlassen hatten und zog das verdorrte Gestrüpp noch dichter an den Eingang heran. Jemand, der nicht ganz genau hinschaute, würde vielleicht nicht entdecken, dass sich hier eine Höhle befand.

Natürlich war es ein gewagtes Spiel, dem er sich und Talsamon jetzt aussetzte, denn unter Umständen konnte diese Höhle eine tödliche Falle für sie werden. Aber während der Dunkelheit dem steilen Pfad weiter zu folgen, stellte zumindest nach Thorins Ansicht ein größeres Risiko dar. Hier besaß er wenigstens eine geringe Chance, um sich gegen eventuelle Angreifer wehren zu können – gegen mehrere Kämpfer aus dem Hinterhalt, die so plötzlich auftauchten wie der *gläserne Kämpfer von Sann-Dok* hatten er und Talsamon jedoch keine Chance.

Wir sitzen hier wie Opfertiere auf den Weg zur Schlachtbank, schoss es ihm durch den Kopf, nachdem er noch einmal den Halt der Zweige und Äste vor dem Eingang zur Höhle überprüft hatte.

Er blickte hinaus in die einsetzende Dunkelheit (hier unten am Fuße des Felseneinschnittes erschien sie ihm seltsam *schwarz*), aber es war nichts von weiteren Wächtern oder womöglichen Verfolgern zu sehen. Konnte es sein, dass es wirklich nur ein einzelner Wächter gewesen war, der sie entdeckt hatte und sie am weiteren Vordringen in die Bergregion hatte hindern wollen? Eigentlich schwer vorstellbar, und doch geschah nichts – zumindest im Moment nicht... Thorin seufzte schwer, als er sich vom Eingang der Höhle wieder abwandte.

»Hast du was gesehen?«, vernahm er die leise Stimme des verletzten Schmieds im hinteren Teil der Höhle. »Sind wir hier sicher?«

»Du stellst Fragen, die ich nicht beantworten kann, Hortak«, entgegnete Thorin und führte dann die Tiere ebenfalls weiter nach hinten. Erst jetzt bemerkte er, dass es in der Höhle zwar düster war, aber dennoch schien von irgendwoher eine Lichtquelle zu kommen – direkt aus dem Gestein?

Talsamon bemerkte Thorins Blick und hob die rechte Hand.

»Es kommt aus den Felswänden – irgend etwas ist in dem Gestein, was eine eigene Leuchtkraft besitzt. Bei allen Göttern – wohin sind wir nur geraten, Thorin? Ist das wirklich noch die Welt, die wir einmal gekannt haben?«

»Nein«, erwiderte Thorin, beugte sich dann zu seinem Gefährten hinab, um die Wunde zu untersuchen, die ihm der *gläserne Kämpfer* zugefügt hatte. Erleichtert atmete er auf, als er feststellte, dass es nur eine oberflächliche Fleischwunde war. Talsamon hatte zwar viel Blut verloren, aber ansonsten schien er klar bei Sinnen zu sein. Keine Anzeichen auf Fieber oder eine sonstige Entzündung der Wunde! »Irgendwo hier existiert eine dämonische Kraft, Hortak«, fuhr er sodann fort, während er ein Stück von seinem Umhang abriss und damit die Wunde Talsamons verband. »Sternfeuer kann sie spüren...«

»Sieht ganz danach aus, als ob du jetzt nicht auf meine Hilfe zählen könntest«, meinte Talsamon ausweichend und biss die Zähne zusammen, als er erneut den heißen Schmerz der Verletzung spürte. »Ich bin noch zu schwach, um mich Gegnern, Dämonen oder anderen Höllenkreaturen entgegenzustellen. Dieses elende Wesen hätte mich töten können. Was war das eigentlich?«

»Sie nennen sich *gläserne Kämpfer von Sann-Dok*«, klärte Thorin den Gefährten auf. »Sie existierten schon lange vor dem Dunklen Zeitalter. Ich bin ihnen in der Großen Schlacht begegnet. Sie haben ganze Städte entvölkert und zusammen mit den Horden der Finsternis weite Landstriche verwüstet. Dass wir ihnen ausgerechnet hier wieder begegnen, muss etwas zu bedeuten haben. Ich bin sicher, sie haben etwas mit der *Stadt der verlorenen Seelen* zu tun.«

Talsamon nickte nur. Ihm war anzusehen, dass ihm in diesem Augenblick alles Mögliche durch den Kopf ging.

»Ich muss an Larko denken«, murmelte er mit trauriger Stimme. »Es geschah alles… viel zu schnell. Ich wollte ihm helfen, aber…« Er brach ab, suchte verzweifelt nach den passenden Worten, konnte sie aber nicht finden.

»Er hat einen hohen Preis dafür bezahlt, dass er sich uns anschloss«, vollendete Thorin die Gedankengänge des dunkelhäutigen Schmiedes. »Die erhofften Schätze und Reichtümer hat er jedenfalls nicht gefunden – ich nehme an, dass er deswegen mitgekommen ist. Vielleicht hatte diese geheimnisvolle Stadt eine andere Bedeutung für ihn – herausfinden werden wir es nicht mehr, Hortak. Er hat jedenfalls tapfer gekämpft bis zuletzt…«

»Und genau das werden wir auch tun«, meinte Talsamon und ballte die Fäuste vor Zorn darüber, dass er eine solche Niederlage im Kampf hatte einstecken müssen. »Trotzdem gefällt mir der Gedanke nicht, in dieser Höhle noch lange ausharren zu müssen. Ich komme mir vor wie… in einem riesigen Sarg.«

»Ich brauche dich, Hortak«, erwiderte Thorin daraufhin. »Und deshalb *musst* du jetzt neue Kräfte sammeln. Wir werden solange hierbleiben, bis du in der Lage bist, mitzukommen – ob mit oder ohne Pferd.«

Obwohl es der Schmied jetzt nicht zugeben wollte, war er dennoch dankbar für Thorins Worte – denn wenn ihn der Nordlandwolf hier allein hätte zurücklassen müssen, wäre Talsamon gewiss nicht lebend davongekommen. Sie waren aufeinander angewiesen – und zwar buchstäblich auf Gedeih oder Verderb!

Thorin ließ indes seine Blicke in der Höhle umherschweifen. Jetzt, da sich seine Augen besser an das schwache Licht gewöhnt hatten, konnte er auch viel mehr erkennen als zu Beginn. Die Höhle führte noch tiefer in den Berg hinein, senkte sich weiter nach hinten ab. Plötzlich kam Thorin eine Idee. Er erhob sich und ging weiter nach hinten in die Höhle, sah dann, dass sie sich zu einem schmalen Gang verformte, der nach unten führte.

»Was hast du vor?«, hörte er hinter sich Talsamons ungeduldige Stimme.

»Schweig!«, rief ihm Thorin zu. »Oder willst du, dass jetzt noch jemand auf uns aufmerksam wird?« Das reichte aus, um den dunkelhäutigen Schmied sofort verstummen zu lassen. Thorin ging noch ein paar Schritte weiter und musste den Kopf einziehen, weil sich die Decke der Höhle sehr gesenkt hatte. Er setzte vorsichtig einen Fuß vor den anderen, war jetzt schon so weit vorgedrungen, dass er von hier aus den Eingang der Höhle gar nicht mehr erkennen konnte.

Bange Minuten verstrichen, als er seinen mühseligen Weg fortsetzte und inspizierte, wie weit sich die Höhle noch erstreckte. Das schwache Leuchten war selbst hier noch vorhanden, und Thorin konnte relativ gut erkennen, dass die Höhle in eine Art Tunnelsystem führte, das zumindest von seinem jetzigen Blickfeld aus kein Ende nahm. Eine unergründliche Laune der Natur schien die Höhle und ihre abzweigenden Tunnel geschaffen zu haben.

Thorin wandte sich ab und ging rasch zurück zu dem bereits ungeduldig wartenden Hortak Talsamon.

»Vielleicht müssen wir gar nicht mehr den Weg nach draußen nehmen, um unbemerkt vorwärts zu kommen«, meinte Thorin und schilderte dem Schmied in knappen Sätzen, was er gerade entdeckt hatte. »Es ist zwar ein Weg ins Ungewisse – aber irgendwo da draußen warten womöglich noch weitere *gläserne Kämpfer* auf uns. Gegen mehrere von ihnen wird es schwer…«

»Worauf warten wir dann noch?«, meinte Talsamon daraufhin. »Komm, hilf mir hoch. Wenn du mich den ersten Teil des Weges ein wenig stützt, wird es schon irgendwie gehen. Die Wunde bildet bereits Schorf – das Schlimmste ist überstanden. Der Verband sitzt fest – wir können es also wagen.«

Thorin brauchte den Schmied nur kurz anzusehen, um zu erkennen, dass er sich jetzt nicht mehr zurückhalten ließ. Also war es beschlossene Sache. Die Pferde mussten sie notgedrungen erst einmal zurücklassen – aber vielleicht war dieser Weg wirklich die unverhoffte Chance, unentdeckt in die Nähe der verfluchten Stadt zu gelangen!

Kapitel 11: Die Stunde der Schwärze

Kara Artismar konnte ihre wachsende Ungeduld nicht länger zügeln. Schon seit Tagen wartete sie auf die Ankunft ihrer Ordensschwester Rica, aber sie war immer noch nicht eingetroffen – und das, obwohl es eigentlich höchste Zeit war. Denn der Mond am nächtlichen Himmel hatte sich gerundet, der Zeitpunkt für das Erwachen der Schwärze rückte somit immer näher. Die rothaarige Hohepriesterin stand gedankenverloren am Fenster ihres Tempels und blickte hinunter auf die nächtliche Stadt. Sie war in diesen Minuten von vielerlei Gefühlen hin- und hergerissen. Immer wieder dachte sie an ihre große Verantwortung dem *Sternenstein und* den mächtigen Skirr gegenüber. Sie hatte den spinnenhaften Wesen bei ihrer finsteren Weihe geschworen, dass sie alles tun würde, um im richtigen Moment mit der Zeremonie zu beginnen. Aber was war mit Rica? Es musste doch einen triftigen Grund dafür geben, dass sie noch nicht hier war – zumal sie doch wusste, wieviel davon abhing, dass die Zeremonie durch nichts und niemanden aufgehalten werden durfte!

Ganz sicher hatten sie auf der *Heiligen Insel* jetzt schon ihre Vorkehrungen getroffen – das spürte Kara Artismar selbst auf solch große Distanz hin. Seit ihrer dunklen Weihe war sie auf geheimnisvolle Weise seelisch mit ihren Ordensschwestern verbunden (nur eigenartigerweise nicht mehr mit Rica – es war, als wäre sie buchstäblich vom Erdboden verschwunden, als hätte sich eine unbekannte Macht zwischen sie und Kara Artismar gestellt...).

Nein, entschied sie dann für sich. *Ich kann und darf nicht länger warten. Es muss noch in dieser Nacht geschehen. Alle Zeichen sprechen dafür – ich darf das Erwachen der Schwärze nicht länger hinauszögern, es würde womöglich fatale Folgen für uns alle haben...*

Ihre Gedanken kreisten kurz um die gefangene Amazone, die noch nichts davon ahnte, dass die Stunde des Schicksals und der heiligen Opferung unmittelbar bevorsteht. Ein kurzes Gefühl der Trauer erfasste die rothaarige Priesterin, als sie an die schöne Frau unten im Kerker dachte. *Solch eine Verschwendung,* dachte sie und schämte sich eigenartigerweise noch nicht einmal dafür. *Welchen Spaß und welche Befriedigung hätte mir diese Kriegerin geben können, wenn...*

Erschrocken schob sie diesen Gedanken rasch aus ihrem Bewusstsein, fühlte sich in diesem Moment ertappt, als hätte sie gerade ein Verbrechen begangen, die sinnlichen Freuden des Körpers über ihre Bestimmung zu stellen. Nein, es durfte niemals geschehen, dass sie ein Zeichen der Schwäche zeigte. Dieses Opfer durfte seinem Schicksal nicht entgehen – heute, in dieser Nacht würde sich die nackte Amazone wimmernd auf dem Blutaltar vor Schmerzen winden, während Kara Artismar ihr bei lebendigem Leibe das Herz aus der Brust schnitt!

Ein Gefühl eines wohligen Schauers erfasste Kara Artismar in diesem Moment und ließ sie den kurzen Augenblick der inneren Zerrissenheit wieder vergessen. Statt dessen spürte sie den Druck in ihrer linken Brust, der mit jedem Tag stärker geworden war – spätestens jetzt hätte sie all ihre Zweifel vergessen und daran denken müssen, dass die Stunde der Entscheidung ganz nah herangerückt war. Ja, in dieser Nacht würde die blutige Zeremonie stattfinden!

Sie verließ ihre Räumlichkeiten und eilte über einen langen Gang hinüber zu einer breiten, geschwungenen Treppe, die in die große Tempelhalle führte.

Einige Sekunden stiller Ehrfurcht überkamen die rothaarige Hohepriesterin, als sie die brennenden Fackeln in den Halterungen sah, die zu dieser späten Stunde dem Ort eine kaum zu beschreibende *Heiligkeit* verliehen. Sie sah eine ihrer dienstbaren Schattenkreaturen, die ihr immer folgten und auf ihre Befehle warteten. Ein kleines, buckliges Wesen mit einer hässlichen Fratze, dessen unförmiger Körper in einen schwarzen Umhang gehüllt war, blickte seine Herrin erwartungsvoll an.

»Die Stunde der Schwärze ist gekommen«, sagte Kara Artismar. »Schlag den Gong und bringt mir dann das Opfer in die Tempelhalle…«

Hätte man die Mimik des grausamen Gesichtes richtig gedeutet, so wäre daraus wahrscheinlich ein wissendes Lächeln geworden. Diese Kreatur hatte einmal ein normales Leben in Samara geführt – bis die Stadt in Schutt und Asche gefallen war und er mit schweren Verbrennungen am ganzen Körper dennoch überlebt hatte – obwohl dies eigentlich gar nicht hätte sein dürfen. Die grausame Magie der Skirr hatte dieses Wesen am Leben erhalten, wie so manch andere Schattengestalten auch, die in diesen Mauern hausten. Auch jetzt nach dem Verschwinden der Skirr bezogen sie ihr Lebenselixier aus dem *Sternenstein* – dem *heiligen* Stein!

Minuten später ertönte der dumpfe Schlag eines Gongs, und das Echo hallte dutzendfach von den Tempelwänden wider, war sogar in den dunklen Räumen unter dem Tempelsaal zu hören…

Jesca zitterte, als sie irgendwo im Dunkel vor sich ein leises Rascheln vernahm. Sie zuckte jedesmal bei dem Gedanken zusammen, dass es womöglich Ratten waren, die irgendwo in den Schatten der rauhen Mauern nur darauf warteten, dass sie endlich einschlief, um dann über sie herzufallen und sie mit ihren winzigen scharfen Zähnen zu zerreißen. Unzählige Male hatte sie sich dazu gezwungen, die Augen zu schließen und der Müdigkeit Folge zu leisten, aber schon wenige Sekunden später war sie dann wieder aufgeschreckt, blickte mit weit aufgerissenen Augen in die Dunkelheit des Kerkers, lauschte nach verdächtigen Geräuschen.

Die Nadii-Amazone wusste nicht mehr, wieviel Zeit verstrichen war, seit man sie in dieses dunkle Verlies gesperrt hatte. Die Dunkelheit war zu einem Freund geworden, zu einem schützenden Mantel, der sie von dem Blick auf das abhielt, was irgendwo in den Hallen über ihr und draußen in den Ruinen der Stadt stattfand.

Sie konnte nur vermuten, was es war, denn manchmal hörte sie irgendwann in den Stunden zwischen Mitternacht und Morgengrauen Laute, die sie von da an nicht mehr schlafen ließen. Und wenn dann schließlich ein neuer Tag anbrach und einige wenige Sonnenstrahlen einen winzigen Teil des Ganges über dem Gitter ihres Kerkers erhellten, war sie viel zu müde und apathisch, um das überhaupt noch wahrnehmen zu können.

Sie registrierte die schattenhaften Wesen auch nur beiläufig, die jeden Tag das Gitter eine Handbreit öffneten und ihr Nahrung und Wasser brachten. Natürlich hatten sie längst gesehen, dass sich Jesca von ihren Fesseln befreit hatte – aber merkwürdigerweise schien es ihnen egal zu sein (weil sie wussten, dass die Amazone ihnen auf Gedeih und Verderb ausgeliefert war).

Ihr anfänglicher Zorn war einer kaum zu beschreibenden Lethargie gewichen (was aber auch damit zu tun hatte, dass die vermummten Wächter ihr eine Substanz ins Essen gemischt hatten, die sie teilweise für Stunden apathisch und wie in Träumen versunken wirken ließ). Jesca wusste das nicht, sie ertappte sich nur immer wieder bei dem Gedanken, dass dieses enge und schmutzige Verlies ihr *schützendes* Zuhause war und sie vor den Gefahren irgendwo da draußen bewahrte.

Ihr Kleid war längst zerrissen und verschmutzt, hing in Fetzen von ihrem makellosen Körper herab. Während der Nächte fror sie hier unten in diesem feuchten Raum, aber sie hatte nichts, um sich vor der Kälte zu schützen. Seit einiger Zeit spürte sie den rauhen Hustenreiz in ihrer Kehle und wusste, dass dies ein alarmierendes Zeichen war – ebenso wie die heiße Stirn.

Plötzlich hörte sie dumpfe Schritte oben in dem Gang. Das flackernde Licht einer brennenden Teerfackel erhellte den steinernen Gang, und als Jesca den Kopf hob, sah sie die schattenhaften Gestalten einiger Vermummter, die nun direkt vor dem Gitter im Boden stehenblieben. Eine der beiden Kreaturen bückte sich, machte sich an der Verriegelung des Gitters zu schaffen (nicht jedoch, ohne vorher noch einige Worte in einer seltsam kehligen Sprache gemurmelt zu haben), und öffnete es dann.

Jesca fuhr unwillkürlich zurück, duckte sich bis in die hinterste Ecke ihres Verlieses und spürte die rauhen feuchten Steine auf einem Teil ihres bloßen Rückens. Es war nicht mehr viel Widerstand in dem Körper der Nadii-Amazone, und das wurde ihr mit jedem weiteren Tag, den sie in diesem schmutzigen Gefängnis ausharren musste, immer bewusster.

Eine der beiden vermummten Gestalten rief Jesca nun etwas zu, während das zweite Wesen einen Strick ins Verlies warf. Die Gesten, die es dabei machte, waren eindeutig – es befahl der Nadii-Amazone, diesen Strick zu ergreifen. Im ersten Moment war Jesca noch fassungslos, weil alles danach aussah, als nähere sich ihre Zeit in dem dunklen Kerker jetzt ihrem Ende. Deshalb erhob sie sich mit einem Seufzen, stolperte hinüber zu dem Strick und umklammerte ihn fest mit beiden Händen (sofern das ihre erschlafften Muskeln überhaupt noch zuließen).

Augenblicke später spürte sie, wie sie den Boden unter den Füßen verlor und von starken Armen nach oben gezogen wurde. Unsicherheit ergriff sie bei dem plötzlichen Gedanken, dass sie nicht wusste, ob sie jetzt noch schlimmere Qualen erwarteten als die Gefangenschaft in dem engen und feuchten Verlies.

Wäre Jesca nicht so ausgelaugt gewesen von der unbekannten Droge, die man ihr ins Essen gemischt hatte, so hätte sie diese Chance jetzt sicherlich genutzt. Eine Nadii-Amazone wusste immer, wann der richtige Moment gekommen war, um das Joch der Gefangenschaft von sich abzuschütteln. Sich nach oben ziehen lassen, dann herumwirbeln und die beiden Gegner mit kräftigen Fußtritten ausschalten – das wäre bis vor wenigen Wochen noch eine Kleinigkeit für sie gewesen. Aber jetzt schaffte sie das nicht mehr – statt dessen spürte sie, dass die Beine wieder nachzugeben begannen, als sie durch die Öffnung des Kerkers gezogen wurde und mit den Füßen den Boden des Ganges berührte.

Ganz sicher wäre sie zusammengebrochen, wenn die beiden verhüllten Gestalten nicht ihre Arme gepackt und sie festgehalten hätten. Paradoxerweise fühlte sich Jesca sogar erleichtert deswegen und ließ es geschehen, dass sie einfach mitgezerrt wurde. Ihre bloßen Füße schleiften über den Boden, und sie stöhnte leise auf, wenn die Knöchel ab und zu Bekanntschaft mit den rauhen Steinwänden schlossen. Darauf schienen ihre Wächter jedoch keinerlei Rücksicht zu nehmen.

Wirr hing ihr das klebrige, jetzt stumpfe Haar in die verschwitzten Züge, und sie spürte, wie sich der Boden unter ihren Füßen auf einmal zu bewegen begann. Seltsame bunte Kreise tanzten vor ihren Augen (in Wirklichkeit war der Schock der frischen Luft in den oberen Räumen des weitverzweigten Tempels in diesen Sekunden zuviel für Jesca). Sie sah ihre nähere Umgebung nur durch milchige Schleier, spürte aber dennoch, wie das Licht zusehends heller wurde – und das lag nicht nur an den brennenden Teerfackeln, die nun in immer kürzeren Abständen an den Wänden hingen und die ewigen Schatten der Dunkelheit vertrieben.

Die ungewohnte Helligkeit schmerzte im ersten Moment in Jescas Augen, deshalb schloss sie die Lider und öffnete sie erst wieder ganz zaghaft. Währenddessen spürte sie, dass der Weg durch die Gänge und über die Treppen des Tempels offensichtlich zu Ende war. Die beiden Vermummten erreichten jetzt einen großen Saal, dessen Ausmaße Jesca nicht ganz erkennen konnte.

Gleichzeitig wurde sie gepackt, hochgehoben, und dann machte ihr Körper

Bekanntschaft mit einem *sehr kalten* Stein. Sie wollte sich aufbäumen, weil sie entsetzlich fror, wurde dann aber von kräftigen Händen wieder niedergedrückt.

Die erste Gestalt packte ihre Arme, riss sie zur Seite und band sie fest, so dass Jesca sich kaum bewegen konnte. Ihr Körper wollte schwach gegen diese rauhe Behandlung protestieren, aber mehr als ein lautes Stöhnen kam nicht über ihre Lippen. Währenddessen hatte die zweite Gestalt Jescas Beine gespreizt und sie ebenfalls festgebunden, so dass sie nun völlig wehrlos und weit geöffnet auf dem kalten und breiten Stein lag.

Schwach hob sie den Kopf, während die bunten Schleier allmählich verschwanden und die nähere Umgebung nun deutliche Konturen annahm. Sie sah mit Schrecken, dass ihre Arme und Beine in eisernen Schellen steckten, deren Kettenglieder direkt in den Felsblock führten. Über ihr an den Wänden waren seltsame, bedrohlich wirkende Wesen und Fresken in den Stein gehauen, die von dort aus auf die gefesselte Amazone blickten.

Jesca schrie leise auf, als sie die rauhen Hände eines der beiden Vermummten auf ihrem Körper spürte. Ihr wurde übel, als sie die knochigen Finger auf ihren Brüsten und wenig später zwischen ihren Schenkeln fühlte, und beinahe hätte sie sich übergeben. Dann aber ließen die tastenden Hände von ihr ab – aber nur, um ihr Sekunden später die restlichen Fetzen des ohnehin arg in Mitleidenschaft gezogenen Kleides vom Leibe zu reißen. Dabei ging die verhüllte Kreatur nicht gerade behutsam vor. Sekunden später lag Jesca völlig nackt auf dem schwarzen Stein und spürte, wie sich die beißende Kälte in ihren schutzlosen Körper zu graben begann.

Eine flüsternde Stimme erklang irgendwo im Hintergrund der Halle, und daraufhin entfernten sich die beiden Vermummten rasch aus Jescas Blickfeld. Statt dessen erklangen (grazil wirkende?) Schritte. Jesca hob den Kopf, sah die rothaarige Priesterin aber erst, als sie fast unmittelbar vor ihr stand.

Jesca spürte die provozierenden Blicke und fühlte sich seltsam hilflos in diesem Moment. Sie erkannte, wie die Zunge der schwarzgekleideten Frau sehnsüchtig über die geschwungenen Lippen strich, während ihre grünen, stechenden Augen über den nackten, schutzlosen Körper Jescas glitten und für einen winzigen Moment zu lange auf dem dunklen Dreieck zwischen ihren Beinen haften blieben. Ihre lüstern wirkenden Gesichtszüge waren zumindest für einige Sekunden lang ein Spiegelbild ihrer verruchten Seele.

»Du bist schön…«, murmelte sie und genoss die Furcht, die sich in den Augen der an den schwarzen Stein geketteten Amazone abzeichnete. »Du bist das Element zum *Erwachen der Schwärze*. Heute endet deine Gefangenschaft – und deine Seele wird schon bald eintauchen in den Schlund der Finsternis. Sie wird dann auf immer den dunklen Herren gehören…«

Jesca brummte der Schädel. Ihr ganzer Körper fühlte sich an, als laste ein tonnenschweres Gewicht auf ihm – und sie verstand nicht, warum das so war. Oder lag das womöglich an dem stechenden Blick der rothaarigen Priesterin, die die Nadi-Amazone jetzt fast schon hypnotisch anstarrte? Egal, sie konnte sich kaum bewegen, und das, was sie gerade aus dem Mund dieser Hexe gehört hatte, trug auch nicht dazu bei, ihre Furcht zu beseitigen.

»Oh, ich sehe dir an, dass du Zweifel hast«, ergriff Kara Artismar wieder das Wort, als habe sie soeben Jescas Gedanken gelesen. »Aber diese Zweifel werden schon sehr bald von dir weichen, wenn du erst die Herrlichkeit der *Schwärze* genossen hast. Und mit deinem Tod werden andere Kräfte erwachen. Kräfte, die von Neuem über diese Welt herrschen werden…«

Die Stimme der rothaarigen Priesterin hallte in Jescas Kopf, und sie versuchte deshalb, ihrem hypnotischen Blick auszuweichen. Sie wand sich auf dem kalten Opferstein, drehte den Kopf zur Seite, versuchte die Beine anzuziehen – aber es änderte nichts an ihrer ausweglosen Lage. Kara Artismar spürte die Hilflosigkeit der Nadii-Amazone und weidete sich daran.

Als hätten die schattenhaften Diener geahnt, dass sie nun benötigt wurden, tauchten sie ganz plötzlich wieder in Jescas Blickfeld auf. Zum erstenmal erhaschte die Nadii-Amazone einen kurzen Blick in die verwüsteten Gesichter der Kreaturen – und das war ein Bild, das sie kaum ertragen konnte. Deshalb sah sie den schweren Krug auch erst, als ihn zwei der Vermummten unmittelbar vor dem schwarzen Altar abstellten und sich dann wieder diskret zurückzogen und auf weitere Anweisungen warteten.

»Bereitet sie vor!«, trug Kara Artismar ihren greulichen Geschöpfen auf. »Sie muss rein sein von allem, wenn ihre Stunde schlägt. Salbt sie mit dem heiligen Öl!«

Daraufhin traten drei der Vermummten an den Stein heran, öffneten den Verschluss des Krugs. Sekunden später trat ein stechender Geruch in Jescas Nase, der ihr fast den Atem raubte. Hände tauchten ein in eine glitschige, gelblich-grüne Flüssigkeit, schöpften sie aus dem Inneren des Kruges und benetzten dann Jescas nackten Körper damit. Angewidert wandte sie dan Kopf zur Seite, als sie Dutzende von Händen auf ihrer Haut spürte, die jeden einzelnen Zoll mit dieser stinkenden Flüssigkeit bestrichen – auch an den Stellen, wo sie *niemals* aus freien Stücken eine andere Hand zugelassen hätte.

Es war eine unangenehme Prozedur, die sie aus lauter Ekel schreien ließ – aber sie musste es über sich ergehen lassen, genau wie das gehässige Lachen der rothaarigen Priesterin, die ihre eigenen Gefühle zumindest in diesen Minuten kaum noch unter Kontrolle hatte.

»Genug!«, befahl sie dann ihren Geschöpfen und deutete ihnen mit einer kurzen Handbewegung an, zurückzutreten. »Und jetzt bildet den Ring – stimmt ein in den Choral der *Schwärze*!«

Ein lauter Gongschlag ertönte, während die Vermummten sich um den Opferstein reihten, die Köpfe sinken ließen und einen grausamen Gesang aus ihren missgebildeten Kehlen anstimmten...

Kapitel 12: Die Relikte des Blutkultes

Thorin ertappte sich dabei, wie er in unregelmäßigen Abständen immer wieder kurz zurückblickte (als vermute er, dass er und Talsamon in diesem Moment von Dutzenden unsichtbarer Augenpaare beobachtet wurden...). Aber alles, was er sah, waren rauhe Felswände, an denen sich zum Teil eigenartige Algen und Flechten ausbreiteten. Unwillkürlich dachte Thorin an einen ähnlichen Moment, der noch nicht einmal lange zurücklag. Vor einigen Monaten hatte er ebenfalls den Weg durch ein unterirdisches Höhlenlabyrinth genommen, um in die Stahlburg der Skirr eindringen zu können. Dabei hatte aber einer seiner Begleiter sterben müssen.*

Dies hier war jedoch anders. Mit jedem Schritt, den Thorin zurücklegte, spürte er das seltsame Gefühl von Beklommenheit und kaum zu beschreibender *Enge*, das ihn jetzt überkam. Wohin führte dieser Weg? Vielleicht geradewegs in den grauenhaften Schlund der Finsternis?

Hinter sich hörte er Talsamons keuchenden Atem. Talsamon verbiss sich den Schmerz seiner Wunde, aber Thorin wusste, dass der Schmied sich sehr anstrengen musste, um ihm zu folgen – jedoch zeigte er es nicht. Er konnte und durfte nicht zurückbleiben. Deshalb legte Thorin immer wieder eine kurze Ruhepause ein, um so Talsamons Kräfte nicht allzu sehr auszulaugen.

Er wusste nicht, wieviel Zeit vergangen war, seit sie den schmalen und engen Gang am Ende der Höhle betreten hatten und ihm weiter folgten. Es war immer tiefer nach unten gegangen – bis der Schacht schließlich so eng wurde, dass ihnen nichts anderes übrig blieb, als zumindest einen Teil des Weges auf Händen und Knien zurückzulegen.

Das war der schlimmste und zugleich bedrückendste Moment gewesen, denn wenn sich jetzt das Gestein über ihnen löste, würden sie von einem Atemzug zum anderen unter den Felsmassen begraben werden. Thorin dachte nur ganz kurz daran, vergaß diesen beklemmenden Moment jedoch rasch wieder – denn solche Ängste und Vermutungen trugen nicht gerade dazu bei, seine augen-

---

* s.THORIN-Heftserie Band 12: Die Schrecken der Stahlburg

blickliche Stimmung zu heben. Statt dessen konzentrierte er sich weiter auf den engen Schacht und war erleichtert, als sich dieser bald darauf wieder auszuweiten begann und die beiden Männer sogar stehen konnten.

Das Gestein hatte sich jedoch verändert. Die Felswände um sie herum wirkten eine Spur dunkler als auf der anderen Seite des engen Schachtes. Außerdem wurde die Luft zusehends schlechter, so dass Thorin und Talsamon schneller atmen mussten. Es schien hier keinen Luftzug mehr zu geben – und das alarmierte Thorin, denn er wollte nicht tief unter der Erde ersticken.

Vor ihnen führte der Schacht wieder aufwärts, wurde steiler als zuvor. Thorin trat einen Schritt vor, spähte nach oben und versuchte, weitere Einzelheiten zu erkennen. Doch das knappe Licht erhellte nur die unmittelbare Umgebung vor seinen Augen. Alles andere lag im Dunkel.

»Wir haben keine Wahl«, sagte er dann zu Talsamon, dessen Gesicht vor Schweiß und Anstrengung glänzte. »Wir müssen dort hinauf. Traust du dir das noch zu? Wenn nicht, dann müssen wir eben …«

»Daran solltest du noch nicht einmal *denken*!«, fiel ihm Talsamon ins Wort und winkte mit einer eindeutigen Geste ab. »Worauf wartest du noch? Geh endlich weiter…«

Thorin nickte nur. Talsamon hatte recht. Für sie beide gab es nur noch den Weg nach vorn – wenn sie überhaupt etwas bewirken wollten, mussten sie allen weiteren Gefahren trotzen, die hier womöglich noch lauerten.

Ein kurzer Blick zu Sternfeuer besagte nichts Gutes. Die Götterklinge begann schwach zu schimmern. Talsamon bemerkte es auch, sagte aber nichts. Statt dessen blickte er weiter nach vorn und keuchte schwer, als der Pfad immer mehr anzusteigen begann. Für einen Mann, der an der Hüfte verletzt war, bedeutete das zusätzliche Strapazen. Aber er folgte Thorin ohne einen einzigen Laut der Klage.

Thorin hob den Kopf, blickte weiter nach oben, spürte einen sanften Luftzug, der über sein Gesicht strich. Irgendwo dort oben führte der Weg ins Freie, und das Gefühl der Beklemmung wich wieder von ihm – aber nur so lange, bis sein Fuß auf ein Hindernis stieß, das mit einem *schrecklichen Knirschen* zerbrach.

Unwillkürlich fuhr Thorin zurück und sah dann erst die Reste eines Skeletts. Die schreckliche Knochenfratze schien ihm zuzugrinsen, und die Reste des Arms, den Thorin mit seinem Gewicht abgebrochen hatte, schien sich ihm anklagend entgegenzurecken.

Die Götterklinge leuchtete nun noch eine Spur heller, so dass Thorin und Talsamon ihre unmittelbare Umgebung deutlicher erkennen konnten. Beide blickten sich im ersten Moment verständnislos an, weil sie nicht wussten, was das zu bedeuten hatte. Das untere Ende dieses Schachtes – stellte es womöglich einen Friedhof dar? Und wenn ja, wer waren die Menschen, deren Gebeine man hier hineingeworfen hatte? Je länger er über all dies nachdachte, umso mehr kam er zu der Überzeugung, dass hier irgend etwas schrecklich *falsch* war.

Er blickte nach oben, versuchte das Ende des Schachtes zu erkennen, aber von hier unten aus konnte er nichts Genaues sehen. Der Weg führte nach oben – also mussten sie diesem auch folgen. Schweren Herzens steckte Thorin die Götterklinge in die Scheide zurück, denn für das, was nun vor ihm lag, würde er beide Hände benötigen. Zum Glück waren die dunklen Felswände rauh und spröde, wiesen zahlreiche Risse und Vorsprünge auf, an denen ein geübter Kletterer Halt finden konnte.

»Ich helfe dir«, versprach Thorin seinem Gefährten, während er mit beiden Händen den ersten Halt suchte, sich mit den Füßen abstützte und sich so nach oben zog – bis er eine weitere Stelle in der Felswand gefunden hatte, wo er sich erneut festhalten konnte. Hortak Talsamon tat es ihm gleich. Ein kurzes Stöhnen kam über seine Lippen und Thorin staunte erneut über die Kräfte, die Talsamon jetzt mobilisierte – und das nach all dem, was dieser Mann bereits hatte durchmachen müssen!

Der Gedanke, eventuellen Angreifern aus dem Hinterhalt jetzt schutzlos ausgeliefert zu sein, gefiel Thorin ganz und gar nicht. Weder er noch Talsamon würden sich wehren können, wenn oben am anderen Ende des Schachtes jemand auftauchte und ihnen Steine entgegenschleuderte. Beide Männer mussten sich voll darauf konzentrieren, einen sicheren Halt zu finden, der ihnen einen problemlosen Aufstieg ermöglichte. Es war zwar keine große Entfernung bis nach oben – dennoch benötigten sie dafür sehr viel Zeit. Sie wollten jetzt nichts riskieren.

Thorins Hände tasteten weiter nach oben, fühlten die Umrisse eines Vorsprunges. Seine Hände umschlossen den rauhen Stein, während er gleichzeitig mit dem rechten Fuß nach einem zusätzlichen Halt suchte. Er fand ihn Sekunden später, zuckte aber sofort zusammen, als das Gestein unter dem Druck seines Gewichtes zu bröckeln begann. Für einen winzigen Moment verlagerte sich das Gewicht ins Leere… dann fand der Fuß einen anderen *sicheren* Halt.

Talsamon unter ihm stieß einen kurzen Fluch aus, als ein losgelöster Stein seine Schläfe streifte. Er presste sich ganz eng an den Felsen und kletterte weiter, versuchte, denselben Weg wie Thorin zu nehmen. Das klappte natürlich nicht immer, und bisweilen hatte Talsamon große Mühe, einen sicheren Halt zu finden. Aber der dunkelhäutige Schmied war zäh – und sein (wenn auch geschwächter) Körper konnte Strapazen aushalten. Keuchend zog er sich langsam aber sicher weiter hinauf.

»Wir haben es gleich geschafft, Hortak!«, flüsterte Thorin seinem Gefährten zu, um ihm Mut zu machen. »Bald sind wir oben...« Auch Thorin mobilisierte jetzt zusätzliche Kraftreserven, um das letzte Stück der anstrengenden Kletterpartie hinter sich zu bringen. Dennoch dauerte es viel zu lange, bis seine rechte Hand schließlich den oberen Rand des Schachtes ertastete. Zum Glück fand er dort sicheren Halt – und der Rest ging ganz schnell vonstatten. Thorin stemmte sich mit beiden Füßen nach unten ab und griff mit der linken Hand nach der Felskante.

Schließlich zog er sich mit einem gewaltigen Ruck nach oben, fand dabei noch einen zusätzlichen Halt mit dem rechten Fuß – und dann hatte er es hinter sich gebracht.

Er holte kurz tief Luft, beugte sich wieder zurück und half auch Talsamon, nach oben zu kommen. Das Gesicht des Gefährten war ganz in Schweiß gebadet, und seine Lungen arbeiteten jetzt wie der Blasebalg in seiner Schmiede. Ausgepumpt und erschöpft blieben die beiden Männer für Minuten am Rande des Schachtes liegen, genossen den Moment der Erleichterung und des Triumphes, dass sie dieses Hindernis überwunden hatten.

Aber dieses Gefühl der Erlösung hielt nicht lange an, denn Thorin erinnerte sich wieder an das Leuchten der Götterklinge – und als er sich rasch herumrollte, erhob, und dabei Sternfeuer mit einer geschmeidigen Bewegung aus der Scheide zog, spürte er förmlich die Wärme, die von der Klinge ausging. Aus dem Leuchten war jetzt ein sanftes, aber stetiges Pulsieren geworden – und dieses Signal war ein deutliches Zeichen. Sternfeuer hatte ihn bisher immer im richtigen Moment vor tödlichen Gefahren gewarnt.

»Steh auf!«, raunte Thorin seinem Gefährten zu. »Rasch, beeil dich!«

Der dunkelhäutige Schmied blickte fasziniert auf die leuchtende Klinge und schüttelte den Kopf – als wolle er nicht wahrhaben, was er da gerade sah. Schließlich griff er gleichfalls nach der scharfschneidigen Axt, zog sie aus dem Gürtel und umschloss sie fest mit der nervigen Hand.

Erst jetzt blickten sich die beiden Männer um, nahmen die Umgebung wahr, in der sie sich befanden. Das dämmrige Licht, das schon weiter unten in dem engen Schacht zu erkennen gewesen war, verwandelte sich hier in einen grünlichen Schimmer, der diesen Teil des Felsmassivs in ein eigenartiges Licht tauchte. Thorin zuckte zusammen, als er an den Wänden merkwürdige Reliefs und Malereien ausmachen konnte, die er nicht zu deuten verstand. Aber er spürte auch die *Bedrohung*, die von diesem Ort ausging. Ein Gefühl, das sich mit jedem Augenblick noch verstärkte.

»Was ich hier sehe, gefällt mir ganz und gar nicht«, kam es fast flüsternd über die Lippen des dunkelhäutigen Schmiedes. »Was bei allen Göttern hat das zu bedeuten, Thorin?«

»Ich wünschte, ich wüsste es«, erwiderte dieser achselzuckend. »Vielleicht ein alter Tempel, eine Opferstätte...«

»*Beth-Sog*«, flüsterte Talsamon andächtig. »Natürlich, es muss etwas mit *Beth-Sog* zu tun haben. Wir müssen von hier verschwinden, Thorin – und zwar bevor...« Seine Stimme brach ab, weil sich das Bewusstsein einfach *weigerte*, diese furchtbaren Gedanken zu Ende zu bringen.

»Glaubst du vielleicht, dass ich das nicht will?«, entgegnete Thorin in einem kurzen Anfall von Galgenhumor, während er seine Blicke in die Runde schweifen ließ. Der große Raum, in dem sie sich befanden, erinnerte tatsächlich an eine Tempelhalle – in der sich aber schon seit Jahrzehnten niemand mehr aufgehalten haben mochte. Staub lag auf dem rauhen Boden, bedeckte auch Felsvorsprünge und einen Teil der Wände. Dennoch kam frische Luft von irgendwoher – und dies stand in einem krassen Widerspruch zu dieser offensichtlich *vergessenen* Tempelanlage.

Kurzentschlossen ging Thorin mit dem Schwert in der Hand einige Schritte vorwärts, folgte dem schwachen Lufthauch, der irgendwo von der anderen Seite her kam – und an dieser Stelle verjüngte sich auch die Decke der Höhle.

»Pass auf!«, rief ihm Talsamon nach, dessen Gesichtsfarbe etwas blasser wirkte (was wohl damit zu tun hatte, dass ein erdverbundener Mann wie er ein recht gespaltenes Verhältnis zu übernatürlichen Mächten besaß – erst recht dann, wenn er bisher noch gar nicht damit konfrontiert worden war ...).

Thorin erwiderte nichts darauf, sondern vertraute auf seinen Instinkt – und als er sah, wie das Leuchten der Götterklinge etwas verblasste, wusste er, dass er auf dem richtigen Weg war. Er konnte zwar nur ahnen, was Sternfeuer zum Leuchten brachte – aber er war auch froh darüber, dass dieser Weg offensichtlich ins Freie zu führen schien, denn der Luftzug wurde jetzt immer stärker.

Minuten später entdeckte er einen hellen Schimmer und machte im selben Moment den Schein des schimmernden Mondes aus, der durch einen hohen, aber schmalen Spalt im Felsgestein fiel. Sofort wandte sich Thorin wieder zurück und eilte zu dem ungeduldigen Talsamon, der bei Thorins Auftauchen aus dem Hintergrund der Höhle im ersten Augenblick erschrocken zusammenfuhr.

»Da ist ein Spalt im Felsgestein«, klärte ihn Thorin auf, als er den fragenden Blick sah. »Ich denke, das ist der Ausgang, den wir suchen...«

»Endlich«, atmete Talsamon auf. »Das grünliche Leuchten, Thorin – siehst du nicht, dass es noch stärker geworden ist? Verdammt, ich habe ein ungutes Gefühl bei der ganzen Sache.«

Natürlich hatte Talsamon recht mit dem, was er gerade gesagt hatte. Thorin war auch schon aufgefallen, dass der grünliche Schimmer inmitten dieses alten

Tempelraums intensiver geworden war. Aber er hütete sich davor, das auszusprechen, denn um die Nerven Talsamons war es in diesem Moment alles andere als gut bestellt. Deshalb nickte er ihm zu und machte eine Geste, ihm zu folgen. Der dunkelhäutige Schmied war erleichtert darüber, endlich diese unheimliche Stätte so rasch wie möglich verlassen zu können. Schweigend folgte er dem Nordlandwolf, bis auch er den Spalt in den Felsen sah, durch den das helle Mondlicht schimmerte. Auch Thorin war froh darüber, dass der enge Weg durch das unterirdische Bergmassiv endlich hinter ihnen lag.

Thorin näherte sich dem Spalt, den eine Laune der Natur in den Berg geschnitten hatte. Die Ränder am Einschnitt wirkten heller als das übrige Felsgestein, aber er verschwendete keinen einzigen Gedanken mehr daran, sondern wollte nur der Enge dieser Höhle entfliehen, die er notgedrungen hatte durchqueren müssen.

Zwischenspiel IV: Das Erwachen

Tief unter dem massiven Felsgestein schlummerte eine Kraft, die die Existenz der Welt dort oben schon fast vergessen hatte. Das unfassbare Wesen, dem die Menschen vor vielen Generationen einmal den Namen Beth-Sog gegeben hatten, ruhte in tiefem Schlaf und träumte den Traum vergangener ruhmreicher Zeiten. Einen Traum von Ehre, Furcht und Respekt – einen Traum von einer Zeit, wo Tausende von Menschen einen Kult gefeiert hatten, der die Große Salzwüste und die umliegenden Länder geprägt und auch geformt hatte. Der Blutkult von Beth-Sog war etwas Vertrautes gewesen, etwas, mit dem die Menschen zu leben gelernt hatten.

Niemand wusste, woher das Wesen gekommen war, das tief im Inneren der Erde ruhte und sich nur ganz selten den Menschen gezeigt hatte, die es anbeteten und in schrecklichen Ritualen verehrten. Und selbst *Beth-Sog* hatte den Ursprung seiner Existenz vergessen. *Beth-Sog* lebte, existierte, herrschte und ließ opfern – es war ein immer wiederkehrender Zyklus von Blut und Gewalt.

Die Zahl der schreienden Opfer, die auf dem Blutaltar gestorben waren, gingen ins Unermessliche – und der Kult hatte seinen Höhepunkt schon zu einer Zeit überschritten, als die Menschen erst lernten, die Ereignisse aus vergangenen Epochen aufzuzeichnen und so der Nachwelt zu erhalten.

Im Lauf der vielen Jahrhunderte begann sich allmählich eine Veränderung abzuzeichnen, die selbst ein mächtiges Wesen wie *Beth-Sog* indirekt beeinflusste. Die erdgeborene, aber dennoch unmenschliche Kreatur spürte auf einmal mit ihren feinen tastenden Sinnen die Existenz anderer, weitaus mächtigerer Kräfte. Es waren dunkle, grausame Mächte, und *Beth-Sog* fühlte die Gefahr, die ihm drohte.

Es war ein langsamer, aber dennoch stetiger Prozess, in dem sich immer mehr Menschen von dem Blutkult abzuwenden begannen. Neue Götter erstrahlten am Himmel, die des Lichts und der Finsternis – und sie begannen das Schicksal der Welt zu bestimmen. Die Mächte der Finsternis beendeten die unmittelbare Herrschaft der mächtigen Kreatur *Beth-Sog* und verbannten sie tief unter das gewaltige Felsgestein.

Der Glaube an den Blutkult geriet allmählich in Vergessenheit und verwandelte sich immer mehr in einen Zirkel weniger Eingeweihter, die die unselige Tradition fortzusetzen versuchten – das Zentrum des Kultes war nach wie vor die mächtige Stadt, die einst rauschende und tödliche Feste während der dargebrachten Massenopfer gefeiert hatte.

Die Bewohner waren aber im Lauf der Jahrhunderte verschwunden, hatten allmählich zögernd, und schließlich in Scharen den einstigen Mittelpunkt ihres Lebens verlassen. Die wenigen, die in den sterbenden Mauern und dem Verfall preisgegebenen Gebäuden zurückgeblieben waren, versuchten auf ihre Weise, den Blutkult von *Beth-Sog* weiterzuführen – jedoch gelang ihnen das nur mit bescheidenen Mitteln, denn sie mussten schon sehr rasch erkennen, dass ihr Gott sie nicht mehr erhörte. Natürlich wusste niemand, dass die neuen Götter eingegriffen und die alten Kreaturen entweder getötet oder verbannt hatten – damit sie niemals zurückkehrten.

Der Wüstenstaub legte sich über die langsam verfallenden Gebäude der Stadt, und irgendwann starb auch der letzte Bewohner. Die Gebeine der Toten bleichten in der Sonne und wurden im Lauf der Zeit auch zu Staub. Aber das wusste der schlafende *Beth-Sog* schon längst nicht mehr. Er hatte sich vollends zurückgezogen und war ein Gefangener seiner Träume, die ihn von einer Wirklichkeit in die andere jagten. Er dämmerte in seinem sicheren Reich vor sich hin und erinnerte sich nur noch schemenhaft an die Jahre der blutigen Herrschaft, wo ihn Tausende verehrt und ihm Söhne und Töchter geopfert hatten.

Er existierte immer noch am gleichen Ort – all die Jahrhunderte über. Obgleich unbeschreibliche Massen von Gestein ihn am Betreten seiner alten, vertrauten Welt hinderten, hatte er selbst gar kein Verlangen mehr danach, die alten Zeiten wieder neu erstarken zu lassen. Nein, *Beth-Sog* träumte und träumte…. bis eines Tages alles anders wurde. Es war der Tag, an dem die neue Ordnung zwischen Licht und Finsternis zum erstenmal empfindlich gestört wurde und dann allmählich immer mehr ins Wanken geriet.

Beth-Sog war zu sehr gefangen in seiner eigenen Welt der wirren und bunten

Träume, als dass er wirklich hätte erfassen können, was dort oben geschah. Aber etwas veränderte sich – und irgendwann spürte die einst so mächtige Kreatur die Auswirkungen.

Die Welt der sehnsüchtigen Träume zerplatzte wie eine schillernde Seifenblase und ließ nur noch Empfindungen des Zorns und der Ohnmacht zurück. Beth-Sog erkannte, in welcher Lage er sich wirklich befand – nämlich in einem Gefängnis aus Stein und Felsen!

Dieses neue Bewusstsein verwirrte ihn, ließ ihm kaum Zeit, die Flut seiner vielschichtigen Gedanken und Empfindungen zu ordnen. Erst nach geraumer Zeit konnte er wirklich begreifen, was mit ihm geschehen war. Und aus der stummen Akzeptanz seiner Jahrhunderte währenden Gefangenschaft wuchs der Wille, diese Situation zu ändern!

Er registrierte eine seltsame Aura, die sich auf einmal irgendwo über ihm zu bilden und die unsichtbaren Grenzen seines Gefängnisses zu schwächen begann. *Beth-Sog* wusste nichts von der Kraft der glitzernden *Sternensteine* – er kannte auch nicht die spinnenhaften Skirr, die einige solcher Kristalle als Relikte ihrer Macht auf dieser Welt zurückgelassen hatten. Er begriff nur, dass jetzt etwas geschah, was auch Auswirkungen auf ihn selbst hatte.

Der mächtige, schuppige Körper begann sich endlich wieder zu regen, und tief in der Erde grollte es verhalten. Noch bemerkten die Menschen dort oben nichts davon, aber dies würde sich schon sehr bald ändern. Denn der Herrscher des Blutes, der mächtige *Beth-Sog,* war aus seinen buntschillernden Träumen erwacht und schickte sich jetzt an, die Welt, die ihm einst untertan gewesen war, mit seinem grausamen Willen erneut zu unterjochen...

Kapitel 13: Schatten in der Nacht

Das helle Licht des Mondes überzog das weite und tiefe Tal mit seinem silbrigen Licht. Weiter unten in der Bergschlucht erhoben sich die Reste einer einst stolzen Stadt in den sternenübersäten Himmel. Eine eigenartige Aura der Beklommenheit lag wie eine unsichtbare Dunstglocke über dem Ort, von dem sich die Menschen in Mercutta nur hinter vorgehaltener Hand zu erzählen wagten. Verwitterte Mauern erstreckten sich über einen großen Teil der Schlucht, die wiederum einige Ruinen umsäumten, deren ursprüngliche Größe man heute nur noch erahnen konnte. Nur das wuchtige Bauwerk auf der gegenüberliegenden Seite, das etwas höher gelegen war als die meisten anderen Häuser, schien merkwürdigerweise noch ganz gut erhalten zu sein – als sei es von den Klauen des Verfalls verschont worden.

Thorin und Hortak Talsamon standen am Rand eines Plateaus, von dem ein schmaler und sehr riskanter Weg hinunter auf den Boden der Schlucht führte. Das Mondlicht erhellte diesen Teil des Bergmassivs ziemlich deutlich, so dass es ein erhöhtes Risiko für die beiden Männer bedeuten würde, wenn sie diesem Weg jetzt folgten. Aber es war die einzige Möglichkeit, die sich ihnen bot, um näher an diesen verfluchten Ort heranzukommen.

Plötzlich erfüllte das dumpfe Echo eines Gongs die schmale Schlucht, und der Klang hallte vielfach gebrochen von den Felswänden zurück. Thorin und Talsamon zuckten zusammen, als dieser unwirkliche Laut die Stille der Nacht zerriss. Das war der letzte Beweis dafür, dass diese Stadt gar nicht so verlassen war, wie sie aus der Entfernung wirkte. Nein, irgendwo dort unten lauerte das Böse – und es gab für sie keine Rückkehr, sie mussten sie sich ihm stellen.

»Mir gefällt das nicht«, murmelte Talsamon, als dem ersten Gongschlag ein zweiter folgte. »Da unten geht irgend etwas Unheimliches vor...«

»Ich kann mir auch schon denken, was es ist«, erwiderte Thorin daraufhin mit grimmigem Blick. »Aber ich weigere mich, darüber noch länger nachzudenken...«

Der dunkelhäutige Schmied begriff nicht sofort, was Thorin ihm damit hatte sagen wollen. Erst ein erneuter Blick in die angespannten Gesichtszüge des blonden Kriegers sagte ihm mehr als viele Worte. Natürlich, Thorin dachte an Jesca, und dass sich das Schicksal der Nadii-Amazone womöglich irgendwo dort unten in diesem Augenblick erfüllte.

Wenn dem so war, dann durften sie keine Zeit mehr verlieren. Auch wenn es ziemlich riskant war, was sie jetzt vorhatten, so sah auch Talsamon ein, dass sie diesen schmalen Pfad nehmen *mussten*.

»Wir müssen los«, sagte Thorin und sah dabei hinauf zum sternenübersäten Himmel. Er murmelte ein stummes Stoßgebet vor sich hin, umfasste den Knauf des Götterschwertes heftiger und nickte dann Talsamon zu, ihm zu folgen. Der muskulöse Hüne mochte erst gar nicht daran denken, was geschah, wenn sie ausgerechnet jetzt entdeckt wurden.

Aber eine unbestimmbare Macht des Schicksals schien in dieser Nacht ihre schützende Hand über sie zu halten. Talsamons Wahrträume hatten ihn nach dem Tod seines Bruders völlig verlassen. Es schien, als habe die Gabe nie existiert. Talsamon ergab sich achselzuckend seinem Schicksal und vertraute völlig auf Thorin und seine geheimnisvolle Klinge.

Nur wenige Minuten nachdem Thorin und Talsamon den Felsenspalt hinter sich gelassen und den schmalen, gewundenen Weg betreten hatten, der hinunter in die Schlucht führte, zogen dunkle Wolken am Horizont auf, die schon sehr bald die tiefe Schlucht erreichten. Zuerst spürte Thorin nur einen leisen Windhauch, der dann aber rasch stärker wurde.

Das Wetter schlug buchstäblich von einem Augenblick zum anderen um – und Thorin vermutete, dass dies keinen natürlichen Ursprung hatte. Im selben Moment, als das hallende Echo des ersten Gongschlags die Stille der Nacht zerriss, musste die *Veränderung* begonnen haben.

Gelber Staub wurde vom Boden der Schlucht hoch emporgewirbelt und hinüber zu den Felsen geweht. Der Wind trug die Staubschleier Thorin und Talsamon entgegen, und die beiden Männer mussten die Augen zusammenkneifen, weil sie im ersten Augenblick den Weg gar nicht mehr erkennen konnten. Thorin stieß einen lauten Fluch aus, weil der Sturm so plötzlich über sie hereingebrochen war. Ein falscher Schritt – und es würde ihr Ende bedeuten. Nur wenige Handbreit neben Thorin fiel der Abgrund in die Tiefe.

Talsamon ging hinter ihm und klammerte sich mit der linken Hand buchstäblich an der Felswand fest. Er spürte einen unangenehmen Druck in seinem Magen, als die Finger losließen, einen neuen Halt suchten und in diesem Moment eine weitere Windbö aufkam, die am Körper des Schmieds zerrte und ihn beinahe aus dem Gleichgewicht gebracht hätte. Talsamon taumelte kurz, und wenn Thorin ihm jetzt nicht beigestanden und ihn gehalten hätte, dann wäre der dunkelhäutige Schmied wahrscheinlich in den Abgrund gestürzt.

Talsamon drückte kurz Thorins Hand und wischte sich dann den Angstschweiß aus der Stirn. Es war ein Weg voller Hindernisse und Gefahren, den sie jetzt beschritten – aber es gab kein Zurück mehr für sie.

Der auf- und abflauende Wind brachte immer neuen Staub mit sich, schleuderte ihn den beiden Männern entgegen. Ein unangenehmes, fast erstickendes Gefühl war das – aber Thorin tröstete sich mit dem Gedanken, dass der so plötzlich einsetzende Sandsturm ihn und Talsamon auch vor den Blicken anderer verbarg. Wer unten in der Schlucht lauerte – zumindest jetzt verhinderte der Sturm jetzt den Blick auf die Felswände und den gewundenen Pfad, der hinab führte!

Erneut ertönte ein Gongschlag, und es folgten noch weitere in immer kürzeren Abständen. Thorin hob die Hand vor die Stirn, um sich so wenigstens etwas vor dem wirbelnden Sand zu schützen, und blickte mit zusammengekniffenen Augen hinunter zu den Ruinen in der Schlucht.

Als der heftige Wind für eine kurze Weile abflaute und die Sicht zu den Resten der Stadt freigab, glaubte Thorin drüben bei dem wuchtigen Bauwerk ein eigenartiges rötliches Leuchten erkannt zu haben, das dieses Gebäude von innen heraus erfüllte. Bevor er aber Talsamon darauf aufmerksam machen konnte, kam erneut heftiger Wind auf und verbarg mit weiteren Sandschleiern die Sicht auf die Stadt. Es war ein stetiges, monotones Heulen, und irgendwie erschien es Thorin, als ob dieser Ort jetzt die wahre Bedeutung seines Namens zeige. Waren es womöglich die unzähligen Seelen der Toten und Vergessenen, die jetzt ihr Leid klagten, es in die sturmerfüllte Nacht hinausbrüllten? Es war kein Sturm natürlichen Ursprungs!

Somit verstärkte sich der Verdacht in Thorin, dass dort unten Dinge vor sich gingen, die von eminenter Bedeutung waren. Obwohl die letzte Schlacht zwischen Licht und Finsternis längst der Vergangenheit angehörte, erfüllte ihn erneut eine dumpfe Ahnung von Tod und Vergänglichkeit, als das Heulen des Windes seine Ohren peinigte und die feinen Sandkörner in sein Haar drangen. *Es ist nicht vorbei*, warnte ihn eine innere Stimme. *Es ist im Grunde genommen niemals zu Ende gewesen – und ausgerechnet jetzt beginnt es wieder von Neuem...*

Ganz vorsichtig setzte Thorin einen Fuß vor den anderen, weil der Pfad vor ihm noch schmaler wurde, als es ohnehin schon der Fall war. Zudem fiel der Weg noch steil nach unten ab – und bei diesem heftigen Sandsturm stellte dies durchaus ein erhöhtes Risiko dar. Nicht auszudenken, wenn Thorin oder Talsamon jetzt das Gleichgewicht verloren und in die dunkle Tiefe des Abgrundes stürzten. Dann wären alle Strapazen umsonst gewesen, die sie bisher hatten erdulden müssen – und der kleine Dieb Larko wäre ebenfalls nutzlos gestorben.

Thorin stemmte sich gegen den Wind, presste sich mit dem Rücken gegen die Felswand und ging vorsichtig weiter – bis er die kritische Stelle hinter sich gebracht hatte. Sofort blickte er zurück zu Talsamon, dessen Gestalt er in den wabernden Sandschleiern nur schemenhaft erkennen konnte. Er hoffte, dass der dunkelhäutige Schmied jetzt keinen Fehler machte – aber auch Talsamon schaffte es Minuten später, Thorin einzuholen, und damit war die kritischste Stelle auf diesem Pfad erst einmal überwunden.

Je tiefer sie in die Schlucht gelangten, umso zügiger kamen sie voran. Denn der Weg wurde jetzt zusehends breiter und erleichterte das Vorwärtskommen.

Zwar wehte immer noch ein heftiger Wind, der ihnen oftmals Tausende von Sandkörnern ins Gesicht schleuderte – aber wenigstens mussten sie jetzt nicht mehr befürchten, durch einen unachtsamen Schritt gleich in die Tiefe zu stürzen.

Als das Heulen des Windes für einen kurzen Augenblick nachließ und sich die Sandschleier verflüchtigten, blickte Thorin kurz zum Himmel empor. Er zuckte zusammen, als er die Sterne nicht mehr sah. Das Firmament hatte sich in eine gewaltige wabernde Schwärze verwandelt – es war eine Dunkelheit, die Thorin erschreckte. Zwar hatte er schon zahlreiche Wolkenbrüche und Gewitterstürme erlebt – aber diese dunklen Wolken, die jetzt am Himmel aufzogen, waren ganz sicher nicht natürlichen Ursprungs. Ebensowenig wie der Sandsturm und der aufheulende Wind, die in diesem Moment wieder einsetzten. Zum Glück erreichten Thorin und Talsamon jetzt die Talsohle und kamen somit ihrem Ziel deutlich näher. Nur wenige Schritte von ihnen entfernt erstreckten sich die ersten Ruinen – unweit einer einst gewaltigen Mauer, die aber zum größten Teil eingestürzt war und kein Hindernis mehr darstellte. Talsamon hob kurz die linke Hand und deutete auf eine Stelle in der Mauer. Thorins Blick folgte seinem Fingerzeig, und er erkannte, dass der dunkelhäutige Schmied recht hatte. Von dort aus würde es ein Leichtes sein, direkt in die Stadt zu kommen – so brauchten sie nicht der holprigen Straße zu folgen. Ein Umweg konnte manchmal lebensrettend sein, denn Thorin hatte bereits seine eigenen Erfahrungen mit verlassenen Ruinenstädten gemacht...*

Geduckt hasteten sie weiter, erreichten schließlich den Riss in der Mauer und zwängten sich rasch hindurch. Talsamon ging als erster, während Thorin mit dem Schwert in der Hand den Weg sicherte und wachsam Ausschau nach allen Seiten hielt. Aber bis jetzt blieb alles ruhig. Nichts wies darauf hin, dass an irgend einer Stelle dieser Ruinenstadt Gefahr lauerte. Aber Thorins Instinkt sagte ihm etwas ganz anderes. Er hatte die lauten, hallenden Gongschläge und das rötliche Leuchten in dem wuchtigen Bauwerk jenseits der Mauer nicht vergessen. Das Zentrum des Bösen – es befand sich dort drüben!

Nun folgte Thorin seinem Gefährten, durchstieg das große Loch in der Mauer und erreichte ebenfalls die andere Seite.

Hier ließ das Heulen des Windes nach, und auch die wabernden Sandschleier wurden von den Resten der einstmals wuchtigen Mauer soweit zurückgehalten, dass Thorin und Hortak Talsamon jetzt ihre nähere Umgebung ganz deutlich erkennen konnten. Was zur Folge hatte, dass sie noch wachsamer als jemals zuvor sein mussten – denn ein falscher Schritt oder eine winzige Unachtsamkeit würden ihren Tod bedeuten.

Thorin und der dunkelhäutige Schmied verbargen sich zwischen den Geröllbrocken am Rande der Mauer und beobachteten erst einmal das vor ihnen liegende Gelände. Nach wie vor erschien es ihnen leer und verlassen. Aber das musste gar nichts bedeuten. Genausogut konnte es möglich sein, dass in den Schatten der zahlreichen Gassen und verfallenen Gebäude die Gegner sie bereits erwarteten. Dies hier war kein normaler Kampf mit feindlichen Soldaten, der zwischen den Ruinen ausgetragen wurde. Die beiden Gefährten wussten überhaupt nicht, was hier und jetzt noch lauern mochte ...

Trotzdem blieb ihnen nichts anderes übrig, als ihre bisherige Deckung zu verlassen und sich weiter hinüber zu dem Hügel zu schleichen, auf dessen Spitze sich das wuchtige Bauwerk befand.

* s. THORIN-Heftserie Band 8: Tempel der vergessenen Helden

Thorin hastete als erster geduckt vorwärts, rannte mit schnellen Schritten hinüber zu einem Haus, von dem nur noch das Fundament existierte. Von hier aus überblickte er die vor ihm liegende Straße und vergewisserte sich zunächst, ob sich dort nicht doch irgend etwas bewegte.

Aber nichts geschah, und deshalb winkte er Talsamon zu, zu ihm zu kommen. Der Gefährte spurtete ebenfalls los und erreichte Sekunden später Thorin. Gemeinsam gingen die beiden dann weiter. Wachsame Blicke spähten nach links und rechts, versuchten jede verdächtige Bewegung noch rechtzeitig erkennen zu können. Dennoch geschah es viel zu schnell, als plötzlich zwei Schatten zwischen den Häusern auftauchten und sie angriffen.

Talsamon fluchte, als er geistesgegenwärtig die Axt hochriss und buchstäblich im letzten Augenblick den tödlich geführten Hieb abwehren konnte. Funken sprühten auf, als Axt und Schwert aufeinandertrafen.

Der dunkelhäutige Schmied holte mit der Axt erneut aus und drang sofort auf den vermummten Angreifer ein, während Thorin ebenfalls alle Hände voll zu tun hatte, um dem zweiten Gegner standhalten zu können.

Thorin hatte aus den Augenwinkeln den Angriff kommen sehen, geriet aber dennoch in große Bedrägnis, weil sich die vermummte Gestalt so *schnell* bewegte. Instinktiv duckte er sich und entging so dem tödlich geführten Schwerthieb, der gefährlich nahe an seinem Kopf vorbei zielte.

Einen zweiten Schlag konnte der Gegner nicht mehr ausführen, denn Thorin stieß mit der Götterklinge vor, erwischte den Vermummten mit einem gezielten Stoß in die Brust. Seltsamerweise – und erst recht zu Thorins Entsetzen – stieß der Vermummte keinen Schmerzenslaut aus. Statt dessen geriet er nur für einen kurzen Moment ins Wanken und setzte dann seinen Angriff mit unverminderter Härte fort!

Thorin holte erneut mit Sternfeuer aus, und die scharfe Klinge spaltete das Haupt des unheimlichen Angreifers mit einem schrecklich knirschenden Geräusch. Ein dumpfes Stöhnen kam von dem Gegner, das irgendwie *unmenschlich* klang – dann brach die vermummte Gestalt zusammen und rührte sich nicht mehr.

Sofort wandte sich Thorin dem zweiten Gegner zu, der vehement auf Hortak Talsamon eindrang und ihm arg zusetzte. Zwar parierte der Schmied die Hiebe seines Widersachers, musste jedoch immer mehr zurückweichen. Wenn er jetzt nicht aufpasste...

Zum Glück war aber Thorin zur Stelle – und er kam gerade noch rechtzeitig, um zu verhindern, dass die vermummte Gestalt einen überraschenden Schwerthieb von der Seite ausführte, der Hortak Talsamon ganz sicher zum Verhängnis geworden wäre. Aber dazu kam es nicht, denn Thorin holte mit der Götterklinge aus und zielte damit nach dem verhüllten Haupt des Unheimlichen. Sternfeuer bohrte sich mit einem widerlichen Knirschen mitten ins Ziel und stoppte den Angriff des Gegners. Talsamon stand mit dem Rücken zur Wand, hatte die Axt zur Verteidigung noch einmal hochgerissen, um einem weiteren Hieb des Feindes standhalten zu können. So sah er, wie der Unheimliche von Thorins Schwert gefällt wurde und zu Boden stürzte. Er zuckte noch einmal kurz mit Armen und Beinen und rührte sich dann nicht mehr.

Während Talsamon noch keuchend nach Atem rang, bückte sich Thorin hastig über den Vermummten und riss ihm die Kapuze vom blutigen Kopf.

Erschrocken sog er die Luft ein, als er in ein grässlich entstelltes Gesicht blickte. Glasige Augen starrten Thorin entgegen, und der Nordlandwolf wandte sich angewidert ab, weil er das nicht länger ertragen konnte.

Talsamon sah die abscheuliche Fratze ebenfalls, schüttelte fassungslos den Kopf und schaute dann zu Thorin, während dieser die Klinge vom Blut des Getöteten reinigte und sie an dessen Umhang abwischte.

»Wer... sind diese Bestien, Thorin?«, murmelte er leise. »Das sind doch... keine Menschen mehr...«

»Sie waren es vielleicht einmal«, erwiderte Thorin mit gedämpfter Stimme. »Irgend etwas hat sie beinflusst und dann verändert – und das schon vor sehr langer Zeit. Komm jetzt.«

Er beachtete die beiden Leichen gar nicht mehr, sondern ergriff Hortak Talsamon am Arm und zog ihn einfach mit sich. Schließlich wussten sie nicht, ob noch weitere Gegner im Schatten der Ruinen auf sie lauerten.

Aber nichts geschah mehr. Sie kamen ungehindert voran. Der wuchtige Bau oben auf dem Hügel rückte allmählich in greifbare Nähe, und bereits aus dieser Entfernung konnte Thorin erkennen, dass das rötliche Licht, das durch die Fensteröffnungen drang, noch eine Spur intensiver zu strahlen begann.

Der Sandsturm wütete nach wie vor draußen vor den Mauern der Stadt – aber hier im Zentrum dieses unheimlichen Ortes war kaum etwas von dem stetigen Heulen des Windes zu spüren. Es war, als hielten sich Thorin und Talsamon in einer Oase auf, die von einer unsichtbaren Glocke vor diesen Naturgewalten beschützt wurde. Thorin und sein Gefährte hörten zwar den Sturm – aber er klang wie weit entfernt.

Stattdessen drang nun ein anderes Geräusch vom großen Gebäude auf dem Hügel hinunter in die Ruinen. Es begann mit einem weiteren lauten Gongschlag, dessen Echo zwischen den eingestürzten Häusern verhallte. Und dann setzte ein eigenartiger Gesang aus vielen Kehlen ein, fremdartig – als komme er nicht von dieser Welt.

»Es beginnt...«, murmelte Thorin und beschleunigte jetzt seine Schritte.

»Hoffentlich kommen wir nicht zu spät...« Er eilte mit schnellen Schritten voran, und Hortak Talsamon blieb gar nichts anderes übrig, als Thorin zu folgen. Obwohl ihm mit jeder Sekunde immer bewusster wurde, dass hier Dinge geschahen, von denen er selbst in seinen schlimmsten Alpträumen bisher verschont geblieben war. Aber manchmal war die Wirklichkeit grausamer als furchteinflößende Träume. Denn aus denen konnte man wenigstens wieder erwachen und die Schrecken auf diese Weise beenden...

Kapitel 14: Die Macht des Sternensteins

Jesca wand sich auf dem schwarzen Opferstein, weil die dumpfen Gesänge der hier versammelten Vermummten sich an den Wänden als verzerrtes Echo brachen und in den Ohren der Nadii-Amazone schmerzten. Sie spürte die eigenartige hypnotische Wirkung, die von diesen Chorälen ausging, und versuchte verzweifelt dagegen anzukämpfen. Aber seltsamerweise spürte sie auf einmal eine immer stärker werdende Benommenheit, die sich auf ihre Seele legte und ihr ein beruhigendes Gefühl von Frieden und Geborgenheit zu vermitteln suchte.

Jesca fühlte die geheimnisvolle Kraft, die in ihr Hirn eindrang und sie manipulierte.

Alles in ihr bäumte sich dagegen auf, und doch konnte sie ihr Schicksal nur noch ein wenig hinauszögern. Sie besaß zwar einen starken Willen – aber was bedeutete das schon gegen die Kräfte der hier Versammelten, die von dem glitzernden und immer heftiger funkelnden *Sternenstein* gebündelt und vervielfacht wurden?

Die Nadii-Amazone blinzelte mit den Augen, weil ihr der Schweiß von der Stirn hineinlief und ihr für Augenblicke die Sicht raubte. Irgendwie schien sich mit einem Mal alles um sie herum zu drehen, und sie nahm ihre nähere Umgebung kaum noch wahr. Die Stimmen und Gesänge der Vermummten – sie drangen nur noch gedämpft zu ihr heran. Gleichzeitig spürte sie den wachsenden mentalen Druck, gefolgt von einer Stimme, die in ihrem Schädel zu dröhnen begann.

Du bist das Opfer!, rief die strenge Stimme. *Es nützt nichts, wenn du dich dagegen wehrst. Es nützt überhaupt nichts. Gib auf und tauche ein in die göttliche Aura der Schwärze. Sie beginnt zu erwachen und du wirst ihr mit Körper und Seele dienen...*

»Nein... nein...«, stammelte Jesca, schloss die Augen, um so der Flut von vielen Bildern zu entgehen, die sich auf einmal bildeten und sie verwirrten. Aber selbst jetzt änderte sich dieser Zustand nicht, denn der Reigen der explodierenden Farben und Eindrücke setzte sich in ihrem Hirn fort, peinigte sie und ließ sie laut aufstöhnen. Sie fühlte sich wie auf Wolken schwebend, den Geschehnissen über der Erde weit entrückt. Sie tauchte ein in ein Fest der Freude und der Ausgelassenheit.

Während sie mit ausgebreiteten Schwingen einem Vogel gleich durch die Wolken flog, sah sie tanzende Dämonen und eine Gruppe Frauen mit roten Haaren. Sie waren nackt und von bezaubernder Schönheit – und sie hatten eins gemeinsam: die linken Brüste aller Frauen erstrahlten in einer geheimnisvollen kristallinen Substanz, die Jesca einen Ausruf des Erstaunens entlockte.

Dieses Bild blieb jedoch nicht lange, sondern verschwand gleich wieder in einem Strudel aus Farben und Dutzender verschiedener Gerüche. Jesca spürte den *Geschmack* der Farben und genoss die *Schönheit* der Gerüche. Sie wirbelte mehrmals um sich selbst herum, wurde von einem plötzlich aufkommenden Sturm gepackt und weit hinauf in die eisblauen Regionen des Himmels geschleudert – und weiter – noch über diese hinaus in die Unendlichkeit. Bis sie eintauchte in eine entsetzliche wabernde Schwärze, die mit unsichtbaren Fingern nach ihr griff.

Jesca empfand diese Berührung als widerwärtig und weigerte sich, ihre Sinne für das namenlose Grauen zu öffnen, das sie jetzt so schrecklich deutlich sah. Feuer und Eis, Schwärze und Tod – all dies wurde vom Leuchten des Sternensteins widergegeben und noch verfielfältigt.

Ihre Seele schrie, als sie eine große, sich von Horizont zu Horizont erstreckende Wand aus gewaltigen Flammen sah – und selbst, da sie noch sehr weit davon entfernt schien, spürte sie bereits eine kaum zu ertragende Hitze, die mit züngelnden Fingern nach ihrer Haut leckte und sie vor Schmerzen aufschreien ließ. Etwas zog sie an wie ein Magnet, holte sie näher an die Flammenwand heran – und Jescas Herzschlag hätte beinahe ganz ausgesetzt, als sie jetzt schon das namenlose Grauen spürte, das sich hinter dieser Flammenwand verbarg, auf sie lauerte und die Klauen gierig nach ihr austreckte.

Doch dann fand dieser Flug durch die Schwärze ein jähes Ende. Sie streifte den äußeren Rand der Flammenwand nur ganz kurz, registrierte einen Hauch der DUNKLEN EWIGKEIT und wurde dann wieder zurückgeschleudert in das Meer aus Farben und Gerüchen.

Seltsamerweise empfand sie nun diese in sich kaskadierenden Farben als einen Ort der Ruhe und des Friedens – und so fürchtete sie sich auch nicht mehr vor der schweigenden Gestalt in der schwarzen Rüstung, die sie von ganz ferne sah, aber dennoch deutlich erkennen konnte. Sie kannte diese Erscheinung aus Erzählungen, versuchte sich krampfhaft an die Vergangenheit zu erinnern – aber die bunten Bilder um sie herum verhinderten das immer wieder.

Der Sturz in die Tiefe ihrer eigenen Seele begann – und Jesca spürte die große Geschwindigkeit, mit der ihr Astralleib wieder in den nackten gefesselten Körper zurückkehrte. Und dann erloschen die Empfindungen der Freude und des Schmerzes und machten einer willenlosen Apathie Platz. Sie sah mit einer eigenartigen Klarheit, was nun gleich geschehen würde – und doch hatte sie keine Furcht mehr. Sie war das OPFER, und sie würde dem Tod freudig entgegenblicken...

Kara Artismar genoss den Strudel der Empfindungen und Gefühle der gefangenen Amazone. Sie wusste, dass sie ihrem Schicksal nicht mehr entgehen konnte. Ja, ihr Geist war stark – im Vergleich zu anderen Opfern brauchte es weitaus mehr Zeit, um den Willen zu brechen. Aber nichts und niemand konnte sich der Macht eines *Sternensteins* widersetzen!

Die rothaarige Hohepriesterin blickte voller Vorfreude auf den immer stärker strahlenden Stein aus einem unbekannten Material von jenseits der Flammenbarriere. Als die Gesänge der Vermummten ihren Höhepunkt erreichten, wusste sie, dass nun der Zeitpunkt gekommen war, den sie herbeigesehnt hatte. Sie griff nach dem Verschluss ihres Umhanges, löste ihn und warf ihn achtlos von sich. Darunter war sie nackt, und das Funkeln ihrer linken Brust war ein Spiegelbild des gleißenden *Sternensteins*.

Sie spürte die wohltuende Hitze, die von der Brust ausging und in einem wohligen Schauer über den gesamten ebenmäßigen Körper strich. Es war ein Gefühl der Geborgenheit, mit nichts anderem vergleichbar, was sie einmal vor der Priesterweihe gekannt hatte. Sie war eine würdige Dienerin der Schwärze – und nun schlug ihre große Stunde.

Kara Artismar ergriff den scharfgeschliffenen Opferdolch und sah, wie sich das Licht der vielen Kristalle in der Klinge zu spiegeln begann. Als sie den Dolch emporstreckte, verstummte der monotone Gesang der Vermummten und machte einem ehrfürchtigen Raunen Platz. Kara Artismar lächelte wissend und näherte sich dann mit dem Dolch dem willenlosen Opfer.

Für einen winzigen Augenblick hatte sie das Gefühl, als beginne der Boden direkt unter ihren Füßen sanft zu vibrieren. Oder lag es daran, dass ihr ganzer Körper angesichts der gleich bevorstehenden rituellen Opferung zitterte?

Beth-Sog, der Herrscher des Blutes, spürte die innere Unruhe, die ihn immer mehr heimsuchte und sein weiteres Handeln bestimmte. Erloschen waren die Träume von vergangenen Zeiten – und geblieben war der entsetzliche Drang, dieses enge Gefängnis endlich zu verlassen und die alte Welt zu betreten. Nach so langer Zeit war dies nicht leicht für *Beth-Sog*, aber die geschuppte Kreatur erwachte immer mehr aus der katatonischen Starre.

Der Herrscher des Blutes fühlte schmerzhaft die unsichtbare Mauer, die sein Kerker war und seit ewigen Zeiten für ihn undurchdringlich. Immer wieder versuchte das mächtige Wesen, seine Massen zu bewegen – aber jedesmal, wenn es die Barriere berührte, wurde der gesamte Körper von einem Energieschlag erfasst, der die Sinne des Wesens peinigte und grenzenlosen Zorn verursachte. *Beth-Sog* war erwacht und von dem Willen besessen, der Enge zu entfliehen.

Die Mächte der Finsternis hatten einen Ausbruch des geschuppten Wesens von Anfang an auszuschließen versucht – jedoch begingen sie dabei einen folgenschweren Fehler. Ausgerechnet den spinnenhaften Skirr sollte es *Beth-Sog* jetzt zu verdanken haben, dass er schließlich sein Gefängnis in der Tiefe verlassen konnte. Denn nachdem die Mächte der Finsternis mit Hilfe der Skirr die Herrschaft über diese Welt errungen hatten, geriet ein Wesen wie *Beth-Sog* einfach in Vergessenheit.

Der geschuppte Herr des Blutes übte seine Macht nicht mehr aus, würde auch niemals mehr Gelegenheit dazu haben – also vergaß man ihn einfach. Und die Skirr, deren unfassbaren Sinne sowieso in anderen Regionen schwebten und sich mit besiegten Herrschern nicht befassten, wussten im Grunde genommen nichts über *Beth-Sog*. Was nicht mehr herrschte, existierte auch nicht mehr – so einfach war die Philosophie der Spinnenwesen...

Ausgerechnet die *Sternensteine* sollten es sein, die das änderten. Irgendwo in den Ruinen oberhalb von *Beth-Sog* nahm eine Zeremonie ihren Anfang, von der das geschuppte Wesen nichts wusste. *Beth-Sog* ahnte auch nicht, was im Einzelnen dort oben vor sich ging und was es zu bedeuten hatte. Im Laufe seiner viele Jahrhunderte währenden Gefangenschaft waren seine Sinne abgestumpft und verkümmert. Erst als die Kraft der *Sternensteine* die unsichtbare Barriere seines Gefängnisses aufzulösen begann, änderte sich das.

Beth-Sog spürte, wie auf einmal etwas geschah, was seine Träume von einer Sekunde zur anderen zerstörte – und der schmerzende Ring aus Energie, der sein Gefängnis umhüllt hatte, verlosch ebenfalls im selben Augenblick. Der Herrscher des Blutes bewegte seinen massigen, geschuppten Körper, stieß damit gegen die rauhen und zerklüfteten Mauern des dunklen Gesteins.

Ein unbeschreiblicher Triumph überkam ihn, als er spürte, wie die Mauern allmählich zu zittern und zu wanken begannen. Erste Gesteinsbrocken lösten sich aus der Decke über ihm, prallten in den Schacht aus ewiger Finsternis – und als der erste winzige Lichtschimmer die Dunkelheit erhellte, wurde *Beth-Sog* fast blind davon. Licht und Helligkeit – solcherlei Empfindungen waren ihm im Lauf der Zeit völlig fremd geworden.

Aber gleichzeitig wuchs auch das Verlangen, dieser ewigen Finsternis endlich entfliehen zu können, zurückzukehren in eine Welt, die ihm einstmals sehr vertraut gewesen war. Was *Beth-Sog* im Laufe seiner langen Gefangenschaft vergessen hatte, kehrte jetzt wieder zurück an die Oberfläche seines Hirns, machte ihm klar, was mit ihm eigentlich geschehen war. Die finsteren Mächte hatten ihn besiegt und hierher verbannt, und er hatte geträumt...

Erneut bewegte *Beth-Sog* seinen schweren Körper und stieß ihn gegen die Felswände – diesmal sogar noch etwas heftiger als beim ersten Mal. Wieder lösten sich Gesteinsbrocken von der Decke und stürzten hinunter. Das Loch vegrößerte sich, ließ noch mehr Helligkeit hindurch. Aus dem strahlenden Gleißen wurde jetzt ein rötliches Leuchten, das *Beth-Sog* magisch anzog.

Der Herrscher des Blutes stieß sein massiges Haupt vor, wühlte sich förmlich in das Gestein hinein, das unter dem Druck seines geschuppten Körpers nachgab und ihm so den Platz verschaffte, den er brauchte, um weiter nach oben zu kommen. *Beth-Sog* kannte jetzt kein Halten mehr – er spürte gleichzeitig eine seltsame Strahlung, die er nicht einordnen konnte. Er wusste nicht, was das war, aber er ahnte, dass er es diesem Umstand zu verdanken hatte, wenn nun seine Gefangenschaft beendet war.

Ein tiefes Grollen kam aus der Kehle des geschuppten Wesens. Das Gefühl von Freiheit und baldiger Macht ließ ihn taumeln. Er badete in einem Rausch der Sinne, während seine Gedanken den Jubel förmlich hinausschrien. Erneut drehte und wendete sich *Beth-Sog*, verließ die ursprüngliche Enge seines ehemaligen Kerkers und erreichte nun den Schacht, der nach oben führte. Er war zwar eng, aber auch hier bot ihm das poröse Gestein kaum Widerstand. *Beth-Sog* brauchte sich nur gegen die Felsen zu werfen, und schon gaben sie nach.

Die Sinne des einstmals so mächtigen Herrschers kreisten nicht um das, was ihn dort oben erwartete. Statt dessen dachte er erneut an rauschende Feste und an Blut, das in Strömen fließen würde, wenn er erst wieder so mächtig wurde, wie er es vor vielen Jahrhunderten gewesen war.

Kein Gefängnis und keine fremde Macht konnten *Beth-Sog* jetzt noch zurückhalten. Das Schicksal hatte es gewollt, dass man ihn aus seinen Träumen gerissen und in die Wirklichkeit zurückbefördert hatte.

Ganz von fern klangen dumpfe Geräusche zu *Beth-Sog* hinunter in den Schacht, die er noch nicht erfassen und einordnen konnte. Es war etwas Fremdes, was er nicht kannte, und er spürte die Strahlung, die ihn ein wenig mit

Sehnsucht erfüllte. Es zog ihn hinauf ans Licht, zurück in die Stadt, wo er einst geherrscht hatte. Und wenn diese unbekannte Strahlung, deren Hitze er bereits jetzt zu spüren begann, ihm dazu verhelfen würde, die einstige Macht wieder zu erlangen, dann würde endlich wieder Gerechtigkeit herrschen.

Beth-Sog wusste nicht, dass sich zwischenzeitlich alles auf dieser Welt verändert hatte. Es gab keine Mächte des Lichts und der Finsternis mehr, an denen er sich noch hätte rächen können. Überhaupt hatte sich die gesamte Welt sehr verändert – aber daran verschwendete der Herrscher des Blutes keinen einzigen Gedanken mehr. Er war frei und würde bald die Oberfläche erreicht haben. Sein einstiger Kerker lag schon weit in der Dunkelheit unter ihm zurück, und mit jeder verstreichenden Sekunde spürte er, wie zusätzliche Kräfte seinen massigen Körper erfassten und weiter erstarken ließen…

Mittlerweile war das Echo der monotonen Gesänge verstummt – und auch kein weiterer Gongschlag war mehr zu hören. Jedoch musste das gar nichts bedeuten, denn die jetzt darauffolgende Stille beunruhigte Thorin doch sehr. Zumal sich das rötliche Leuchten in dem wuchtigen Bauwerk von Minute zu Minute verstärkte.

Hortak Talsamon spürte auf einmal, wie der Boden unter seinen Füßen kurz zu zittern begann. Er hielt inne, blickte unsicher zu Thorin hinüber und sah, dass dieser das auch bemerkt hatte. Aber Thorin erwiderte nichts darauf (selbst wenn ihm in diesem Moment alle möglichen Gedanken durch den Kopf gingen) und deutete Talsamon mit einem knappen Wink an, ihm zu folgen.

Der Weg zu dem großen Gebäude stieg jetzt steil an – die beiden Männer wählten aber einen anderen Pfad, der seitlich dorthin führte. Denn sie mussten schließlich damit rechnen, dass sich ihnen noch weitere Widersacher in den Weg stellten. Also entschied sich Thorin dafür, an den geschwärzten Resten einer einstmals hohen Mauer entlang zu schleichen. Hier lagen genügend Geröll und Felsbrocken herum, so dass Thorin und Talsamon zumindest eine Deckung besaßen.

Sie duckten sich, schlichen sich weiter heran und erreichten schließlich ihr Ziel. Sie harrten einige Sekunden aus, beobachteten den Eingang des Bauwerks, das Thorin aus dieser Nähe immer mehr an einen Tempel erinnerte. Aber es tat sich nichts – alles blieb still.

»Riskieren wir es«, flüsterte Thorin Talsamon zu. »Es gibt keine andere Möglichkeit für uns. Wir müssen den direkten Weg nehmen…«

»Ich stimme dir zu…«, murmelte Hortak Talsamon und brach ab, als er spürte, wie der Boden tief unter ihm erneut zu zittern begann. Zwar dauerte dieses Beben nur wenige Sekunden und war so schnell zu Ende, wie es begonnen hatte. Aber es trug ganz und gar nicht dazu bei, um das dumpfe Gefühl einer schrecklichen Ahnung zu beseitigen, das in dem dunkelhäutigen Schmied aufgekommen war. Thorin hielt sein Schwert bereit, eilte mit schnellen Schritten zum Eingang des Tempels, dessen geschwungene Tore weit offenstanden. Kein Wächter zeigte sich, der ihnen den Weg versperrte – und es schien fast, als seien die unheimlichen Bewohner dieser verfluchten Stadt in diesen Minuten mit ganz anderen (weitaus wichtigeren) Dingen beschäftigt. Talsamon wartete ab, bis Thorin ihm zuwinkte, und kam dann ebenfalls zu ihm. Aus dem Inneren des Tempels erstrahlte ein Licht, dessen Ursprung sie von hier aus nicht erkennen konnten. Es war von seltsamer Intensität, wie es Hunderte von Fackeln niemals hätten erzeugen können. Thorin wollte gerade das Tor durchschreiten, als er im letzten Moment eine huschende Bewegung im Inneren bemerkte. Sofort duckte er sich und bewegte sich nicht von der Stelle. Dann sah er die verwachsene Gestalt in der dunklen Kutte, die mit schlurfenden Schritten über einen langen Gang eilte und kurz darauf in einer der vielen Nischen wieder verschwand. Sekunden später verhallten die Schritte.

Thorin sah kurz zu Talsamon hinüber, und dieser nickte aufmunternd. Mit vorgehaltenen Waffen betraten die beiden Männer die Tempelhalle. Talsamon sicherte mit seiner Axt dem Gefährten den Rücken, während Thorin weiter nach vorn ging und sein Augenmerk auf den Ursprung des rötlichen Lichtes lenkte. Wo sich die Quelle befand, erkannte er schon bald darauf – sie musste in einem der hinteren Räume liegen, denn dort schimmerte es noch heller als hier.

Ein vorsichtiger Blick nach links und rechts in den langen Gang, das Schwert in der Hand – und dann wieder einige Schritte nach vorn bis zur nächsten Deckung. All dies waren eingespielte, vom geschärften Instinkt vorgegebene Handlungen, die die beiden Männer fast automatisch vollzogen. Sie nutzten dabei jede noch so geringe Möglichkeit aus, um sich zu verbergen, und gelangten trotzdem rasch näher an den Ort des mittlerweile fast blendend wirkenden Lichtes, das diesen Teil des Tempels bis in die hintersten Winkel erfüllte.

Thorin wartete einige Sekunden ab und lauschte. Aber alles, was er hörte, war die helle Stimme einer Frau, die in einer fremden Sprache eine eigenartige Litanei anstimmte, die Thorin erschauern ließ. Er kannte diese Sprache, hatte sie schon einmal gehört, als er in die Stahlburg eingedrungen und Zeuge einer grauenhaften Zeremonie geworden war, die den Untergang der Welt bedeutet hätte, wenn sie glücklich zu Ende geführt worden wäre.*

*s. THORIN-Heftserie Band 12: Die Schrecken der Stahlburg

Geduckt schlichen sich die beiden auf die halb offenstehenden Saaltüren zu und sahen, dass unmittelbar dahinter Stufen in einen tiefergelegenen Raum führten. Thorin eilte als erster weiter vor und bemerkte, dass eine Art Brüstung den gesamten Raum umgab. Was weiter unten geschah, konnte er noch nicht sehen, aber er hörte erneut die helle Frauenstimme, die jetzt eine Spur intensiver (und noch bedrohlicher) klang.

In Sekundenschnelle schlich er sich an der Treppe vorbei, und Talsamon folgte ihm. Der Atem der beiden Männer beschleunigte sich, weil dies ein überaus kritischer Moment war. Jetzt befanden sie sich buchstäblich in der Höhle des Löwen, und weder Thorin noch Hortak Talsamon wussten, ob sich irgendwo hinter ihnen nicht schon weitere Feinde versammelt hatten und nur noch darauf warteten, ihnen bei einer passenden Gelegenheit in den Rücken zu fallen.

Vorsichtig hob Thorin den Kopf, riskierte einen kurzen Blick zwischen den Steinsäulen der Brüstung hindurch. Was er dort sah, jagte ihm einen Schauer des Entsetzens über den Rücken, und Talsamon hätte beinahe einen lauten Fluch ausgestoßen, als er ebenfalls neugierig hinunter in die Tiefe des angrenzenden Raums spähte.

Diesen Impuls konnte er jedoch noch in letzter Sekunde unterdrücken – und gleichzeitig entdeckte er etwas, was ihn vor Zorn zittern ließ.

Den Mittelpunkt des Raumes bildete ein großer schwarzer Fels, auf dem eine nackte Frauengestalt lag und sich nicht bewegte. *Jesca*, schrie eine Stimme in Thorin, und eine kaum zu beschreibende Bitterkeit überkam ihn, als er sah, in welch bedrohlicher Situation sich die Nadii-Amazone befand. Sie schien bewusstlos zu sein, denn sie reagierte überhaupt nicht, als eine rothaarige, ebenfalls nackte Frau an den schwarzen Stein herantrat und langsam die rechte Hand hob.

Verständnislos bemerkte Thorin, dass ihre linke Brust eigenartig schimmerte – ebenso der Stein, der in einer Schale auf einem separaten Podest stand und das Zentrum des rötlichen Leuchtens darstellte. *Ein Sternenstein*, schoss es Thorin durch den Kopf. *Bei allen Göttern, es ist tatsächlich so, wie Jesca vermutet hat...*

Seine sich überschlagenden Gedanken brachen wieder ab, als er den scharfen Dolch in den Händen der rothaarigen Frau entdeckte, deren monotoner (grausamer) Gesang abrupt endete. Sie trat noch näher an die immer noch reglose Jesca heran, umfasste mit der linken Hand den Knauf des Dolches und reckte die Klinge mit einem Ruck hoch empor. Ihre Blicke hefteten sich mit hypnotischer Intensität auf das vor ihr liegende, willenlose Opfer – und sie war bereit, den tödlichen Stoß auszuführen!

In diesem Moment reagierte Thorin ganz instinktiv. Er konnte nicht mehr länger abwarten und zusehen – jetzt war der Augenblick gekommen, wo er einfach handeln *musste*! Rasch erhob er sich aus seiner Deckung und riss die Klinge des Götterschwertes ebenfalls hoch empor, bevor ihn der, zumindest in diesen Sekunden, besonnener wirkende Hortak Talsamon daran hindern konnte.

Sternfeuer begann wieder hell zu erstrahlen, aber dafür hatte Thorin jetzt keinen Blick übrig. Seine einzige Sorge galt Jesca und der tödlichen Gefahr, in der sie gerade schwebte.

»Nein!«, schrie er mit lauter Stimme, während der Kopf der rothaarigen Frau völlig überrascht herumfuhr, als sie voller Zorn über die Störung die beiden Eindringlinge oben auf der Brüstung bemerkte – und dann überschlugen sich die Ereignisse…

Kapitel 15: Inferno

Kara Artismars Hände waren feucht vor Erregung, als sie den heiligen Opferdolch hoch emporhob, um ihn dann in wenigen Sekunden in die Brust des nackten Opfers zu stoßen. Sie zitterte angesichts des bevorstehenden Erwachens der Schwärze. Noch nie zuvor hatte es einen solch wichtigen und bedeutungsvollen Moment für sie gegeben – und sie war ohne Kompromisse bereit, ihre von den Skirr auferlegte Bestimmung rücksichtslos zu erfüllen…

Dann hörte sie den Schrei aus der Kehle eines Mannes, und im ersten Augenblick begriff sie gar nicht, was gerade geschah. Zornig über die Störung, registrierte sie das erschrockene Murmeln der jenseits des Opfersteins versammelten Kreaturen und blickte dann erst hinauf zur Brüstung, wo sie die hünenhafte Gestalt eines blonden Kriegers bemerkte, der in der rechten Hand ein Schwert hielt, dessen Klinge seltsam hell schimmerte – es war eine Aura, die sie erschreckte und zugleich faszinierte. Und hinter diesem Krieger stand noch ein zweiter Mann, der dunkelhäutig war und in der rechten Hand eine scharfe Axt hielt!

»Nein!«, hörte sie den Krieger mit dem schimmernden Schwert rufen – und bevor Kara Artismar verstand, dass sich die Situation buchstäblich von einem Atemzug zum anderen auf bedrohliche Weise geändert hatte, schwang sich der blonde Krieger auch schon über die Brüstung, landete federnd auf dem Boden des Saals und stürmte direkt auf Kara Artismar zu. In seinen Augen leuchtete wilder Zorn auf, und die rothaarige Hohepriesterin war so erschrocken darüber, dass sie auch diesmal nicht das leichte Zittern unter ihren Füßen registrierte, das sich schon einmal bemerkbar gemacht hatte, während das Opfer *vorbereitet* worden war.

Den scharfen Dolch eben noch zum tödlichen Stoß erhoben und jetzt völlig überrascht über das Eindringen der beiden Fremden, tanzten Kara Artismars Gedanken für wenige Sekunden einen verwirrenden Reigen. Eine recht kurze Zeitspanne – aber sie reichte dennoch aus, um Jescas Ermordung zu verhindern.

Kara Artismar fühlte auf einmal, wie der blonde Krieger ihr einen harten Stoß versetzte, der sie einige Schritte nach hinten schleuderte. Der Opferdolch entglitt ihren Fingern und fiel auf den Steinboden des Tempelsaals. Inzwischen hatte auch der dunkelhäutige Krieger den Opferstein erreicht und drang mit seiner Axt auf die vermummten Kreaturen ein.

Kara Artsimar rang keuchend nach Atem, spürte den Schmerz in ihrer Brust, wo der fremde Krieger ihr den Stoß versetzt hatte. Dennoch wollte sie sich mit einem Ächzen erheben und ihre Finger nach dem Opferdolch ausstrecken – jedoch unterschätzte sie die Reaktionsschnelle der beiden Gegner, die so unerwartet in dieses *heilige Refugium* eingedrungen waren.

Sie hörte, wie der Dunkelhäutige seinem Gefährten einen Warnruf zuschrie, und bevor die rothaarige Hohepriesterin den Opferdolch zu fassen bekam, war der blonde Krieger auch schon heran, holte mit der Klinge zu einem Hieb aus und erwischte mit der Breitseite Kara Artismar an der Schläfe. Die Welt und der heilige Tempelraum explodierten plötzlich in einem Meer aus Farben und Schmerzen, und die rothaarige nackte Frau stürzte in einen dunklen, endlos tiefen Schlund der Bewusstlosigkeit…

»Ihr Bestien!«, brüllte Hortak Talsamon voller Tatendrang, als er sah, wie auch die vermummten Kreaturen jetzt die entscheidenden Schrecksekunden überwunden hatten. Sie zogen Dolche und Schwerter unter ihren Kutten hervor, benutzten teilweise nur ihre klauenartigen Hände, um sich nun ungestüm auf die beiden verhassten Eindringlinge zu stürzen, die das ungeheure Sakrileg begangen hatten, diese so wichtige Zeremonie zu stören.

Talsamon vergewisserte sich mit einem kurzen Blick zur Seite, dass Thorin seinen Warnruf noch rechtzeitig gehört hatte. So hatte er verhindern können, dass die Frau doch noch den Dolch zu fassen bekam.

Was dann im Einzelnen geschah, konnte Talsamon nicht mehr erkennen, denn er musste sich gegen die auf ihn eindringenden vermummten Kreaturen wehren, die zwar allesamt weitaus kleiner waren als der muskelbepackte Schmied – dennoch stellten sie eine ernstzunehmende Gefahr für ihn dar. Er schwang die scharfe Axt und enthauptete gleich den ersten Angreifer, der sich etwas zu mutig vorgewagt hatte. Die scharfe Schneide trennte den Kopf ab, schleuderte ihn in einer Blutfontäne über die Häupter der anderen Kreaturen hinweg, wo er schließlich mit einem dumpfen Geräusch auf den Steinfußboden schlug.

Nur wenige Sekunden vergingen, und Talsamon hatte schon sein zweites Opfer niedergeschlagen. Es war genau so, als sei die Axt schon seit vielen Jahren sein treuer Begleiter – so vollendet wusste er diese schwere Waffe zu handhaben. Er wütete wie ein Berserker unter den vermummten Kreaturen, schlug noch einen weiteren von ihnen nieder, bevor ihm Thorin schließlich zu Hilfe kam und mit seiner leuchtenden Klinge die jetzt völlig verschüchterten Kreaturen zurückdrängte.

Der plötzliche und vehement geführte Angriff geriet schließlich ins Stocken, und schon bald darauf flüchteten die ersten vermummten Geschöpfe aus dem Opferraum. Denn ihre Herrin lag immer noch bewusstlos einige Schritte seitlich des schwarzen Altars und rührte sich nicht. Sie vermuteten, dass der Fremde sie erschlagen habe, und allein der Gedanke, jetzt ohne Anführerin zu sein, machte sie so kopflos, dass sie die Flucht ergriffen.

Wahrscheinlich wäre es anders gekommen, wenn Kara Artismar nicht bewusstlos gewesen wäre – so aber war dies ein entscheidender Vorteil für Thorin, der den davoneilenden Kreaturen keine Aufmerksamkeit mehr schenkte, sondern sofort wieder herumwirbelte. Seine Blicke huschten vom Opferstein hinüber zu dem heftig gleißenden *Sternenstein*, der eine *spürbare* Hitze ausstrahlte.

»Kümmere dich um Jesca!«, rief Thorin seinem Gefährten zu und wurde eine Spur bleicher, als er plötzlich spürte, dass der Boden unter seinen Füßen zu wanken begann. Aber jetzt war das kein leichtes Zittern mehr, wie es eben noch draußen in der Stadt der Fall gewesen war – nein, das war ein handfestes Beben, und diesem Erdstoß folgte kurz darauf bereits ein zweiter. Und der war noch eine Spur heftiger als der Erste!

Gleichzeitig schien das Leuchten des *Sternensteins* zu wachsen. Eine unbeschreibliche Hitze schlug Thorin entgegen, als er sich mit schnellen Schritten der Stelle zu nähern versuchte, wo sich das Relikt der Skirr befand. Thorin stöhnte auf, kniff sofort die Augen zu schmalen Schlitzen zusammen, als er den Schmerz auf jeder Stelle seiner bloßen Haut spürte. Unsichtbare, hitzeflimmernde Hände streckten sich Thorin entgegen, versuchten ihn davon abzuhalten, das zu tun, was er tun *musste*.

Thorin wankte, machte unwillkürlich einen Schritt zur Seite, weil er die gleißende Hitze nicht mehr ertragen konnte – aber dennoch durfte er jetzt keinen Rückzieher machen, denn die Dinge waren bereits zu sehr in Bewegung geraten. Thorin konnte nur abschätzen, was mit dem *Sternenstein* in diesen Sekunden geschah – aber die Zeremonie der rothaarigen Priesterin hatte verhängnisvolle

Ereignisse in Bewegung gesetzt, die er auf jeden Fall verhindern musste!

Plötzlich spürte er eine wispernde Stimme in seinem Hirn, die er erst wahrnahm, als sich gleichzeitig auch der hypnotische Druck auf seiner Seele verstärkte.

Lass dein Schwert fallen und ergib dich der Schwärze, Krieger! Du musst dich fügen – denn dann wirst du die Herrlichkeit erleben...

Thorin fühlte, wie sich der Druck in seiner rechten Hand abzuschwächen begann – und für einen winzigen (beängstigenden) Moment hätte er beinahe dieser Aufforderung Folge geleistet. Der Götterklinge hatte er es jedoch zu verdanken, dass es trotzdem nicht geschah. Denn Sternfeuer erstrahlte jetzt in einer solch unbeschreiblichen Aura der reinen Helligkeit, wie sie selbst Thorin noch nicht erlebt hatte.

Die peinigende Hitze, die seinen Körper und Geist zur Aufgabe zwingen wollte, wich wieder von ihm. Thorin sah zwar noch das gleißende Funkeln des *Sternensteins* – aber es konnte ihn nicht mehr in seinen Bann schlagen. Statt dessen lichteten sich die explodierenden Farben, und der Nordlandwolf konnte für einen sehr kurzen Moment erkennen, was sich zwischen den Facetten des Sternensteins abzuzeichnen begann. Zuerst waren es nur undeutliche Umrisse, eingehüllt von einer alles verschluckenden Schwärze – aber dann entstand plötzlich eine Art Riss oder Spalt, dessen Ränder mit Flammen umhüllt waren.

Thorin sah zuckende Mandibeln und klappernde Scheren – und er hörte ein widerliches Geräusch von Tausenden scharrender Füße, das er bereits aus seiner Erinnerung verbannt hatte.

Jetzt holten ihn diese namenlosen Schrecken wieder ein – und nun wusste er, was das zu bedeuten hatte.

Nie darf es sich wiederholen, schrie eine innere Stimme. *Niemals wieder...*

Er überwand die letzte Distanz zu dem *Sternenstein*, und die reinigende Aura von Sternfeuer schützte ihn vor den geistigen Angriffen der dunklen Kräfte, die sich jetzt zu einer unsichtbaren, gewaltigen Faust zusammenballten und mit allen Mitteln zu verhindern versuchten, was Thorin vorhatte.

Der Nordlandwolf umschloss den Knauf der Götterklinge mit beiden Händen, hielt ihn so fest, wie er nur konnte, und seiner Kehle entrang sich ein lauter Schrei, als er mit dem Schwert zu einem alles vernichtenden Hieb ausholte.

Sternfeuer schleuderte Funken nach allen Seiten, als sie von Thorins starkem Arm geführt mit dem *Sternenstein* aufeinandertraf. Ein gewaltiger Donnerschlag erfüllte den Opferraum, und das Relikt der Skirr zersprang mit einem klirrenden Geräusch – als ob eine unsichtbare Hand einen feinen Spiegel auf einen Steinfußboden hätte fallen lassen. Blitze zuckten empor, seltsame Klänge erfüllten die heiße Luft – und es roch irgendwie verbrannt.

Die Druckwelle, die durch diesen mutigen Schlag des Nordlandwolfs ausgelöst wurde, war so groß, dass Thorin einige Schritte zur Seite geschleudert wurde. Hart stieß er gegen eine der Tempelsäulen und stöhnte schmerzhaft auf, als er sich die linke Schulter prellte. Dennoch sprang er wieder auf, blickte fassungslos zu dem explodierenden *Sternenstein*, der innerhalb weniger Sekunden seine gleißende Pracht verlor. Einem glitzernden Diamanten gleich schleuderte er Lichtblitze nach allen Seiten, bis das helle Leuchten schließlich einem rötlichen Glühen Platz machte – wie ein in sich zusammenfallendes Feuer, dessen Glut nur noch wenige Augenblicke Wärme verbreitet. Der *Sternenstein* war von der Götterklinge vernichtet worden!

Noch während Thorin hinüber zum Opferaltar schaute, wo Hortak Talsamon mit der scharfen Schneide der Axt die Ketten zerschlug, die Jesca an den Stein fesselten, geriet der Boden unter der Tempelhalle erneut in Bewegung. Das war schon kein kurzes, unregelmäßiges Beben mehr, sondern vielmehr ein regelmäßiges Grollen, das mit jeder verstreichenden Sekunde an Intensität zunahm.

Die Vermutung verstärkte sich, dass hier noch etwas ganz Anderes seinen Anfang genommen hatte, von dem weder Thorin noch sein Gefährte Talsamon etwas ahnten. Unwillkürlich blickte er zu der Stelle, wo er die rothaarige Priesterin mit der Breitseite seines Schwertes niedergestreckt hatte – aber er konnte sie nirgendwo entdecken.

Thorins Blicke schweiften hastig umher, denn er spürte, wie gefährlich diese Frau war. Er hatte ein wahnsinniges Funkeln in ihren Augen gesehen, als sie mit dem Opferdolch Jesca hatte töten wollen – es war der Wahnsinn einer religiösen Fanatikerin gewesen. Und solche Leute durfte man niemals unterschätzen.

Seine Gedanken brachen ab, als ein erneuter Erdstoß den Boden erzittern ließ. Hastig rannte er hinüber zu Talsamon, um ihm zu helfen. Denn eine düstere Ahnung sagte ihm, dass ihnen nicht mehr viel Zeit blieb, wenn sie mit heiler Haut von hier wegkommen wollten. Da zählte selbst das Verschwinden der roten Hexe nicht mehr!

Kara Artismar spürte einen schrecklichen Schmerz in ihrem Schädel, als sie die Augen aufschlug und direkt in ein Lichtermeer aus Funken und Strahlen blickte. Fassungslos sah sie, wie der blonde Krieger mit seinem Schwert auf den *Sternenstein* zuging und dann mit der Klinge zu einem Hieb ausholte. Und ihre Verwirrung steigerte sich zu namenlosem Entsetzen, als sie das *reine* Leuchten seines Schwertes bemerkte, das den *Sternenstein* mit einem einzigen, gut gezielten Hieb in unzählige Teile zerschmetterte. Ein eiskalter Luftzug strich über den nackten Körper der rothaarigen Priesterin, als sie mit ihren geistigen Sinnen die Macht des Sternensteins vergehen sah. Tausend Gedanken gingen ihr in diesem Moment durch den Kopf – aber sie führten alle zu keinem Ergebnis. Es war etwas geschehen, was niemals hätte sein dürfen. Der blonde Krieger hatte das *Erwachen der Schwärze* verhindert!

Grenzenloser Hass ergriff die Herrscherin der Stadt. Sie wollte im ersten Moment ihren vermummten Kreaturen Befehle zurufen, die beiden Eindringlinge zu töten und zu zerreißen. Erst dann musste sie erkennen, dass keines dieser Wesen mehr in der Tempelhalle weilte. Sie hatten aufgegeben, hatten ihr Heil in der Flucht gesucht – und nun wurde der Hohepriesterin klar, dass ihr eigenes Leben in Gefahr war.

Sie fürchtete sich nicht vor den beiden Kriegern und ihrer Kraft – nein, es war die schimmernde Klinge, die der blonde Hüne geschwungen hatte. In ihr steckte die Kraft des Lichts – aber diese Herrschaft durfte doch eigentlich gar nicht mehr existieren! Die Götter des Lichts hatten die letzte, entscheidende Schlacht verloren, waren völlig vernichtet worden (zumindest war es das, was Kara Artismar von den Skirr erfahren hatte – sie wusste natürlich nicht, dass dies nicht ganz der Wahrheit entsprach).

Sie ignorierte den Schmerz in der Schläfe, versuchte stattdessen, sich so rasch wie möglich unbemerkt von diesem Ort zu entfernen – und eine bessere Chance als genau in diesem Augenblick würde sie nicht mehr bekommen. Der blonde Krieger blickte auf das Meer der verlöschenden Funken des Sternensteins, während sein Gefährte sich an den Fesseln der immer noch bewusstlosen Amazone zu schaffen machte. Beide sahen nicht zu ihr hinüber.

Kara Artismar war zäh, und genau mit einer erstaunlichen Geschmeidigkeit kam die nackte Frau wieder auf die Beine. Sie griff nach ihrem schwarzen Umhang und eilte lautlos in eine der Nischen der weiten Halle. Von dort aus rannte sie auf leisen Sohlen weiter, während auch sie spürte, wie der Boden unter ihren Füßen immer stärker zu beben begann.

Sie erschrak darüber, als ihr plötzlich ein Gedanke durch den Kopf ging, der sie noch bleicher werden ließ – der sie bis ins Innerste ihrer Seele erschreckte. Vor allen Dingen dann, als aus einigen der Vertiefungen im Steinboden plötzlich giftgrüner Dampf emporschoss, der einen stechenden Geruch verbreitete und sich beklemmend auf ihre Atemwege zu legen begann.

Die rothaarige Hohepriesterin rannte jetzt um ihr Leben. Sie wusste, dass hier alles verloren war – aber das war nicht das Schlimmste. Die Zeichen, die sie auf ihrer hastigen Flucht bemerkte, schienen immer deutlicher und klarer zu werden – und es sah ganz danach aus, als sei die bereits lange vergessene Vergangenheit wieder zum Leben erwacht...»Nein«, murmelte sie, während ihre Lungen vor Anstrengung immer schneller zu pumpen begannen. Es war eine überstürzte Flucht der einst so mächtigen und herrschsüchtigen Frau, die auf eines nicht vorbereitet gewesen war: nämlich dass es noch stärkere Kräfte gab als die Macht der *Sternensteine*!

Mittlerweile hatte sie den Tempel hinter sich gelassen und sah, wie auch die Mauern und Gebäude der *Stadt der verlorenen Seelen* immer stärker zu wanken begannen. Als käme die unsichtbare Hand eines Dämons direkt aus der Erde und wolle hier ein Werk der Zerstörung anrichten (Kara Artismar ahnte nicht, wie *nahe* sie der Wahrheit mit ihrer Vermutung in diesen Sekunden kam).

Sie ignorierte den heißen Wind, der ihr Hunderte von Staubkörnern entgegenblies, die wie kleine Nadeln in ihre Haut bissen. Draußen vor den Mauern der Stadt tobten nach wie vor die Elemente, die sie selbst mit der Beschwörung des *Sternensteins* ausgelöst hatte. Dunkle Gewitterwolken hatten sich am Himmel zusammengeballt und schleuderten Blitze auf das kleine Tal hinunter. Aber das war nichts gegen das gewaltige Beben, das jetzt jeden Fußbreit Boden der Stadt erfasste! Sie verlor immer wieder das Gleichgewicht, stürzte in den Staub und musste sich erneut aufrappeln. Das gesamte Tal verwandelte sich in ein Chaos – und da dachte Kara Artismar nur noch an sich selbst. Sie war es sich und ihren anderen *Ordensschwestern* schuldig, dass sie überlebte. Denn nur zusammen konnten sie die alte Ordnung wieder herstellen – obgleich dieser Wunsch durch die Zerstörung des Sternensteins erst einmal in weite Ferne gerückt war.

Kara Artismar hustete keuchend, denn der giftgrüne Dampf schien überall zu sein. Als habe sich tief unter dem Boden plötzlich ein gewaltiger Vulkan geöffnet, der seine heißen Massen an die Oberfläche schleudern wollte. *Aber es ist kein Vulkan*, schrie ihr Instinkt. *Du weißt genau, was es ist – auch wenn du es nicht wahrhaben willst!*

Für sie schien eine halbe Ewigkeit zu verstreichen, bis sie endlich die eingestürzte Mauer des äußeren Stadtrings erreichte – und hier traf sie die ganze Wucht des Sturms. Kara Artismar stürzte zu Boden, wäre von dem immer stärker werdenden Orkan beinahe wie ein Blatt im Wind davongewirbelt worden – wenn nicht eine starke Hand ihren Arm umschlossen hätte. Eine *gläserne* Hand!

Sie sah den blitzenden Opferdolch, der sich in den Händen der rothaarigen Priesterin befand, und der sich jetzt langsam aber sicher ihrer Brust näherte. Jescas Herz schlug wie wild angesichts der drohenden tödlichen Gefahr – ihr

Körper reagierte darauf, nicht aber ihr Geist. Fast teilnahmslos wie ein Lamm, das auf der Schlachtbank auf seinen Tod wartete, blickte Jesca die Priesterin an. Ihre Sinne waren wie in Watte gepackt, begriffen nicht, was jetzt mit ihr geschah.

Sie hörte laute Stimmen, die von ganz weither zu kommen schienen. Eine Stimme kam ihr in diesem Moment seltsam vertraut vor – dennoch wusste sie diese jetzt nicht einzuordnen, denn jedesmal, wenn ihre Gedanken sich neu zu ordnen versuchten, drifteten sie Sekunden später schon wieder auseinander. Schuld daran war das stechend riechende Öl, mit dem man sie eingesalbt hatte, denn darin befand sich eine apathisch machende Substanz.

Plötzlich tauchte ein Schatten neben der rothaarigen Hohepriesterin auf. Eine zweite, weitaus größere Klinge blitzte auf, gefolgt von einem lauten Schrei des Schmerzes und der Überraschung. Dann verschwand die Frau aus Jescas Blickfeld, ebenso wie der große Schatten, der ihr irgendwie vertraut erschien.

Jesca wollte sich bewegen, aber es gelang ihr noch nicht – dennoch spürte sie, dass jenseits ihres immer noch eingeschränkten Blickfeldes etwas von folgenschwerer Bedeutung geschah. Sie registrierte, wie der Boden zu beben begann, und das rötlich-gleißende Licht strahlte auf einmal in Tausenden von Facetten, bevor es mit einem lauten Donnerschlag explodierte.

Schreie, lautes Wehklagen, Kampfgetümmel. Um sie herum fand eine heftige Auseinandersetzung statt. Dann tauchte ein zweiter Schatten vor dem Altarstein auf, dessen dunkelhäutiges Gesicht Jesca ebenfalls schon einmal gesehen hatte.

»Du bist gleich frei«, hörte sie eine vertraute Stimme. Dann schlug etwas Hartes nahe bei ihren Händen ein, durchtrennte mit mehreren wuchtigen Schlägen die schweren Ketten, mit denen sie an den Altar gefesselt hatten – und im selben Moment verschwand auch der Schleier der Lethargie, der ihre Sinne gefangen gehalten hatte.

Sie blickte in das grinsende Gesicht von Hortak Talsamon, dem Schmied aus Mercutta. Sein Gesicht war schweißüberströmt, und auf seiner linken Wange hatte sich ein blutiger Riss geöffnet – von einer Wunde, die er sich in dem kurz zuvor stattgefundenen Kampf zugezogen hatte.

»Ganz ruhig, Jesca«, hörte sie ihn sagen. »Du hast es gleich überstanden. Wir bringen dich weg von hier...«

Er schob die zersprengten Ketten vom Altar herunter, steckte sich die Axt in den breiten Gürtel und streckte dann seine starken Arme nach Jesca aus. Die Nadii-Amazone fühlte, wie sie hochgehoben und davongetragen wurde, und als ihr nackter Körper keinen Kontakt mehr mit dem schwarzen Opferstein hatte, wich der Schleier vollends von ihren Sinnen. Jesca *begriff* auf einmal, in welch tödlicher Gefahr sie sich befunden hatte!

Sekunden später erblickte sie Thorin, der mit dem Schwert in der Hand zu ihr eilte und sie kurz ansah. Ein Lächeln der Erleichterung schlich sich in seine markanten Züge.

»Nicht jetzt«, sagte er, als er bemerkte, dass Jescas Lippen sich bewegten. »Dafür bleibt uns keine Zeit. Wir müssen hier heraus...«

Er brach mitten im Satz ab, als sich ein weiteres Beben bemerkbar machte. Jesca sah, wie es in Thorins Zügen arbeitete, als grünlicher Dampf zwischen den Fugen des Steinfußbodens hervortrat – mit einem hässlichen Zischen – und auch sie hörte jetzt das dumpfe Grollen.

»Lauf, Hortak!«, rief Thorin seinem Gefährten zu. »Ich decke dir den Rücken. Nun beeil dich doch!«

Jesca umklammerte mit ihren Händen Talsamons Nacken. Der Schmied trug sie auf starken Händen hinüber zur Treppe, die ins Freie führte. Aber noch bevor sie die ersten Stufen erreicht hatten, brach auf einmal das Gestein auseinander – und aus der Tiefe kam das Grauen!

Beth-Sog ließ sich treiben von dem Strudel, der ihn unaufhörlich nach oben zog. Der Herrscher des Blutes wusste zwar nicht, welche Kraft das verursacht hatte – und es war ihm auch gleichgültig. Für ihn zählte nur die Tatsache, dass die Jahrhunderte seiner Gefangenschaft endlich vorbei waren und sich der Kerker für ihn geöffnet hatte. Nun würde er in neuer Macht erstarken und seine strenge Herrschaft fortsetzen.

Aus seinem weit geöffneten Rachen entwich gelblich-grüner Dampf, während der gewaltige geschuppte Körper mit jedem Augenblick immer stärker wurde. Große Felsmassen hatten dem Druck der Kreatur nichts mehr entgegenzusetzen.

Mit einem einzigen Prankenhieb zerschmetterte *Beth-Sog* ganze Gesteinsblöcke, die sich aus den Wänden lösten und in die schwarze Tiefe des gigantischen Schachtes stürzten.

Beth-Sog beachtete das nicht – seine Sinne waren einzig und allein darauf ausgerichtet, die Oberfläche zu erreichen. Er wollte zurückkehren in die Stadt, wo man ihn einst verehrt hatte.

Das furchterregende Wesen registrierte eine zweite Kraft, die nicht einzuordnen war – aber diese Kraft schien sehr mächtig zu sein. *Beth-Sog* hatte ihr wahrscheinlich seine Befreiung zu verdanken – er würde schon sehr bald herausfinden, welchen Ursprungs diese Kraft war und was sie zu bedeuten hatte.

Immer schneller drängte der Herrscher des Blutes nun dem Licht entgegen, dessen hellen Schimmer er bereits am Ende des Schachtes bemerkte – zwar jetzt nur ein winziger Punkt, der aber mit jeder Sekunde größer wurde. Staub, Gestein und ganze Wände begannen sich aus dem Berg zu lösen, stürzten hinunter in die Tiefe, und das dumpfe Grollen wurde immer stärker.

Beth-Sog streckte beide Arme aus, als er dem Licht entgegen trieb – und dann war der entscheidende Moment des *Durchbruchs* gekommen. Mit einem ohrenbetäubenden Bersten durchstieß die geschuppte Kreatur das Gestein. Säulen brachen zusammen, und der schwarze Opferaltar wurde von einer unsichtbaren Faust gepackt und mehrere Meter weit davongeschleudert.

Beth-Sog hatte die Enge des Kerkers endgültig verlassen und befand sich wieder in seiner Welt – die allerdings jetzt deutlich wankte, in sich zusammenstürzte und überall zu bersten begann!

Beth-Sogs glühende Augen blickten sich um in dem großen Raum – und dann sah er die drei winzigen Gestalten. Ein lautes Brüllen entrang sich seiner Kehle, als er sah, wie sie sich zu entfernen versuchten – aber dem Herrscher des Blutes entkam niemand. Das war vor einer Ewigkeit schon so gewesen – und es würde jetzt nicht anders sein...

Thorin zuckte zusammen, als der Steinfußboden der Tempelhalle mit einem ohrenbetäubenden Krachen auseinanderbarst. In grünlichen Schwaden heißen Dampfes wand sich ein gigantischer, geschuppter Körper hervor, der einem Alptraum zu entstammen schien. Er erinnerte an einen großen Drachen – aber das dämonische Haupt war noch viel grauenhafter. Rötliche, gnadenlose Augen blickten für Sekunden umher – und dann hatten sie Thorin, Talsamon und Jesca erspäht.

In diesen Sekunden erinnerte sich Thorin an eine ähnlich dramatische Situation. Damals war er nach dem Fall der Stadt Samara in das unterirdische Reich unter den Stadtmauern eingedrungen und war dort einem gehörnten Dämon aus der Tiefe begegnet.*

Es schien eine unerklärliche Laune des Schicksals (oder Thorins Bestimmung?) zu sein, dass sich diese Ereignisse jetzt wiederholten. Die geschuppte Kreatur stieß Felsen und Geröllbrocken beiseite, zwängte sich immer weiter aus dem Schacht und versuchte dabei, mit ihren Klauen die flüchtenden Menschen zu packen.

Thorin zögerte keine Sekunde mehr. Obwohl er wusste, was für ein Risiko das

---

* s. THORIN-Heftserie Band 4: Das dunkle Reich

bedeutete, sprang er dennoch vor und hieb mit der Götterklinge nach dem unheimlichen Giganten. Sternfeuer erstrahlte erneut in einem hellen Licht – wie jedes Mal, wenn das Schwert mit finsteren Mächten konfrontiert wurde.

Der scharfe Stahl biss sich in die Klauenhand des Ungetüms, durchtrennte sie – und ein Strahl dicken, grünlichen Blutes trat hervor. Ein stechender Geruch breitete sich aus, drang in Thorins Nase.

Die Kreatur brüllte laut auf – vor Überraschung und vor Schmerz, weil dieses Wesen wohl nicht erwartet hatte, dass sich ihm irgend jemand ernsthaft in den Weg zu stellen versuchte. Thorin nutzte diese Sekunden des Zögerns und setzte noch einmal nach, hieb ein zweites Mal nach der geschuppten Bestie.

Auch dieser Schlag verfehlte seine Wirkung nicht. Die Götterklinge traf den Halsansatz der widernatürlichen Kreatur, bohrte sich tief hinein – und bevor das brüllende Ungeheuer mit seiner noch intakten Pranke nach Thorin schlagen konnte, hatte dieser sein Schwert wieder aus der Wunde herausgerissen und gelangte mit einem Sprung zur Seite aus der unmittelbaren Gefahrenzone.

Die Kreatur brüllte so laut, dass es in den Ohren schmerzte. Der Geschuppte wankte, begann zu taumeln und stieß gegen einige tragende Säulen, die unter seinem Gewicht wie Strohhalme zu zerbrechen begannen. Kurz darauf wurde der gesamte Gebäudetrakt von einem heftigen Zittern erfasst, und Thorin glaubte zu wissen, dass sie nur dann eine Chance hatten, wenn sie *sofort* flohen.

Thorin eilte schnell Hortak Talsamon nach, der mit Jesca auf den Armen schon den Ausgang des großen Tempelsaals passiert hatte. Thorin erreichte ihn gerade noch rechtzeitig, bevor die tragenden Deckenbalken zu bersten begannen und alles unter sich begruben. Der Opferraum, die Nischen und weiten Gänge, alles stürzte ein, wurde durch das Wüten der grauenhaften Kreatur zerstört!

Die beiden Männer hasteten weiter. Der Atem des dunkelhäutigen Schmiedes ging keuchend, denn es war nicht leicht, um sein Leben zu laufen und dazu noch Jesca auf den Armen zu tragen. Dennoch meisterte er diese Situation – und die beiden Freunde hatten Glück, dass sich ihnen auf der Flucht aus dem wuchtigen Tempel niemand mehr entgegenstellte.

Statt dessen sahen sie zwei der vermummten Kreaturen, die selbst eine überstürzte Flucht vor dem Tod nicht hatte bewahren können. Eine mächtige Steinsäule war ins Wanken geraten und zusammengestürzt. Sie hatte die beiden Geschöpfe halb unter sich begraben. Als Thorin und Talsamon diese Stelle passierten, sahen sie noch die Qual in den entstellten Fratzen der Wesen.

Erneut bebte der Boden, Risse durchzogen das Gestein wie Adern, die sich auf beängstigende Weise rasch ausbreiteten. Nur wenige Schritte von ihnen entfernt prallte ein mannshoher Gesteinsbrocken aus der Decke auf den Boden und zerbrach dabei in mehrere Teile. Die Wucht des Aufschlages war so stark, dass die

Steinteile nach allen Seiten geschleudert wurden. Staub wirbelte in der Luft, reizte die Kehlen der beiden Männer, während sie um ihr Leben rannten.

Und dann hatten sie es endlich geschafft – sie erreichten das äußere Tor des Tempels. Gerade noch rechtzeitig, um zu sehen, wie der lange Gang hinter ihnen Stück für Stück einstürzte und alles unter sich begrub. Falls sich jetzt noch weitere Kreaturen der geflohenen rothaarigen Priesterin innerhalb des Tempels aufgehalten hatten, bedeutete dies ihr Ende!

Thorin hastete weiter, gefolgt von Talsamon. Sie spürten jetzt wieder den nächtlichen Wind, der ihnen ins Gesicht blies, als sie dem Weg hinunter in die Stadt folgten. Aber auch hier zeigte das mächtige Beben bereits erste Spuren – es schien, als sei der gesamte Erdboden unterhalb der Stadt in Unruhe geraten. Wohin sie auch blickten, bröckelten Steine aus den Mauern, rollten auf die Straße, während gleich nebenan eine ganze Mauer einstürzte und ihnen den direkten Weg durch einen Geröllhaufen versperrte.

»Da drüben!«, schrie Talsamon, der eine Lücke zwischen zwei Ruinen entdeckt hatte. Thorin hatte sie ebenfalls entdeckt und eilte darauf zu. Sie hatten nicht mehr viel Zeit, wenn sie ihr Leben retten wollten. Denn vor einem heimtückischen Erdbeben wie diesem gab es innerhalb der Stadtmauern keinerlei Sicherheit!

Sie erreichten die betreffende Stelle in der Mauer und waren Augenblicke später dem immer noch heftigen Sandsturm ausgesetzt. Sie vernahmen einen dumpfen Schlag, dem Bruchteile von Sekunden später ein heftiger Knall folgte – und dann sahen Thorin und Talsamon drüben aus den Mauern des Tempels die ersten Flammen schlagen.

Sie wussten nicht, was das Feuer ausgelöst hatte – sie sahen nur, wie schnell die Flammen um sich griffen und schließlich das gesamte Bauwerk einhüllten. Und immer wieder folgten neue Schläge tief unterhalb des Tempels.

Thorin hastete weiter, hinüber zu einer Stelle zwischen den Felsen, die ihnen wenigstens etwas Schutz vor dem quälenden Sandsturm verschaffte. Auch der dunkle Himmel über ihnen schien in Aufruhr geraten zu sein. Grelle Blitze zuckten auf, schlugen in ein Gebäude nah der zerborstenen Stadtmauer ein – mit solcher Wucht, dass Steine hoch emporgeschleudert wurden.

Thorin zog seinen Umhang von den Schultern und bedeckte damit den nackten Körper Jescas. Die Nadii-Amazone, die noch zu schwach zum Reden war, zog ihn automatisch fester um sich, hüllte sich darin ein wie ein Kind, das Schutz vor einer unsichtbaren Bedrohung suchte. Ihren Blick deutete Thorin richtig, aber er schüttelte nur stumm den Kopf. Er benötigte keinen Dank für das, was er getan hatte – denn er war heilfroh darüber, dass er und Talsamon buchstäblich im letzten Augenblick noch hatten eingreifen können...

Kapitel 16: Der letzte Kampf

Irgendwann zwischen Mitternacht und Morgengrauen ließ der heftige Sandsturm nach, und auch der Gewittersturm ebbte schließlich ab. Nur der Erdboden wurde nach wie vor von unregelmäßigen Beben erschüttert – sie waren jedoch nicht mehr so heftig wie im Zentrum der Stadt. Thorin blickte hinüber zu Jesca. Die Erschöpfung hatte ihren Tribut gefordert. Die Nadii-Amazone hatte die Augen geschlossen, war irgendwann inmitten des tosenden Sturms eingeschlafen. Dennoch musste er sie jetzt wieder aufwecken, denn es zog ihn weg von diesem verfluchten Ort. Er hatte ein ungutes Gefühl dabei, länger in der Nähe dieser unseligen Stadt zu verweilen. Thorin spürte die Schatten der Finsternis, denen er Stunden zuvor begegnet war, und er vergegenwärtigte sich noch einmal im Stillen die Gefahr, die von dem *Sternenstein* ausgegangen war.

»Es wird Zeit«, murmelte er schließlich, ging hinüber zu Jesca und stieß sie sanft mit der linken Hand an. »Wach auf...«

Jesca öffnete die Augen, zuckte im ersten Moment zusammen, erkannte dann aber Thorin und entspannte sich.

»Wir müssen aufbrechen«, hörte sie ihn sagen. »Fühlst du dich kräftig genug – oder brauchst du unsere Hilfe?«

»Es wird schon gehen«, erwiderte Jesca und versuchte, sich aus eigener Kraft zu erheben – was ihr aber nicht gleich gelang. Sie ergriff deshalb Talsamons Hand und ließ sich von ihm aufhelfen. Dabei rutschte der Umhang nach unten und gab den Blick frei auf ihre formvollendeten Brüste. Jesca bemerkte das, und eine leichte Röte huschte über ihr ebenmäßiges Gesicht. Sofort wickelte sie das Tuch ganz fest um sich, denn sie fühlte sich in diesem Zustand verletzlich – und das war einer Nadii-Amazone unwürdig!

Thorin wollte gerade etwas sagen, als ihm plötzlich auffiel, dass Hortak Talsamon zusammenzuckte und seine Miene sich in eine schreckensbleiche Grimasse verwandelte.

»Nein...«, murmelte er. »Das ist doch...« Die Worte blieben ihm im Hals stecken, als er langsam die Hand hob und hinauf zum höchsten Punkt des Felsen zeigte, wo sie Schutz vor dem Sandsturm gesucht hatten. Thorin und Jescas Blicke folgten zur gleichen Zeit Talsamons Fingerzeig, und auch sie erkannten die bittere Wahrheit.

Während am fernen Horizont allmählich ein neuer Tag anbrach und sich die ersten Sonnenstrahlen zeigten, erkannte Thorin auf der Kuppe des Felsens zwei markante Silhouetten, bei deren Anblick er leise fluchte. Und zwischen diesen beiden *gläsernen Kämpfern* stand die rothaarige Priesterin, durch deren langes Haar der aufkommende Morgenwind strich. Vor dem Licht des neuen Morgens hob sich ihr schlanker Körper ab. Sie trug ein schwarzes, vom Wind aufgebauschtes Gewand, blickte triumphierend hinunter zu der Nische zwischen den Felsen und hob dann die linke Hand. Auf dieses Zeichen hin tauchten plötzlich zwei weitere *gläserne Kämpfer* auf, die in ihren Händen bedrohlich aussehende Schwerter hielten!

Kara Artismar genoss das Gefühl des Schocks, der die beiden Krieger und die Amazone jetzt überkommen hatte – ihr Schicksal hatte sich von einem Atemzug zum anderen wieder verändert. Der blonde Krieger und der Schwarze – sie würden gleich dafür büßen, dass sie die Opferzeremonie in solch einem entscheidenden Moment gestört hatten. Und was noch schlimmer war – der blonde Hüne hatte mit seinem Schwert den mächtigen *Sternenstein* endgültig vernichtet.

»Ergebt euch!«, erschallte die gehässige Stimme der rothaarigen Hohepriesterin. »Oder wollt ihr jetzt und hier schon sterben?« Sie lachte bei den letzten Worten. »Ich werde euch vernichten, ihr unwürdigen Bastarde!«

Thorin erwiderte nichts darauf. Ohnmächtige Wut kochte in ihm, weil er mit dieser plötzlichen Wende nicht mehr gerechnet hatte. Natürlich – da waren noch die *gläsernen Kämpfer von Sann-Dok* gewesen, die vor seinem Eindringen in den Felsen gelauert hatten. Aber er hatte vermutet, dass sie ähnlich wie die vermummten Kreaturen nach der Zerstörung des *Sternensteins* und dem einsetzenden Erdbeben längst die Flucht ergriffen hätten. Nun wurde er eines Besseren belehrt.

Innerhalb von Sekunden wog Thorin die Chancen ab, die ihnen blieben – wenn sie sich jetzt der Übermacht ergaben, war ihnen ein langer und qualvoller Tod sicher. Deshalb war Angriff die beste Verteidigung – und ein kurzer Blick zu Hortak Talsamon zeigte ihm, dass der dunkelhäutige Schmied genauso dachte.

»Drauf!«, brüllte Thorin seinem Gefährten zu, riss das Götterschwert aus der Scheide und stürmte auf die beiden vor ihnen lauernden Gegner zu. Talsamon hatte ebenfalls seine Axt griffbereit, während er Thorin folgte. Das kam so plötzlich, dass selbst die beiden gläsernen Kämpfer mit solch einem heftigen Ansturm nicht gerechnet hatten.

Talsamon duckte sich, als ein kräftiger Hieb über seinen massigen Schädel hinwegstrich, und wehrte den zweiten Hieb mit der Axt ab. Ein schmerzhafter Stoß ging durch seinen Unterarm, als er den gefährlichen Hieb des *gläsernen Kämpfers* parierte. Dann war er es, der den nächsten Schlag austeilte.

Seine Axt traf den gläsernen Kämpfer in die Brust, stoppte seinen Angriff – aber nur für wenige Sekunden. Denn als Talsamon die Axt mit einem heftigen Ruck wieder an sich riss, setzte der Gegner seinen bereits begonnenen Angriff weiter fort!

»Der Kopf, Hortak!«, schrie ihm Thorin zu, der alle Hände voll mit dem zweiten Feind zu tun hatte und bemerkte, dass die rothaarige Hexe nun die übrigen beiden Wächter ebenfalls hinunterschickte. »Du mußt den Kopf zerschmettern!«

Noch während die letzten Worte über seine Lippen kamen, musste er sich ducken – aber die Klinge des *gläsernen Kämpfers* streifte ihn dennoch schmerzhaft an der Schulter, und Thorin schrie auf. Dennoch gab er sich keine Blöße – eher das Gegenteil war der Fall.

Mit dem Mut eines Verzweifelten, der nichts mehr zu verlieren hatte, drang er auf seinen Gegner ein und konnte mit der Götterklinge einen harten Hieb landen, der das Haupt des *gläsernen Kämpfers* zum Ziel hatte. Sternfeuer leuchtete gleißend hell auf, als die Klinge sich ins Ziel bohrte, und der Feind brach zusammen. Wie schon bei dem ersten Gegner, wurde auch dieser in ein schimmerndes Feld gehüllt, die Konturen begannen zu verblassen – und dann löste sich der *gläserne Kämpfer* vor Thorins Augen auf, als habe er nie existiert.

»Thorin!«, hörte der Nordlandwolf auf einmal Jescas angsterfüllten Schrei drüben bei den Felsen. Er drehte sich rasch um und sah, dass die beiden anderen Feinde gefährlich nahe an sie herangekommen waren. Rasch bückte er sich, hob die Waffe seines vernichteten Gegners auf und schleuderte sie mit einem weit ausholenden Wurf zu Jesca hinüber.

Die verließ ihre Deckung, streckte beide Hände aus und bekam die Klinge zum Glück beim ersten Mal auch gleich zu fassen. Ihre Finger umschlossen den ungewohnt kalten Knauf des Schwertes – und dann stellte sie sich auch schon den beiden *gläsernen Kämpfern*. Thorins Umhang löste sich dabei von ihrem Körper, und die schöne Amazone stand völlig nackt vor ihren Gegnern – einem zornigen Racheengel gleich.

Sie stieß den Kampfschrei der Nadii-Amazonen aus und stürzte sich dann auf die beiden gläsernen Kämpfer, um ihr Leben so gut wie möglich zu verteidigen. Trotzdem hätte sie keine Chance gehabt, wenn Thorin ihr nicht doch noch zu Hilfe gekommen wäre. Talsamon konnte er mit seinem Gegner allein lassen. Gerade als Thorin sich abwandte, spaltete er das Haupt seines Gegners mit einem vernichtenden Hieb – aber auch er trug eine Schnittwunde am rechten

Arm davon. Thorin blickte hinauf zur Anhöhe und sah, wie die rothaarige Hexe vor Zorn schrie, während Talsamon nun ebenfalls hinübereilte, um Thorin und Jesca im Kampf gegen die restlichen Widersacher zu helfen. Den dunkelhäutigen Schmied hatte ein kaum zu beschreibender Zorn gepackt. Einer menschlichen Kampfmaschine gleich stürzte er sich zwischen Jesca und die *Gläsernen* und drosch mit der Axt wie ein Berserker auf sie ein.

»Hol dir die Frau, Jesca!«, schrie Thorin der nackten Nadii-Amazone zu, als er sah, wie die rothaarige Priesterin den Rückzug antrat. »Rasch – beeil dich, sonst entkommt sie uns wieder!«

Zusammen mit Talsamon kämpfte er weiter gegen die Feinde – und es wurde noch härter als zuvor. Erneut streifte ihn ein Schwert – diesmal an der Stirn, und Blut lief ihm ins Auge, das seine Sicht einschränkte.

Während Jesca sich an die Verfolgung der flüchtenden Amazone machte, geriet Thorin ins Taumeln und stolperte. Hätte er in diesem Moment nicht geistesgegenwärtig die Klinge hochgerissen, dann hätte dies das Ende für den Nordlandwolf bedeutet!

Der *gläserne Kämpfer* drang mit einer solchen Besessenheit auf Thorin ein, dass er sogar die hochgerissene Klinge ignorierte. Diese durchbohrte seine Brust und stoppte ihn für Sekunden. Thorin riss das Schwert heraus, setzte mit einem zweiten Schlag nach und enthauptete seinen Gegner. Während der *gläserne Kämpfer* zusammenbrach und dann erneut das makabre Schauspiel der Körperauflösung einsetzte, eilten Thorins Blicke zu Hortak Talsamon, der genau in diesem Moment auch seinen Widersacher mit einem tödlichen Hieb vernichtete.

Dieser Kampf hatte zwar nur wenige Minuten gedauert – trotzdem waren Thorin und Talsamon in Schweiß gebadet und völlig erschöpft. Während Thorin Atem holte, kreisten seine Gedanken um Jesca, die vor wenigen Augenblicken oben auf der Hügelkuppe verschwunden war – und die Sorge um die Nadii-Amazone mobilisierte noch einmal die letzten Kraftreserven in ihm.

»Ich muss nach Jesca sehen«, sagte er zu Talsamon – und dann eilte auch er den Hügel hinauf…

Jesca stöhnte auf, als sie mit ihren bloßen Füßen immer wieder auf einen harten Stein trat – aber darauf konnte sie jetzt keine Rücksicht nehmen. Mit dem Schwert des *gläsernen Kämpfers* in der rechten Hand, rannte sie den Hügel hinauf, genau auf die Stelle zu, wo die rothaarige Priesterin eben noch gestanden hatte. Ein kaum zu beschreibender Zorn hatte Jesca erfasst. Diese Frau hatte sie töten und den dunklen Mächten opfern wollen – jetzt sollte sie endlich dafür büßen, was sie einer Nadii-Amazone angetan hatte!

Als Jesca den höchsten Punkt erreicht hatte, hielt sie einen Augenblick inne und ließ ihre Blicke in die Runde schweifen, während die helle Morgensonne die karge Landschaft mit ihren wärmenden Strahlen überzog. Ein außenstehender Beobachter hätte in diesem Moment eine nackte junge Frau entdeckt, deren schöner Körper eine eigenartige Wildheit ausströmte. Die Instinkte der Kämpferin bestimmten jetzt Jescas weiteres Handeln.

Die rothaarige Priesterin war nirgendwo zu sehen – als wäre sie buchstäblich von einem Atemzug zum anderen spurlos verschwunden. Auf diesem rauhen Steinboden hinterließ sie natürlich keine Fußabdrücke – wo sollte Jesca also nun suchen? Aber so schnell gab sie die Hoffnung noch nicht auf. Sie folgte ihren Instinkten, suchte das Gelände weiterhin ab und spürte den wachsenden Zorn darüber, dass sie ihre Feindin einfach nicht finden konnte.

Es waren nur wenige Minuten verstrichen, seit Jesca sich an die Verfolgung gemacht hatte – und doch schien diese verhältnismäßig kurze Zeitspanne für die Hohepriesterin ausgereicht haben, um irgendwo zwischen den zahlreichen Einschnitten und Nischen der weitverzweigten Schlucht unterzutauchen. Hinzu kam, dass das Erdbeben neue Risse und Vertiefungen hinterlassen hatte – was den Untergang und die Vernichtung des grauenhaften geschuppten Wesens eingeleitet hatte – das hatte ironischerweise die jetzt immer wahrscheinlicher werdende gelungene Flucht der rothaarigen Hexe verursacht.

Jesca spürte die grenzenlose Enttäuschung, die nun von ihr Besitz ergriff. Aber das Schicksal schien ihre Todfeindin tatsächlich noch einmal verschonen zu wollen – obwohl es mehr als ungerecht war ...

Wie lange Jesca hier oben ausgeharrt und sich verzweifelt nach einem noch so geringen Hinweis auf das Verschwinden der Priesterin gesehnt hatte, konnte sie nicht sagen – aber als sie dann plötzlich schwere Schritte hinter sich hörte, brachen ihre trüben Gedanken von einer Sekunde zur anderen ab. Die Nadii-Amazone wirbelte mit dem Schwert in der Hand herum, riss es hoch und dann... sah sie Thorin.

Sofort entspannten sich ihre Züge wieder. Jesca ließ die Klinge sinken, während ein Schatten ihr schönes Gesicht überzog.

»Sie ist... verschwunden«, kam es ihr mit enttäuschter Stimme über die Lippen. »Ich weiß nicht, wie es geschehen konnte – aber sie ist einfach weg...«

Thorin registrierte den Zorn Jescas – und er konnte sie gut verstehen. Aber das änderte leider nichts mehr an der bedauerlichen Tatsache, dass ihnen die Frau entkommen war. *Eine Hohepriesterin der Sternensteine*, schoss es Thorin durch den Kopf. *Wie viele mag es davon noch geben? Das erste Relikt der Skirr konnte ich vernichten – ich habe jetzt etwas aufgehalten, aber für wie lange?...*

Er beschloss, diese Gedanken vorerst für sich zu behalten. Es nützte nichts, lange und weit ausschweifende Überlegungen anzustellen, was alles sonst noch hätte geschehen können. Sie hatten einen augenblicklichen Sieg errungen – einen Moment des Triumphes konnten sie deshalb genießen. Aber Thorin und Jesca wussten, dass noch eine lange und gefahrvolle Suche vor ihnen lag. Die Suche nach den übrigen *Sternensteinen!*

Schweigend und nachdenklich zugleich kehrten der Nordlandwolf und die Nadi-Amazone zu Hortak Talsamon zurück. Während Jesca ihren Körper wieder mit dem Umhang bedeckte, schüttelte Thorin stumm den Kopf, als er den fragenden Blick des dunkelhäutigen Schmieds bemerkte. Daraufhin stieß Talsamon einen leisen Fluch aus.

»Ihr werdet sie trotzdem suchen, nicht wahr?«, erkundigte sich Talsamon bei Thorin und sah, wie dieser nickte. »Gibt es... noch mehr von diesen funkelnden Steinen?«

»Ja«, erwiderte Thorin, während Jesca nun an seine Seite trat. »Sie müssen vernichtet werden, sonst wird die Finsternis wieder die Herrschaft über die Erde erringen. Erst wenn das *Netz der Macht* wieder an Kraft gewinnt, können die Menschen sicher sein, Hortak.«

»Ihr beide habt eine *besondere* Aufgabe«, meinte Talsamon daraufhin. »Aber ich glaube, dass unsere Wege sich hier besser trennen sollten. Für mich gibt es in Mercutta noch genug zu tun – da ist ja immer noch dieser Hund Tys Athal, der mit der rothaarigen Priesterin offensichtlich unter einer Decke steckte. Ich sollte den Menschen dort erzählen, was für ein Bastard er ist – es ist gerecht, wenn endlich jemand gegen diese Willkür ankämpft.«

»Bestimmt wirst du Gleichgesinnte finden«, erwiderte Jesca. »Solange es Menschen gibt, die nicht untätig zusehen, wenn Unrecht geschieht – solange gibt es auch noch Hoffnung für diese Welt. Aber ohne Hoffnung wird es schwer...«

Talsamon nickte nur. Jesca hatte ihm aus der Seele gesprochen – und irgendwie empfand er jetzt die aufgehende Sonne, die die letzten Schatten der Nacht endgültig vertrieben hatte, als ein Zeichen der Verheißung...

Liebe Leser!
Willkommen zu unserer neuen Fantasy-Serie THORIN – DER NORDLANDWOLF. Es erwartet Sie eine spannende, actionreiche Serie, von der wir hoffen, dass sie Ihre Aufmerksamkeit finden wird.

Der Name THORIN mag Kennern der deutschen Fantasy-Szene vielleicht nicht ganz unbekannt sein. Die Idee zu THORIN liegt schon fast fünfzehn Jahre zurück. Begonnen hat alles 1983, als Al Wallon ein Fantasy-Konzept für einen Roman mit einem klassischen Schwertkämpfer entwickelte und dieses an den BASTEI-Verlag schickte. Was Al Wallon nicht wusste, war die Tatsache, dass man eben zu diesem Zeitpunkt bereits an der Idee einer neuen Fantasy-Heftreihe arbeitete und dafür noch Autoren suchte. Der Kontakt mit dem damals zuständigen Lektor Dr. Helmut Pesch (der ja nun in Fantasy-Kreisen wirklich kein Unbekannter ist...) kam zustande, und der erste THORIN- Roman ›Tempel der vergessenen Helden‹ wurde geschrieben. Es folgten drei weitere Romane mit dem Titel ›Der Schatz von Samorkand‹, ›Die Insel des Meergottes‹, sowie ›Die Höhle des Zyklopen‹. Leider kam mit Band 28 das überraschende Aus für die Fantasy-Heftreihe, und der fünfte THORIN-Roman, ›Die Schmiede der Götter‹, konnte leider nicht mehr veröffentlicht werden, obwohl er bereits geschrieben war. Aber für manche Serien kommt das Aus eben ziemlich überraschend, und so ruhte das Manuskript fast zehn Jahre in der Schublade.

In all diesen Jahren wurde Al Wallon immer wieder von Lesern auf Cons und Börsen auf die THORIN-Romane angesprochen, und viele wünschten sich eine Fortsetzung der Serie. Zu diesem Zeitpunkt publizierte Al Wallon bereits eine Reihe mit historischen Western-Romanen im eigenen Verlag und entschied sich, THORIN mit neuen Romanen in einer neuen Serie fortzusetzen – ebenfalls im eigenen Verlag.

1994 war somit das ›Geburtsjahr‹ der neuen THORIN-Serie, die dreimal pro Jahr in einer limitierten Sammlerauflage erschien. Ab Band 7 stieß dann auch Marten Munsonius als Co-Autor dazu, er brachte neue Ideen und erweiterte Handlungsbögen in die Serie mit ein.

Leider kam dann doch das vorzeitige Aus für THORIN. Die Serie endete 1998 mit Band 12, weil sich immer stärker abzeichnete, dass die kleine Sammlerauflage nicht das Ziel-Publikum erreichte, das sich die beiden Autoren wünschten.

Zu diesem Zeitpunkt waren Al Wallon & Marten Munsonius schon ein gutes Jahr als Autoren für den BLITZ-Verlag tätig und konzipierten eine weitere Serie: DAVID MURPHY – eine neue Horrorserie mit aktuellen Bezügen. Der BLITZ-Verlag suchte nach einer neuen Fantasy-Serie, um das Verlagsprogramm entsprechend zu erweitern, und es bot sich einfach an, über THORIN zu sprechen. Die entsprechenden Gespräche wurden geführt, das Ergebnis war, dass THORIN ebenfalls im BLITZ-Verlag erscheinen konnte.

Und nun ist es endlich soweit – vor Ihnen liegt der erste Band ›Stadt der verlorenen Seelen‹, das erste Abenteuer THORINS im großformatigen Paperback. Betreten Sie eine vergessene Welt voller Geheimnisse und Gefahren, und erleben Sie THORINS Kampf gegen die finsteren Mächte.

Die früheren 12 Heftromane von THORIN, die einen in sich abgeschlossenen Zyklus bilden, sind noch erhältlich und können jederzeit bei der Fa. ROMANTRUHE (siehe Impressum) nachbestellt werden.

Al Wallon & Marten Munsonius, im März 1999

THORIN – der Nordlandwolf
Band 2
DAS SCHWARZE SCHIFF

Al Wallon & Marten Munsonius

Während Thorin und Jesca die Spur der verschwundenen Priesterin Kara Artismar verfolgen, befindet sich auch der ehemalige Feldherr der Heere des Lichts, General Kang, in grosser Gefahr. Er und seine Getreuen tappten ebenfalls in die Falle einer anderen rothaarigen Frau und sind nun Gefangene auf einem Schiff, dessen Ziel sie nicht kennen – und erst recht nicht ihr eigenes Schicksal.

Eine Irrfahrt zu einer geheimnisvollen Insel beginnt, die durch Gefahren und Schrecken gekennzeichnet ist – und am Ende dieser tödlichen Reise lauert die Gewissheit, dass die Kreaturen des dunklen Zeitalters noch leben und erneut ihre Klauen nach der Welt der Menschen ausstrecken.

Auch Thorin und Jesca erfahren von dieser Insel. Ihr Weg führt sie zu den unheimlichen Wächtern des Todesplateaus an der südlichen Küste. Dort entbrennt ein Kampf um Leben und Tod...

Al Wallon, seit 1981 als Autor tätig undMarten Munsonius, langjähriger Rezensent in der SF-Fantasy- und Horrorszene, präsentieren eine neue Fantasy-Saga voller Spannung, die nun zum ersten Mal als Paperback erscheint!

Nachbestellungen und Abonnement-Verwaltung:
ROMANTRUHE-BUCHVERSAND
Hermann-Seger-Straße 33-35 · 50226 Frechen
Telefon: 02234/273528 · Fax: 02234/273627
Internet: www.Romantruhe.com · E-Mail: Info@Romantruhe.com

LARRY BRENT – Die neuen X-Akten der PSA

Band 2

DER BLUTENGEL VON TSCHERNOBYL

Martin Eisele

Larry Brent und Iwan Kunaritschew setzen sich in Rußland auf die Blutspur eines umheimlichen Serien-Kindermörders und geraten dabei in den Bann einer parapsychologisch begabten Monstrosität – des Blutengels von Tschernobyl, der mit dem umherziehenden Killer in einem mörderischen Kontakt steht, ihn panisch fürchtet und gleichermaßen wie magisch anzieht; in ihm gehen die Seelen der toten Kinder auf – und fordern Rache.

Unablässig und gnadenlos verfolgt von russischen Polizeibehörden und Geheimdienst-Leuten, heimgesucht von Horror-Alpträumen, die der Blutengel schickt, lösen die beiden PSA-Agenten in einem fremden und und weitestgehend gesetzlosen Land unter Zeitdruck und Strapazen ohnegleichen einen höllischen Fall.

Martin Eisele war ab Band 42 Chefautor der Grusel-Serie DAMONA KING und hat nach dem großen Erfolg seiner Fantasy-Jugendbuch-Serie CAMELON mit Roland Emmerich u.a. an der Grundkonzeption des Kino-Welterfolgs STARGATE gearbeitet und eine ganze Reihe von Büchern geschrieben: Das Arche Noah Prinzip, Joey, Hollywood Monster, Moon 44, Eye of the Storm, STARGATE: Kinder der Götter, STARGATE: Kriegswelten, THE VISITOR.

Nachbestellungen und Abonnement-Verwaltung:
ROMANTRUHE-BUCHVERSAND
Hermann-Seger-Straße 33-35 · 50226 Frechen
Telefon: 02234/273528 · Fax: 02234/273627
Internet: www.Romantruhe.com · E-Mail: Info@Romantruhe.com

T.N.T. SMITH
DER JÄGER DER UNSTERBLICHEN
Band 1

DER CLUB DER UNSTERBLICHEN
Ronald M. Hahn

1936: Schreckliches geschieht im vornehmsten Presseclub der Weltstadt London: Vor den Augen der entsetzten Gäste wird der 36jährige Filmkritiker Ricardo Torres in Sekunden zu einem uralten Greis und stirbt.
Der Journalist T.N.T. Smith, der den mysteriösen Fall recherchiert, deckt unglaubliche Dinge auf: Torres gehörte 1837 - vor 99 Jahren! - zu einem Kommando der Fremdenlegion, das in Algerien spurlos verschwand.
Smiths Forschungen erhärten bald den Verdacht, daß auch die Legionärskameraden des Verstorbenen noch leben. Wieso altern sie nicht? Was ist mit ihnen geschehen? Sind sie auf den legendären Jungbrunnen gestoßen?
Auch die Nazis erfahren von der sensationellen Entdeckung. Ein SS-Sonderkommando wird auf Smith angesetzt. Die Jagd auf die Unsterblichen führt um die ganze Welt...

Ronald M. Hahns bekannteste Werke sind LEXIKON DES SCIENCE FICTION-FILMS (1997), LEXIKON DES HORROR-FILMS (1989), KULTFILME (1998, mit Volker Jansen), DIE STAR TREK-FILME (1993), ALPTRAUMLAND (1997, mit Horst Pukallus) und SOCIAL-DEMOKRATEN AUF DEM MONDE (1998).

Nachbestellungen und Abonnement-Verwaltung:
ROMANTRUHE-BUCHVERSAND
Hermann-Seger-Straße 33-35 · 50226 Frechen
Telefon: 02234/273528 · Fax: 02234/273627
Internet: www.Romantruhe.com · E-Mail: Info@Romantruhe.com

RAUMSCHIFF PROMET- CLASSIC
Band 7
SOS VON MIRA-CETI
Kurt Brand

Ein fremder Raumer dringt in das System der Halo-Sonne ein und stürzt auf Suuk, der neuen Heimatwelt der Moraner, ab. Thosro Ghinu identifiziert es als ein Schiff der geheimnisvollen Nekroniden. Doch etwas stimmt nicht, im Innern des Diskusraumers scheint ein Kampf stattgefunden zu haben.

Und dann erhält Ghinu eine Botschaft, findet Zeichen, die ihn und seine Gefährten dazu bringen, mit der alten PROMET I nach Mira-Ceti zu fliegen. Zu einer Sonne, die seit Jahrtausenden schon in den Sternkarten der Moraner als verbotenes Gebiet verzeichnet ist. Eine Sonne, aus deren Fängen es für die PROMET I kein Entkommen gibt.

Aber Arn Borul und Peet Orell lassen ihre Freunde nicht im Stich. Sie starten eine Rettungsexpedition. Aber die veränderliche Mira-Sonne wird auch für die Retter zur Todesfalle...

RAUMSCHIFF PROMET, die vom SF-Altmeister Kurt Brand (Ren Dhark) konzipierte Kultserie aus den siebziger Jahren ist wieder da! Die klassische Space Opera erscheint komplett und neubearbeitet von Werner K. Giesa und M. Rückert.

Nachbestellungen und Abonnement-Verwaltung:
ROMANTRUHE-BUCHVERSAND
Hermann-Seger-Straße 33-35 · 50226 Frechen
Telefon: 02234/273528 · Fax: 02234/273627
Internet: www.Romantruhe.com · E-Mail: Info@Romantruhe.com

DAS LIEFERBARE VERLAGSPROGRAMM

BLITZ - Phantastische Romane

00 Clark Darlton - **Die Zeit ist gegen uns** (UTO 1)

00 Willi Voltz - **Die letzten Menschen der Erde** (UTO 2)

01 Ronald M. Hahn - **Auf der Erde gestrandet**

02 Peter Terrid - **Im Reich der Jadegöttin**

03 Horst Pukallus - **Der Moloch von Moordendijk**

04 Werner K. Giesa - **Mutabor**

05 Jörg Kaegelmann - **Twister**

06 Hugh Walker - **Das Signal**

07 Kurt Mahr - **Der lange Weg zur Erde** (UTO 3)

08 Manfred Wegener - **Die Verbannten** (UTO 4)

09 Thomas Ziegler - **Alles ist gut** (UTO 5)

10 Thomas Ziegler - **Kleinigkeit für uns Reinkarnauten**

11 Rainer Castor - **Gea, die vergessene Welt**

12 Hugh Walker - **Drakula**

13 Hugh Walker - **Die Hölle in mir**

14 Hugh Walker - **Die Totenweckerin**

15 Ronald M. Hahn & Horst Pukallus - **Alptraumland**

16 Konrad Schaef - **Unternehmen Sagittarius** (UTO 6)

17 Martin Eisele - **Das Arche Noah Prinzip** (UTO 7)

18 Festa & Feige - **Schatten über Deutschland** (Anthologie)

MACABROS - Classic

01 Dan Shocker - **Der Monstermacher**

02 Dan Shocker - **Die Geisterhöhlen**

03 Dan Shocker - **Molochs Totenkarusell**

LARRY BRENT - Classic

01 Dan Shocker - **Im Kabinett des Grauens**

02 Dan Shocker - **Die Treppe ins Jenseits**

03 Dan Shocker - **Die Mörderpuppen der Madame Wong**

LARRY BRENT - X-Akten der PSA

01 Manfred Weinland - **Das Kind der Toten**

02 Martin Eisele - **Der Blutengel von Tschernobyl**

DAVID MURPHY

01 Wallon & Munsonius - **Jenseits der Finsternis**

02 Wallon, Munsonius & Hary - **Blutiger Alptraum in Paris**

T.N.T. SMITH - Jäger der Unsterblichen

01 Ronald M. Hahn - **Der Club der Unsterblichen**

02 Horst Pukallus - **Die Stadt unter den Bergen**

THORIN - Der Nordlandwolf

01 Wallon & Munsonius - **Stadt der verlorenen Seelen**

RAUMSCHIFF PROMET - Classic

01 Kurt Brand - **Als der Fremde kam**

02 Kurt Brand - **Gestrandet auf Suuk**

03 Kurt Brand - **Raumsprung nach Moran**

04 Kurt Brand - **Planet der Hoffnung**

05 Kurt Brand - **Sternen-Gespenster**

06 Kurt Brand - **Als die Götter logen**

RAUMSCHIFF PROMET - Neue Abenteuer

01 Thomas Ziegler - **2107-Vorstoß nach Katai**

02 Thomas Ziegler - **Die Meister des Lebens**

03 Thomas Ziegler - **Das Haus des Krieges**

04 Thomas Ziegler - **Entscheidung auf Toschawa**

05 Thomas Ziegler - **Das Tribunal der Häuser**

06 Thomas Ziegler - **Die Stunde der Verräter**

07 Thomas Ziegler - **Invasion der Biomechs**

RAUMSCHIFF PROMET - Sternenabenteuer

01 Manfred Wegener - **Am Abgrund der Zeit**

02 Konrad Schaef - **Cy**

STAR-GATE

01 W. Giesa & F. Rehfeld - **Das Transmitter-Experiment**

02 Uwe Anton - **Wasser für Shan**

Sollte Ihre Bezugsquelle einige dieser Titel nicht vorrätig haben, so bestellen Sie bitte bei der Fa. ROMANTRUHE. Die Adresse finden Sie vorne im Impressum.